人间树

刘诗伟 著

长江出版传媒
长江文艺出版社

图书在版编目（CIP）数据

人间树 / 刘诗伟著. --武汉：长江文艺出版社，
2022.10
ISBN 978-7-5702-2718-1

Ⅰ. ①人… Ⅱ. ①刘… Ⅲ. ①散文集－中国－当代
Ⅳ. ①I267

中国版本图书馆 CIP 数据核字 (2022) 第 069886 号

人间树
REN JIAN SHU

责任编辑：梅若冰　施柳柳　　　　　责任校对：毛季慧
封面设计：璞茜设计·王薯聿　　　　责任印制：邱　莉　杨　帆

出版：长江出版传媒 ｜ 长江文艺出版社
地址：武汉市雄楚大街 268 号　　　邮编：430070
发行：长江文艺出版社
http://www.cjlap.com
印刷：武汉雅美高印刷有限公司

开本：880 毫米×1230 毫米　　1/32　　印张：9.375　　插页：1 页
版次：2022 年 10 月第 1 版　　　2022 年 10 月第 1 次印刷
字数：205 千字

定价：39.80 元

"我的思想像树一样抽枝发芽。"

——安妮·迪拉德

目 录

序·躲荫

我问母亲：当年您在田里劳动时，想些什么呢？

母亲笑笑：么事都没有想，只想一样——躲荫。

躲荫，就是去田头的树下躲太阳。母亲今年八十有四，从前带我们兄弟姊妹五人在生产队生活，是家中唯一的劳力，每天出工。平原的地边儿通常有几棵杨树，或者别的树；劳动的人在田里流汗，劳动之外，树的荫歇落在空白的地上，随着风动的枝叶兀自摇移。

烈日赤焰，树荫仿如近在眼前的天堂。

童年时，我曾是那天堂里的小天使。我提着一只鼓肚茶壶来到树荫下，向着田地中央高声喊：妈妈，水拿来了。母亲和一群妇女正在给棉苗锄草，她听出了我的声音，没空掉头，同样高声地回应：放在那里，回去写作业。如此，母亲她们除了树荫，还有凉水。

然后我回去，抬手搭在额头，迎着阳光，走上田头笔直而悠长的田埂。一阵滚烫的风从田野深处吹过来。回头望：母亲她们在田里，鼓肚茶壶在树荫下。

平原就这么平坦无垠，一切都那么简明：少数几种庄稼覆盖所有土地，时令来去，冷热来去，风雨来去，农事来去，农人也来去，庄稼一岁一茬一荣枯——年年都在的，是村舍和树。

太阳、月亮与星辰也一直都在，但它们很遥远，属于地球万物共有的光亮；偶尔照耀平原上的梦。

只有树是大地上的旌幡，跟无数生命与故事有关。

那是没法篡改的记忆，是生态，是我的自然文学。

第一辑

———

乡亲们

喜鹊还在鸣叫

如果武汉有柳树，多半是江汉平原吹来的种子。

在武汉的眼里，江汉平原是乡下，柳树是那里的标记。武汉坐拥江汉平原，但都市美学里没有柳树。

眼下这棵柳树独立在武汉的东湖西岸，不时有小鸟飞上枝头。一直以来，我只要看着它，就会听到两只喜鹊的鸣叫，就会看见拍打着黑白翅膀的跳跃，在另一棵遥远的柳树上，恍如歌谣。

柳树本来叫杨树的，是平原的人们调换了杨树和柳树的名称。我出生在那里，小时候的习惯没改过来。这种习惯除了认知惰性，也包含对往日情景的墨守，或者温故；就像从前上学后，在外土（家之外的地方）被叫唤了学名，家中的上辈人照样喊我乳名中的一个字，缀上亲昵的儿化音。贫穷年代，拿语言温慰。

所以，东湖西岸的这棵柳树其实是一棵杨树。武汉属于"柳树"

的"外土",又是都市,向来跟随全国和国际的文明,断然不会听从江汉平原的谬误。当然,这样的问题跟时下的武汉青年无关,他们有很多别的事情要忙,多数人已经不太在意柳树和杨树了。

我的麻烦是,每当向五湖四海的来人说起东湖西岸的这棵柳树时,免不了担心对方想成杨树的样貌,必得诚恳解释一番。

这是一个例外。我来武汉三十多年,在这座城市的城区不曾见过这棵柳树之外的另一棵柳树。早年间,倒是偶尔在湖岸或荒坡看到零星的杨树——那种江汉平原的杨树,它们的枝杈直溜溜的,只在杪梢柔软,枝条上的眉形叶片摇晃着银亮的绿色——虽然原本叫柳树,可到底跟今人乐见的垂柳不同,缺少了绿绦披挂的好样子:它们是挑担拿镐的体魄,城里的垂柳有袅娜起舞的身段。

现在,武汉的靓化工程如篦子篦过所有街巷及角落,早已没有柳树和杨树反映的农耕面貌;在三镇的街面,繁华铺天盖地,除去偏僻老街留有旧时的法国梧桐,到处栽种了香樟、红枫和银杏;即便是马路外的空闲地和社区院子,要么四季开鲜艳的花,要么夏秋结肥实的果,再不济也生长几株殷红不俗的鸡爪槭。

坦率讲,我不能不因此更加喜欢这座城市。

然而,东湖西岸的这棵柳树一直岿然独立,偏偏就在我住所的楼下。

东湖西岸位于武汉中心城区。这棵柳树立在一片杂树林里,与东湖水面的直线距离不及两百米。二十年前,这一带是政府规划的房屋开发区,我入住先期建成的房子,推窗看见了它,下楼走过去只需数十步。那时,它与附近的杂树一般高矮,并不招眼,我见到它，单是认出它来，它所在的位置很快就要打桩建楼的。但半年后，政府扩大东湖保护区，叫停此地的后续开发，它竟存活下来。

眼下，这棵柳树差不多有三分之一的树干高出身边的杂树，顶端超过四层楼房。它的主干在两米高的位置分出两根，像是曾经打算长成两棵树的，但终于又在上边会合成同一个冠篷；冠篷如蒜，它以高大躯干举着巨大的蒜头，赫然于世。春天，它的枝杈上冒出新芽，眨眼就放大，就舒展，就奔涌，汇聚一树密不透风的绿色，犹如空中的肥沃与霸凌。于是，我常常能够听见它，从呼呼的风和嗒嗒的雨中得以听见；而且，这呼呼声和嗒嗒声随着它的生长而生长，以至异常热烈起来。到了深秋和冬季，它掉光了叶子，褪净绿色，剩下赤裸的树干与枝杈，呈现另一种巨大，疏朗与空无的巨大；这时，它有黑色的静穆，虚空而饱满，犹如一种意象。

不记得是哪一年了，总之是一个初冬的夜晚，我独自来到这棵柳树的近处，举头仰望。当时皓月在天，我或许想到《秋夜》里的那两株枣树，但它分明绝不同于鲁迅先生的看法。它憨厚自然地伸张着枝杈，以曲折向上的线条举起手臂，那是无数的手臂，构成清幽的黛黑，在幽明中如森林一般布满天空，一弯弦月静静地搁在森林之上。我仰望着，它越来越生动，那枝杈间的曲折、暗影及其疏朗全都焕发出活气，热切地奔向辽远，给人以扩散的诱惑。

此时，月亮异乎寻常地明亮。转眼间，一个承载活气的鹊巢降临在枝杈疏朗的冠顶，而我，确凿地听到了喜鹊的鸣叫——在遥远的那棵柳树上……

那棵柳树有如眼下这棵柳树的高岸。

它生长在从前，独立在我们的老家兜斗湾。

在当年，它所以能够独立，或者幸存，正是因为它的冠顶有一个硕大的鹊巢，一对喜鹊常年站在高枝上喳喳鸣叫。

话要说开去。二十世纪五六十年代，江汉平原跟全国许多水乡地区一样流行危害深重的血吸虫病。1958 年，全国持续开展消灭血吸虫病的群众运动，几度掀起高潮。血吸虫病的病原来自血吸虫，血吸虫寄生在钉螺里，钉螺生活在水中，消灭血吸虫病的关键是消灭钉螺。但那时穷，且不说农村缺钱购买杀灭钉螺的药剂，即便有钱国家也拿不出那么多药。幸好有人发现在水中浸泡柳树枝叶可以杀死钉螺，于是各地号召"柳树灭螺"，广大群众积极响应。大约1965 年，兜斗湾的男女老幼手持砍刀锯子，群情激昂地奔向房前屋后和路边田头，很快将全湾子的柳树剃了光头，那些不及成人高的柳树苗干脆平地割掉，一时天光大亮。

但是，湾子南边的那棵柳树谁也没动。

它始终高岸而完整地独立在日头下，一面深怀歉意地向"光头"同类致敬，一面更加殷切地守望一湾子人的忙碌。据说，兜斗湾当时砍伐的柳枝按浸泡比例是不够数量的，为了保留那棵柳树，生产队的别队长甘愿冒着被捉拿归案的风险，亲自带领几名忠诚可靠的社员星夜出击，去附近湾子盗伐了两板车的柳树枝。许多年后，我母亲依然不无骄傲地回忆这场有意义的战斗。

我打小就晓得那棵柳树。我们家住兜斗湾南头，湾子前的白土路向南出去一百多米，垂直连接汉宜公路（彼时还是细石子路面），那棵柳树就独立在垂直连接点的路边。我差不多每天看见它，看见它冠顶的鹊巢——认得那两只在枝头蹦跳的喜鹊。

湾子里的柳树剃成光头后的一个早晨，喜鹊在湾子南边发出急切的鸣叫——喳喳、喳喳喳，不断重复。像是得了警报，一群大人小孩跟着别队长呼啦啦赶到柳树前：原来是一位大队干部站在柳树下，正叉着腰发脾气。大队干部责问别队长：你们小队的"灭螺"工作怎么平安无事？别队长抬起手，向湾子的方向划拉过去：您看，整个兜斗湾都亮堂了咧。大队干部又问：这棵柳树咋没有动？别队长连忙点头哈腰，指指树上垂挂的条形果实：多少得留点种子咧。

当时，我们小孩子不明白队长为什么要搪塞大队干部，只知道那棵柳树上有一个鹊巢，有两只活泼的喜鹊——它们能够发出不同的喳喳声，向湾子里传递各种消息。

早春时节，它们喳喳、喳喳地鸣叫，声调平和，节奏明快，那是通报抢剪子磨菜刀的王大猴即将进入兜斗湾。

王大猴是一个细瘦的年轻男子，脸尖得像猴，卷发，下巴圈兜着胡须，不停眨巴眼睛；他的肩头扛一条窄长的板凳，板凳前端的面上卡着一块乌青的磨刀石，左侧的板凳腿绑有一只小木桶，板凳后端的面上是一个固定的木箱，里面装着錾子、抢刀、砂纸等工具。他进了湾子，从我家台坡下经过，脚下无声，手里甩一串金光闪闪的铜片，嚓嚓嚓地响，一边吆喝抢剪子来磨菜刀，那声音变了调，加上拖腔，不像当地口音，专属于他这号手艺。

得到喜鹊的通报，又听见王大猴的铜片声与吆喝，湾子里的人接连从屋里出来，举着刀剪招呼，谁家先招呼的，王大猴就登谁家的台坡。之后，在禾场上歇下窄长板凳，从顾客手里接过要抢要磨的铁具，菜刀、篾刀、镰刀、剪子、铲子、斧头、锄头、锹镐什么的；因为抢磨的功夫在铁具的刀口，他得一一用右手拇指的指腹在刀口抹过，看看厚薄卷秃，倘若判定某件铁具缺钢，干脆劝人卖了废铁，免得浪费工钱。验货后，王大猴起身去客户家的灶房舀水。

这时，抢剪子磨菜刀的消息已家喻户晓，更多的人拿着刀子剪子斧头赶来。王大猴一边往板凳腿上的木桶里灌水，一边交代按先来后到的顺序排队，地上就哐当哐当地响，摆了一溜铁家伙。然后，王大猴骑在板凳上做活，大人小孩围成半个圆圈观看。几个年幼的孩子总是站在人圈的最前面。我看见他手背上的青筋一鼓一鼓，脸颊的汗珠开始一颗赶一颗地滚落，磨过的刀锋在阳光下闪闪发亮。他的磨刀水溅了几滴到我脸上，我拿手去抹。他说：走开娃们，这有什么好看的。我们都说：好看。身边的大人就笑。他磨好了一把菜刀，举起，正用拇指的指腹在刀口极轻极慢地抹动，台坡口的椿树上突然发出喳的一声，众人抬头，看见了追来看热闹的两只喜鹊，回头再看王大猴，他纹丝未动，指腹抹过刀口。

王大猴磨一把菜刀两分钱，抢一把剪子三分钱，有钱的给钱，没钱的赏两个鸡蛋。如果一角钱找不开，顾客让他欠着，他必定退回去让顾客欠着。湾子里的望家婶既泼辣又小气，挑了两个麻雀蛋大小的鸡蛋给王大猴，王大猴一笑。望家婶说：你那两个东西小，两个小鸡蛋够了。王大猴又笑：您咋晓得？望家婶笑着举起剪刀朝空中一剪。

入夏，柳树上又传来喜鹊的喳喳声，节奏固然均匀，调子却明显低沉，透着且喜且忧的态度，应该是劁猪的来了。

劁猪的姓郭，人称郭胖子。郭胖子胖胖矮矮，田字脸，胡须长在喉结上方，眯着眼似笑非笑，訇一声鼻子吐一泡痰。他有一种特别的稳重，几十年后，一位宣讲传统文化的诗人一旦出现，我便禁不住想起他来，觉得同样的矮与胖。当年，郭胖子单肩挎一个帆布的土黄色挎包，背后斜背着收拢的网罩。他其实一专多能，除了劁猪（或骟猪），也做线鸡的业务。那个帆布挎包里装有劁、骟、线的工具，背后的网罩用来捕捉禾场上的公鸡。此外，他一手拿碗口大的铜锣，一手拿小棒槌，进了湾子，一边走一边敲两下。

郭胖子之所以令喜鹊且喜且忧，是因为他很快就会弄得湾子里猪汪鸡叫。猪和鸡是兽禽，跟喜鹊同类，喜鹊自然要同情的。这一天，如果劁猪的郭胖子还没有离开湾子，喜鹊就一直蹲伏在柳树上，一声不吭，单是张望，小眼珠骨碌骨碌地转。

劁猪（包括骟猪）是在猪身上动刀子，猪的力大，郭胖子必得让客户出一名男子（或者勇猛的女子）来帮忙，控制猪的反抗，通常阵仗不小；又因为湾子里不是家家户户都有猪要劁要骟，劁猪和骟猪成了难得的场面，很值得看热闹。我一眼就发现，郭胖子左手的拇指、食指和中指特别长，长得超乎人类，而且三根手指的端头差不多齐平，令人惊异和敬畏。果然，它们无论是从母猪肚皮的刀口里揪住一根肉管来劁，还是在公猪的屁股上抓住两坨肉球来骟，都表现得孔武而利落。线鸡是摘除公鸡藏在肚子里的睾丸。鸡的力气小，线鸡时一人可以操作，只需客户往地上撒一把米，指出哪只公鸡要线，郭胖子拿起张开的网罩，闪身一送，那公鸡就被捕了。

看劁猪的郭胖子做活，不仅有趣，也引发思考。主要有三点比较深刻。一是为什么从猪和鸡身上摘下的物件一定要甩到屋顶？这跟换牙孩子的上牙掉了埋在床底而下牙掉了扔到屋上——有什么相通的道理吗？我一直在想，到了中年也含含糊糊。二是追究劁、骟和线的目的，当年问大人，大人们只是笑，越发逼得我思索，于是便有性的觉悟与启蒙。三是偶尔联想到人，免不了浑身顿生鸡皮疙瘩，由此，让我长大后对古代皇宫中去势的生动与反动大有认知。

也有小伙伴落下后遗，当年有个六岁的男孩，他和姐姐把家中的几只鸡分成各自的队伍，属于他的一只红花公鸡不幸遭逢郭胖子的毒手，顺利长成肉鸡，过年时被父亲杀掉，他很伤心，从初一哭到了十五。几十年后的一天，我与他同坐一席，请他吃烧鸡，他赶紧摇头笑笑。我不知道他六岁前是否吃过鸡，反正他说他是不吃鸡的。

接着是剃头佬。

剃头佬挑着剃头担子，很隆重，还在老远的公路上，两只喜鹊已交替地喳喳，声调欢悦，节奏均匀而轻快。剃头佬在丁字路口的柳树下拐了弯，往湾子里走，喜鹊拍翅飞出柳树的冠顶，接连从一棵树上飞蹿到另一棵树上，喳喳地追随。

剃头佬是一个麻子，头戴灰色搭帽。他的左脸上有一块皮麻成了瘤疤，大过五分硬币的面积；头上的那顶搭帽从未取过，估计头皮更加稀烂。他姓苟，兜斗湾的人背后叫他苟麻子，当面喊苟师傅。苟麻子师傅忌讳麻字，有一回在隔壁湾子剃头，正在接受剃头的人招呼一个麻姓的人"老麻"，苟师傅不由顿住，那人又招呼一声，苟师傅用剃刀剃缺他的耳朵。所以，苟师傅来到兜斗湾剃头，大人小孩说话都得慢半拍，唯恐发出麻音来。

苟师傅差不多每月来一回兜斗湾。剃头是老少男人需要的，基本上每家轮着接待苟师傅。他进了湾子，不用叫喊，也不必甩铜片敲铜锣，直接上农户家，一回一家，轮着来。他在农户家的堂屋里歇下担子，担子的前后各有一副木架：前面的木架上嵌一面花糊的方镜，方镜下边是抽屉，里面装剃头工具；后面木架的顶头是一根挂毛巾的横撑，下边有一个中空的圆圈，用于搁搪瓷脸盆。苟师傅摆好了两副木架，正要挪椅子，东家端来半盆水，搁在其中一副木架的圆圈中。剃头开始。剃头不兴排队，大人或有急事的人先来，小孩子靠后；一般也不围观，除了等候的人。

我不喜欢苟师傅为我剃头：我的头老是撑不住地歪斜，他扶正时手很重，特别生硬；尤其是那条乌黑的毛巾，差不多混合了一万人的气味，奇怪地臭；有一次，他把碎发弄到了我的领子下面，我痒得不行，稍一动弹，他就猛力搡我一把，像是厌恶。而且，他给我哥哥剃头时，总是夸赞我哥哥长得英俊——我与哥哥同父同母，他怎么不夸赞我呢？他让我觉得自己长得不好看。这个麻子！

不过，每次剃完头跨出门槛，我都会得到另外的礼遇——那两只喜鹊在屋外的树上齐声喳喳，啪啪地扇动翅膀，为我脱离苦难而欢呼。

然而，有一回苟师傅哭了——

那天，一个调皮的男孩在门外大声叫喊：妈，你滚回去。"妈"跟"麻"的发音含混，正在堂屋里剃头的苟师傅陡然顿住，朝门外瞟了一眼。轮到那个男孩剃头，起初平静无声，突然，那男孩惊叫：日你妈，好疼！捂着一只耳朵逃脱座椅，站到旁边去哭。不用说，那男孩的耳根是被割伤了。有人上前安抚，劝他回去继续剃头，他不从，只管呃呃地哭，只管骂那三个字。苟师傅不吱声，夺拉着头去门槛上坐下。过了一会儿，那男孩被人牵回椅子，耳根的一道米粒长的血印已经干枯。苟师傅听见动静，起身回去拿剃刀。这时，我看见，他起身之际，捏着袖子擦了一把眼睛……门外，喜鹊诧异地轻喳一声。

他是大人，为什么也哭呢？

在我，柳树和喜鹊犹如生活的开端。

它们是那个叫作兜斗湾的湾子的标志。兜斗湾的地域内有无数的树，但人们说到柳树，比如"柳树下见"，专指湾子南边的那棵有喜鹊的柳树。外来的人，外出回来的人，看见柳树，就到达了目的地；如果来者留意，从喜鹊喳喳鸣叫的调门中，可以听出兜斗湾此时的态度。大热天，路人去那儿躲荫；遭遇暴雨，行人朝那儿飞跑。有人在树下成为朋友，有人在树下吵过一架。

那儿还是生产队的三大公共场所之一，另外两处是队屋的禾场与湾子中段的桥头。别队长讲话时，以柳树为靠山，喜鹊在树顶安安静静地听他发脾气。开完会，社员们就近下田干活。收工了，想听人说古、打探消息、传播流言蜚语，也来此地相会。最浩大的一次是唱花鼓戏《王宝钏苦守寒窑十八年》，湾子里的男女老少差不多全都聚在柳树下；公路上一辆卡车被堵住，后面的汽车拖拉机跟着停下，司机们干脆熄火，邀车上的人一起来听戏。

那儿向来光明磊落：且不说争论农事，即便传播小道消息，也都高声大嗓，不怕柳树听见，任喜鹊一惊一乍；大白天，当着众人，光棍和少妇可以随便打情骂俏；忍不住密谋坏事或搞男女关系的人于三更半夜来过后，从此不好意思面对柳树，担心喜鹊走漏风声。

事实上，那儿成了整个湾子的进出口，不单是人的进出，还有消息进出、时代进出、喜忧进出、生活进出、希望进出……

我上小学后，经常张着耳朵聆听那棵柳树上的声音。

秋天的一天，中午放学回家，喜鹊喳喳地叫唤，急切，反复，像是惊喜，也有慌乱。我站在台坡口朝南边张望，看见那两只喜鹊在柳树的冠顶上蹿下跳，羽毛且黑且白地频闪。接着，公路上传来高音喇叭的声音，有人喊：快来看，汽车撒传单啦。

我进屋放了书包，跑过去，公路上和公路边干涸的沟渠里已先到了许多大人小孩，正忙着捡传单。那些传单有红的、白的、黄的、绿的、蓝的，跟书页一般大，散落在地上很是绚丽；我捡起一张，上面的文字飘出油墨的芳香，不由莫名地兴奋。

只是，我不明白喜鹊的叫唤为什么透着惊慌。

传单上有很多新鲜句子，我把传单带去学校，给老师看，老师说都是"革命内容"。我听从老师的话。有段时间，我每天跟着小伙伴去公路边等候汽车来撒传单。柳树上的喜鹊喳喳一叫，撒传单的汽车就来了。高音喇叭越来越响亮，车到近前，车上的人故意朝我们头顶撒传单，刹那间，五颜六色的纸片在空中飞舞，比歇在地上更加壮观。喜鹊的喳喳声也遽然响亮起来。传单太多，我们不再是捡，而是抓，谁抓得多谁厉害。

有时，一片红的或黄的传单被风吹向柳树的冠蓬，搁在高处的枝叶上。我们胸前抱着一沓传单，站在柳树下，仰起头，等传单掉下来便抢，可它就是掉不下来。两只喜鹊为我们着急，飞到歇着传单的枝头，喳喳地跳蹿，传单终于飘落下来……

第二年春天，天空阴晴不定。

一个落雨的黄昏，柳树那边发出几声"哇——哇"的嚎叫，仿如怪兽来临；接着便是喜鹊喳喳地回应，声音异常尖利激烈，伴着翅膀的啪啪扑打，展开了阻击……至夜幕笼罩，树上的战斗戛然而止，世界万籁俱寂，一湾子人扶着自家门框，朝着柳树的方向。

随后多日，柳树在朦胧细雨中无声摇晃。

等到天空晴了，柳树那再次传出"哇——哇"的嚎叫，竟是胜利者得意的腔调。有人高喊：乌鸦！是乌鸦！我跑到台坡上张望，看见两个黑暗的家伙站在柳树顶端，踩得枝条一颤一颤。

太阳当顶时，几个戴红袖章的青年男子来到兜斗湾"破四旧"……远处的乌鸦哇哇两声，我看见一本老书被扔进了火焰……

从此，柳树上的乌鸦开始扩散黑暗。

乌鸦只要"哇——哇"地出声，准会有坏消息：有人找王大猴抢了剪子不给钱，王大猴不依，马上被人捆起来；劁猪的郭胖子为戒掉养家糊口的手艺，自己把自己的三根平齐的手指弄残了一根；剃头佬苟麻子不帮恶人剃头，恶人砸倒他的剃头挑子……湾子里，各家各户到处找磨刀石，队长带头"割资本主义尾巴"卖猪杀鸡，剃头的问题暂时还不知道怎么搞。都怪那两只狗日的黑乌鸦！

有个瘦长的驼背老爹，端着半边蓝花瓷碗来到柳树下，碗里装满撕碎的馍；有人问他干什么，他神秘地眨眼摆手，然后靠着树干放下半边碗，仰起头大声招呼：乌鸦乌鸦，我给你们送好吃的来了，以后不要报告那些不吉利的消息。可是，第二天，三只麻雀死在半边蓝花瓷碗的外面，两只乌鸦在柳树上嘎嘎直笑。驼背老爹失手了。

照样的，乌鸦不定期地"哇——哇"嚎叫。

我家的坏消息接连不断：父亲成了最小的"走资派"，不再当医院院长，被下放到偏远的卫生所打杂，不久病倒在外地……祖父因为只跟牲口说话不跟人说话，受到兽医站领导群众的严肃批判。一家人每天都担心乌鸦出声。祖母有空就双手合十，闭目祷告。

冬天来了，大雪覆盖平原。柳树白了，树冠上的鹊巢变成白白的一团，只有站在白鹊巢上的两只乌鸦继续黑暗着。有时，它们得意地哇了一声，不是特别恐怖，日子勉强太平；然而，一旦它们真格儿"哇——哇"嚎叫，便狰狞无阻，声音所到之处，天空霎时黑了下来。

一个雪天的午后，乌鸦的嚎叫落在生产队别队长的头上。

别队长也是黑色的：黑的棉衣棉裤，黑的狗钻洞帽子。他在白雪中拖着黑的脚步，黑黑地来到我家。几天之前，他干了一票大的：亲自带人杀掉队里的一头白肉猪，分给各家各户过年。但是，眼下既然乌鸦发出黑色的哇哇声，可见事情已经败露。他拜托我母亲：如果他被叫去办学习班，麻烦我母亲隔天去他家看看。他的老婆有病，三个孩子还小。母亲说：要不，就说是我的主意，我替你。别队长摇头：纸包不住火的。母亲只好提醒他：天冷，多带一些衣服。

大队来了两个民兵，大人和小孩送别队长出湾子。

白白的世界，黑黑的行人。走到湾子南边的柳树下，一团雪嗖地坠落，打着队长的脖颈，队长抬头看树上的黑影，撇嘴嗤了一声。

那时，我曾想：坏消息或许怪不得乌鸦？但问题是，这两个黑家伙毕竟野蛮地赶走了我们的喜鹊。

春节前，在等待大年三十吃肉的日子，我们几个小伙伴各带一把弹弓，去柳树下射击乌鸦。开始，一人一弹点射，打不中。两只乌鸦调戏我们，在树顶窜来窜去，抖落雪末，洒在每个人的脸上。后来我们喊一二三，同时射击，嘭的一声，有石子打中乌鸦，树上发出啊的惨叫，两个黑影扑扑地飞离。

但黑影不会罢休，我们并未取得胜利。

队长还没有从"学习班"出来，乌鸦依然相信天空属于自己的领地，随时在湾子上空划一道弧，从容地回到柳树上。我们开始运用"敌驻我扰"的战术，不时拿起弹弓去树下袭击。持久战，比谁能够"再坚持一下"，最后一次，逃走的乌鸦不再出现。

不过，此后两年喜鹊也没有回来。

期间，湾子里的那个驼背老爹时常倚坐在柳树下。

我去看他，发现他身边放着半边的蓝花瓷碗，碗里装着谷子。我说乌鸦已经走了咧，他说晓得，碗是洗过的，他在等候喜鹊。我以为荒唐，却不知道如何劝慰他。回家，我说给祖母听，祖母告诉我：驼背老爹是舍不得蓝花瓷碗，那碗是他家祖传的，旧社会讨米要饭都揣在怀里，可惜，乌鸦赶走喜鹊后，那碗被破了"四旧"。

一天早晨，驼背老爹在半路碰见我，笑嘻嘻的，用手遮着缺少门牙的嘴，对我说：帮我做件坏事吧。我问：什么坏事？他说：在学校里搞点钉子铁丝。我问：为什么？他说：修碗。我便答应了。几天之后，我带着他要的东西去找他。他家在湾子北头。我到他家时，他正在禾场树荫下的小方桌上敲敲打打。已是六月天气，他光着上身，皮囊下坠，肩胛高跷，额头淌着汗水，嘴巴揪得歪歪的。他见到我很高兴，赶紧拿手遮挡着笑。我把两颗细钉、一套风钩和一截半尺长的钢丝放到桌上，他看了看细钉和钢丝，留下；然后把风钩还给我，说这个没用，不要浪费，装回去。我问修碗的进展，他起身去屋里，拿来用麻线缠绕的整只蓝花瓷碗，搁在方桌中央，再从桌上捡起一枚小爬虫似的钩钉，给我讲锔瓷工艺。我问瓷碗锔好后漏不漏水，他说不会，他弄到了桐油和石灰，会抹油灰的。我想看他锔瓷，他说这是细活，不要影响他。我拿着风钩离去。

不久，驼背老爹又回到柳树下。我过去，看见一只整全的蓝花瓷碗，歇在树脚，碗里照例装有谷子；他捂着嘴笑，一手拿起碗来给我欣赏，那碗的裂缝上的锔钉排列得弯弯长长，像一条行走的蜈蚣。我蹲下身，好奇地接过碗来观摩。他不放心我的动作，伸出手来悬空托着。我说：让我去沟边试试，看漏不漏水。他连忙捧住我的手，把碗拿回去。他那么慌张，让我觉得他的锔瓷并不成功……

可喜的是，次年开春，柳树上传出两声喳喳的鸣叫。

喜鹊回来了！我们去看喜鹊。欢悦中，一个最小的男孩问：这两只喜鹊是原来那两只喜鹊吗？众人抢着回答：当然是！肯定的！

于是便在共同的愿望里更加欢悦。

次日，邮递员到我家，送来父亲的信。父亲在信上说，他在三百里外当副营长，带领民工点炮开山，修建焦（作）枝（城）铁路，这是一项"三线建设"工程，说明组织上是信任他的；他每天在山里从事体力劳动，饭量大了，人也胖了，请他的母亲和我们的母亲放心。接下来，说到家中的每个人，一一嘱咐。信是哥哥在念。信还没有念完，祖母和母亲已欢喜得呜呜哭泣。哥哥拿着信，等她们哭完。她们哭了一阵，连忙喊：念——快念呀！

念完信，母亲和祖母去找东西，准备按信上的地址寄给父亲。我问哥哥：副营长是多大的官？哥哥说：副营长只被营长一人管，一个营有 3 个连，一个连有 3 个排，一个排有 36 人，共计 320 多人。我又问：父亲是医生，怎么当了副营长？哥哥说：父亲也是院长，有管人的经验。我依然疑惑：干吗让医院院长去当修铁路的副营长呢？哥哥不耐烦了：父亲是党员，党叫干啥就干啥呗。

七月的一个傍晚，喜鹊不停地喳喳。母亲说，照父亲上次信里的意思，他们应该完工下山了。吃过晚饭，母亲带着我和哥哥去公路上碰运气。我们走过那棵柳树，两只喜鹊特意跳到低处来，冲我们喳喳鸣叫。我们按捺激动的心情，去公路边站着，朝父亲回来的西边方向眺望。天色暗了，我们不肯回去。

月亮升起时，远处出现人影。我和哥哥丢下母亲，向人影奔跑过去：果然是父亲！我们接过父亲身上的行李，父亲一手扶着哥哥的肩，一手搭在我头上，三人并排往回走，走到母亲的面前，母亲在月光下静静地微笑。然后我们一起回家。

经过柳树，喜鹊的喳喳鸣叫犹如鞭炮。

日子里，风开始把庄稼的芬芳从田野吹来。

也有别的好消息：西哈努克亲王再次访华，公社要放电影《智取威虎山》，生产队的母牛下了仔，嚼鼻子叔叔准备国庆节结婚，别队长说今年的水稻丰收在望，苟麻子重新巡回剃头（不收钱，改为记工分），父亲在外地又开始做医生了……插队知青到来时，喜鹊惊异地喳喳，表示欢迎；喜鹊有时也会随意喳一声，跟熟人打一个招呼；有时飞到低处跳跃，逗小孩子们玩耍，跟年轻男女说笑，冷不丁朝埋头走路的人俯冲过去，差一点擦着眉毛。

直到日子重复久了，竟让人忽略柳树上的动静。

又一年春天，喜鹊喳喳地叫着，一个年轻的跛子，迎着阳光，一歪一颠地从公路上走来，走过柳树，走进湾子里。他是生产大队的秀才，肩上扛着一袋石灰，手里拎着一只红塑料桶，桶里插了一支扫帚一样的大毛笔。一会儿，别队长在我家屋山头摆一张方桌，帮助跛子爬到方桌上，跛子站起身，开始用"扫帚"蘸桶里的石灰水，往墙上写字；字很大，写完两个，从方桌上下来，队长挪动方桌，他再爬上去写两个字。方桌挪了三次，墙上出现一句话：抓革命，促生产！字白得耀眼。接着，他去下一家写标语，从湾子南头一直写到北头，阳光下的兜斗湾顿时又白又亮。

两只喜鹊不识字，翩翩地飞到各处看新鲜……

转眼，田野的稻子和棉花收获归仓，一队青壮年男劳力从湾子里浩荡而出，后面跟一辆牛拉的胶轮大板车，板车上码着被褥行李以及筅箕、扁担、铁锹等工具。经过柳树时，两只喜鹊喳喳地欢送。他们是要去 80 里外的湖区，参加开河筑堤的水利工程。因为水利是农业的命脉。可青年人走后，湾子里少了喧闹，两只喜鹊时常寂寞，站在柳树顶上张望，像静候征夫的人，弄不出细微响动。

快过年了，生产队经请示大队同意，可以杀一头猪。一日，阳光普照，队屋前大张旗鼓地烧水、清场、磨刀；可猪还没有响动，一队人马出现在公路远处，柳树上的喜鹊爆发似的喳喳鸣叫，是湾子里那伙青壮年劳力回来了……杀猪的就笑：狗日的们，已闻到气味咧。

但过完年，别队长打起柳树的主意。

上年里，常有手扶拖拉机在湾子旁边哒哒地驶过，别队长想为生产队买一台，由于钱不够，搁着，年后突然发现可以把柳树锯了做木料卖钱，已联系买家来看过，价钱合适。于是，他在柳树下召集几名队干部开会，大谈农业的出路在于机械化，宣布锯树计划。结果，他遭到了全体反对。年长的说：这棵柳树已经成了精，动不得。年轻的反问：柳树锯了，喜鹊去哪儿？别队长也犟：一次说不拢，二次；二次说不拢，三次。双方争论最激烈时，妇女组长仰头看树上，摆着手小声说：莫让喜鹊听见了。众人不由一怔。

就在这次会议的第二天，两只喜鹊悄然飞离柳树，去向不明。别队长望着天空抽完一支烟，不再提锯掉柳树的事。

多日后，喜鹊回到柳树上，每天清晨轻柔地喳喳，向一湾子人表达谢意。别队长摇头叹息：老子差点落下骂名咧。

大约过了半年，别队长另生一计：把湾子前面的三亩水杉林锯掉。水杉林的水杉不到十米高，还没有长成栋梁之材，卖给外地人做檩条或椽子，勉强可以凑齐买手扶拖拉机的钱。这回，别队长不用跟其他干部商量，趁我母亲去仙桃照看病中的父亲时，直接吆喝社员干了，收到的钱已交付出去，就等着开回手扶拖拉机。

可是他得罪了我母亲。因为那块水杉地是母亲带人开垦的，那片水杉林是母亲组织栽种的，那些水杉苗是父亲帮母亲从很远的外地弄来的，虽是公家的财产，但那是一处清新、一个愿景，父亲每次回来休假，都要和母亲去看那片水杉林……母亲回到湾子里，发现水杉林不见了，去找别队长，别队长坐在手扶拖拉机上嘻嘻笑，母亲指着他的鼻子骂道：你这个矮子，目光短浅，永远当不了大官的！

乡村的贫穷令人茫然，我开始莫名地疏远湾子里的人事。

十二岁，我背上行李，离家去毛嘴中学住读。出湾子时，两只喜鹊喳喳地为我送行。此后，我亲耳听到的喜鹊叫声只跟我有关：在我回来或离去时喳喳地响起。因为它们的鸣叫，我还在公路上，祖母已站在台坡口，用手搭着额头，朝柳树方向观望。我看见祖母，向她奔跑，一口气跑到台坡下，大声叫唤她，跨上了台坡，站到她面前；她落下遮在额头的手，双手捧着我的脸，干枯的眼睛不停眨巴，一边喃喃地说：我儿瘦了。我便笑，牵她进屋。

祖母活着的时候，无论我在哪里，都听得见那两只喜鹊在兜斗湾南边的柳树上喳喳鸣叫……那里是我人生的理由。

1982 年，我还在念书，据说喜鹊有过一次觉悟很高的表现。

当时，试行"包产到户"的消息传开了，柳树上不时发出嘹亮的喳喳声。一天早晨，别队长外出开会，两只喜鹊喳喳地飞离柳树，为他送行；可等到下午，队长脸色沉暗地回来，它俩双双歪了头，一声不响。次日，生产队在柳树下开会，别队长传达"包产到户"政策后，表示目前只是"试行"。有人问：到底包还是不包呢？别队长不表态。有人直言：队长，你是不是怕丢了权力？别队长恶道：包了老子也是队长咧。众人喊起来：那就包呀！队长仍不肯明确表态。这时，两只喜鹊急了，跳到地上一阵喳喳大叫。队长掉头看喜鹊，有人说：你看，喜鹊也赞成包。

"包产"的事暂时搁起来。

就在这当口，天空突然一暗，湾子南头传来消失已久的"哇——哇"嚎叫。接着，柳树上掀起激战：两只乌鸦哇哇地扑向两只喜鹊，两只喜鹊喳喳地迂回还击，摇晃的枝叶一串赶着一串奔跑……但这次喜鹊异常骁勇，怎么也不离开柳树。母亲说，她举着长竹竿去给喜鹊帮忙，有一只乌鸦猖狂地扑啄竿头，她刺中了那只乌鸦，两个黑坏家伙最后溜之大吉。

柳树上的战争平息了，喜鹊每天喳喳地催促"包产"。母亲在柳树下等来队长，跟他说：实事求是，别拖了，分吧。队长叹息：您也觉得应该分？母亲说：你想做喜鹊还是乌鸦？队长眼皮一抖，讪讪地笑。

往后，兜斗湾家家户户每年有余粮……

现在，往事永逝。我在武汉，站在现实的柳树下。

　　这是一棵注定的柳树，或者就是老家的那棵柳树。

　　——但这不是怀想与乡愁。且不论现在的交通快捷信息灵通，事实上，我后来每年清明都回老家给埋在那里的先辈扫墓，几乎可以及时看到兜斗湾的变化，至少那里的概况一直在我的视域之内。而今，那个 21 户人家的湾子还在，整个儿移了方位，家家起楼房，房前屋后栽了好看的花、种了好吃的果，湾子南边那棵柳树业已消亡，偶尔听见的喳喳声不知来自哪片树林；至于兜斗湾这个名字，没人接续使用，因了乡村管理需要，已改为别湾村第 × 组……在我的观念里，这一切都是必然而可喜的进步，没理由愁绪蔓生。

　　——也无所谓现代性批判。我在城里的批判与任何柳树无关。况且，从前我在兜斗湾的柳树下亲身体验过贫穷的窘况，而眼下东湖西岸柳树下的生活无疑是好的。我一向以为，同时捏造"农耕温馨"而批判"城市荒漠"的人若不是出现逻辑故障，便是情感的企鹅。城市文明历来比乡村发展走得更快。一个老男人无论怎么怀念抢剪子磨菜刀的岁月，也绝不会希望自己的儿孙回到从前的那里去生活。怀念是自私的，不一定是理想。倒是有一种可能，现在或者未来，城市温馨与乡村惬意可以相异共美——而文明，也包含个体可以自由地对生活做出选择。若说批判，城市和乡村永远需要在检讨中前行。

　　未来的人不会只在一棵柳树下乘凉。

　　我所在意的是，东湖西岸的这棵柳树与我建构了一个神奇的精神格局：它的矗立，让我心中的那棵柳树日益蓬勃。

　　我不相信人造神，但敬畏自然。一棵显形柳树与一棵隐形柳树的会合有着不可言说的神性。在深秋或初冬的月夜，我来到这棵伸张着光秃秃的枝杈的黑色的柳树下，得以异常清晰地看见从前那棵立在兜斗湾南边的苍翠的柳树——它们相距两百里，相隔四十年，但它们因为我，于同一时空存在。它们原本就在同一时空吗？我想到了超越四维空间的"无维时空"的景观——想到了时空的同在性。那么，这两棵柳树便是相处在同一时空：其中一棵以光秃秃的枝叶呈现空无时，另一棵以繁茂的翠绿替它展示生机和生意；反之亦然。那看不见却看见了的两只喜鹊，它们同时属于这两棵柳树，包括喳喳的鸣叫，包括喳喳鸣叫的音律变化……而且，无论怎么变化，都是对生活的悠悠关切与情义，指向相同而莫名的人类远景。

于是又有乡愁，超越那个兜斗湾的乡愁。

于是也有批判，撇开都市与乡村的批判。

这些年，母亲在她的五个子女家巡回居住。两年前的春季，她住在我家，每天走出院子，去柳树附近的荒地干活。她已年逾八旬，高而胖，膝腿没劲；她带上一把矮小的塑料椅，坐在椅子上做事。荒地凹凸不平，散布碎砖细石，长满野藤杂草。她用小铲一下一下地铲断藤草的根茎，赤手一块一块地捡拢砖石，像愚公面对一座山。我去看她，希望她歇着，她不应，专注地铲出一块石头；我上前去帮她捡石头，她拨开我的手，自己拿起来丢到砖石堆上。没几天，荒地亮堂了席大的一片，我笑她：这是公家的地咧，您想侵占呀？她说：公家的地也不能荒着。为了成全她，我托人从外地买来28棵橘树，在荒地栽下。她则笑我：就会花钱。然后去橘林里干她的活。

又过几天，她把橘林的地面清理成了熟地，开始下种栽苗；我又去看她，正要跨进地里，她极不信任地摆手：站着，不要乱踩。有一次，她在矮椅上站不起来，我冲过去搀扶她，她站住了，忽然看见一棵青椒苗被我踩倒，连忙摆手让我走开，又蹲下身去。不久，橘林里就长出了一些纤细可喜的绿色。有时，我站在窗前观望橘林，看着母亲坐在矮小的椅子上除草或者施肥。我想，对于母亲而言，蔬菜已不是决定喜忧的缘由，而劳作才是她丢不掉的习惯，这习惯的践行便是愉悦或舒服；而且，她信任她的习惯，信任她种出的青椒、茄子、冬瓜、南瓜、丝瓜、西红柿、豆角、蛾眉豆……她的笃定不需要别人的看法，只在她的岁月里落实。

母亲离开我家去下一家之前，把橘林的蔬菜一棵一棵交代给家里的家政阿姨，出了门又转回身来说：记下我的手机号，不清楚就打电话。去年秋天，橘林挂果，橘林的蔬菜长势旺盛；母亲来了，每天去蔬菜地披阅她的作品。家政阿姨问：要不要在橘林外扎一圈篱笆？母亲摆手：不用，公家的地，谁要摘谁就来摘。

今年春天，母亲在橘林里巡视，我陪在她的身边。看完菜地，她忽然抬头仰望橘林外的那棵柳树。柳树举着巨大的冠篷，两只画眉叽喳地飞进绿丛。母亲诧异而怅然地问：是喜鹊吗？

我不由一惊，赶紧笑道：有您，就能听到喜鹊的喳喳！

原来，那声音既不需要听见，也不需要看见……

那些叫作杨树的柳树

那时你还不满六岁。没人告诉你生活怎么会是这样。生活本来就是这样。世界是光明的万物，或者被黑夜关闭。你的脑门打不开。一些无名的忧念和希冀还没有发生。

但那是永志的时光。你在看，在听，在触摸，无数影像在脑子里播种。你虎头虎脑，跟旷野里那头黑黢黢的小牛犊一样懵懂，家中的黄狗乐意带着你玩耍，教会你活泼与自由。时光漫无边际。祖母纹丝不动地坐在自家禾场的柴堆旁，母亲天没亮就去生产队出工了，空中飘来祖父和父亲在外地行医的药水气味。那条黄狗名叫乌子，你忽然觉得你应该比乌子聪明，让它听从你的指引。

你已经上小学，是湾子里最小的学生。那天早晨大孩子们全都去学校了，落下你一个。那个湾子叫兜斗湾，21户人家，很小，一弦弯月，坐东向西。你家住南头，从湾子前面走到一半，过小闸桥，折到湾子后面，由一条斜刺的白土路朝着通顺河堤走，上了堤，在树荫下走一华里便是珠玑小学。这是你童年的地理。

要是往日，你只让黄狗乌子送你到小闸桥的桥口，因为大孩子们在桥的对面欢腾；那天，小桥对面没有人，乌子自作聪明地送你过了桥，继续跟着你走。快到堤脚边，你转过身来，抬手向家的方向指去，乌子停下，你掉头上堤坡。

正是初夏，满眼绿色涌动。堤坡上稀疏的树丛在风中摇曳，林间飘洒细微的白絮，仿佛洒下这白絮之后世界就会更加青翠。枝叶沙沙作响，声音也是绿色的。你已经晓得这些树叫杨树。乡间到处是杨树。走在无边的沙沙声中，眼前有些事物在晃动和重叠：堤外的田野散布黑色的小点点，那是湾子里的大人们，母亲在黑色的点点之中，她们在干活，遥远得看不见动静；一只灰色画眉叽喳一声，倏然脱离摇晃的杨树巅，飞向田野，已经看不见了，仍在飞翔……这时，祖母在家门口的柴堆旁打瞌睡，黄狗乌子安卧在她的三寸小脚边；祖父正给人写处方，八字胡举得无比庄严；父亲穿着白大褂，将听诊器探向面黄肌瘦的病人的胸口……一切都真切、零散、缓慢，仿若静态的永恒。

就要到小学了，你莫名地停住。

河堤下有一个带闸的涵洞，通顺河的水从涵洞出来，由弧形的沟渠穿行于田野，经过兜斗湾的小闸桥，再流向田野，去到西边的湾子。这是一条给予生活的沟渠，两岸没有堤坝，两行杨树荫佑清澈的水流。那些杨树跟别处的杨树长得一样。这条沟渠叫杨树沟。

杨树沟有一棵杨树与你有关。

那个故事中的惊险，已然变成欢愉。每年夏日，总有一些傍晚全家人聚在禾场上乘凉，这时，你表现得比黄狗乌子更聪明，祖父祖母和父母都看着你微笑，哥哥就讲：在你两岁时，他带你去杨树沟，你从一棵杨树旁走下沟坡，看见水中的游鱼，要跟鱼儿一起玩，扑通一声落到水里，他被你吓坏了，在岸上大喊救命，附近的缺嘴婆赶来，冲进沟渠将你捞起，上了岸，在那棵杨树下放下你，好不容易把你肚子里的水抖搂出来。有这样的事吗？你当然不记得。你对当初的惊险和眼下的欣喜无动于衷。你只知道哥哥最喜欢这个故事。但你明白，哥哥没有炫耀他的功劳，是为"聪明"的弟弟没有淹死而欢愉，或许仍在后怕之中。

你相信这个故事是真实的。

你便想象这个故事，包括那天的阳光，那棵杨树，那棵杨树下的沟渠，以及哥哥和缺嘴婆……虽然再也没有去那棵杨树下，却无数次见过那个故事——它一直搁在那儿。

那天，缺嘴婆是在沟边粘知了壳。

缺嘴婆的嘴唇有一个缺口，连黄狗乌子也认为这样的缺口很不恰当。你还不晓得缺嘴又叫豁嘴或兔唇，是一种疾病。缺嘴婆的嘴缺在右下唇，虽然总是抿着，却好像话就在嘴边，随时要讲出来的样子。她白净矮小，也是三寸小脚，可她时常在旷野行动，显然比祖母更有气力。她出门从你家门前经过，乌子绝不正眼看她。

而且她是外地口音，有些来历不明。一次，她问你在学校学不学"呵喽"（hello），你不明白，问哥哥，哥哥也不明白；问老师，老师说可能是外语。哥哥分析：缺嘴婆一定是旧社会有钱人家的小姐。你同意这个分析，因为缺嘴婆是富农四才老头的老婆。但有一点你依然纳闷：为什么兜斗湾的四才没有霸占一个漂亮的妖精，偏要毫不利己地娶一个缺嘴女人？莫非缺嘴婆的娘家是更加恶霸的？可老人们讲，缺嘴婆的哥哥是抗日英雄，缺嘴婆年轻时把一个老日本鬼子推到了茅坑里。你问祖母：那老鬼子淹死没有？祖母说：缺嘴婆也不晓得，她父亲派人带她逃到了兜斗湾。你上小学之前，四才已死，家里没有后人，缺嘴婆成了孤老。

　　但新社会宽宏大量，拿她跟贫农的孤老一样当"五保户"。你不懂"五保"，只晓得缺嘴婆住在你家旁边的小小草屋里，隔着腊柳篱笆，像一个灰黑的影子，不声不响地出没，黑的裤腿泛白，白的袖管带黑补丁；秋天，队长着人挑一担粮食来，一只箩筐里搁着半瓶棉籽油，那间草屋因此常年沁出微弱的烟缕；如果一连几天闻不到那烟缕的气味，也不见灰黑的影子，祖母就会嘚嘚地去推开柴门喊两声，她准是患了头晕，打算用睡觉的方式睡得好起来。她还没有死，公家用不着提前安葬她。她既然活着，就活着，只是屋里没有盐、锅底破了要补、灶膛的柴草需要洋火点燃……这些多少是要用钱的，她还得自己想法子去谋。

　　所以，缺嘴婆去沟边粘知了壳。

　　知了壳歇在杨树权枝的下端。杨树的权枝向上斜举，冠蓬舒展而空朗，亮绿的叶片生在权枝分出的枝条上，枝条末端柔软垂挂，风把枝条吹得摇摆，把眉形的叶片吹得闪闪烁烁，但枝条打不着权枝上的知了；而且，沟渠边的杨树含水特别多，有知了喜欢的汁液。

知了在杨树上脱壳而去，留下知了一般大小且淡黄透亮的壳。

四才老头还没有死的时候，生产队开批斗会，怎么也说不清杨树沟在旧社会被四才霸占的缘由，缺嘴婆替发言的人着急，主动揭露：有一年江汉平原发洪水，通顺河溃口，水漫田野，水退了，现出一道水沟，四才请人补堤搭桥，把水沟引到兜斗湾，因为请人的钱是四才出的，四才说日后杨树沟的杨树归他。但缺嘴婆马上表态：还是新社会好，公家在河堤下修了带闸的涵洞，杨树沟从此不缺水也不淹水，两岸的杨树家家有份——只有一条，知了和知了壳没法归公（意思是她可以粘知了壳）。原来她既狡猾也幽默，批斗四才的大人小孩都笑。

哥哥说，缺嘴婆那天提一只小竹篓，举一根长竹竿，竹竿顶头开叉，用细木棍支着，形成三角面，像弹弓，比弹弓大一点儿，三角面上绞满蜘蛛丝，她在沟边的杨树上寻找知了壳，找着了，就用三角面的蜘蛛丝粘下来……这些你也见过，没什么了不起，关键是缺嘴婆的狡猾与幽默，让批斗的人开心，由得她继续粘知了壳。缺嘴婆拿知了壳去珠玑街上的收购站换钱，换了钱，称盐、补锅、买洋火。祖父告诉你：知了壳也叫蝉衣或蝉蜕，是治疗嗓子沙哑的中药。

于是你听到了知了的鸣叫，在兜斗湾的旷野，那样漫无边际，那样声嘶力竭，整个湾子就要被拔扯起来……

为什么知了的鸣叫是沙哑的？

这时小学里传来上课的铃声。

秋天，蝉鸣日渐零星，杨树叶子开始泛黄；在蝉鸣的尾声戛然沉没的时刻，第一片黄叶旋落下来。

没几日，黄叶就一片赶着一片飘零。起风了，还不是那种猛烈的风，黄叶飘在空中，稀稀疏疏，远看像漫天流淌的画；眨眼间，一地金眉，一派金黄。天气越来越冷，黄叶的飘零也越来越汹涌。

放学回家，你独自站在河堤，望着纷纷扬扬的黄叶，良久呆愣：分明是轻柔的弥漫、广大的细微，这飘零何以如此金黄耀眼，其中竟然隐约而清晰地回响着沙哑的蝉鸣……你的童年被打动，禁不住泪流满面。什么时候，黄狗乌子舔你的手，你醒了过来；透过晶莹的泪光，你看见老老少少的人挑着箩筐、扛着扫帚，纷纷从湾子里出来，急切地赶往杨树林……

那不是去打扫大地，是要扫积树叶，把它挑回家当柴火。

一直以来，生产队分给各家各户的稻草和棉梗总是烧不到下年再分的时节。你们家最缺柴火。因为家里只有母亲一个人务农挣工分，分得的柴火少；虽然母亲已经用祖父和父亲的工资去街上买回一担劈柴，但这样的柴火昂贵，而且工资的结余是要用来向生产队补交口粮"超支"款的。母亲正在跟哥哥商量，哪天去扫一些杨树叶回来。

你不想操这份心。你宁愿在飘零的黄叶中沉溺于夏日的蝉鸣。那声音已在树上消失。原以为时间静止景物缓慢，不料，突然间蝉鸣不知去向，树叶黄了一地，让你惊觉充盈世间的时光和种种影像也一去不返。那些影像中，包括田野里的黑色点点——母亲是其中的一个黑点。它们消失了，连同劳作一起消失。正是这个时节，你掉了一颗下牙，祖母让你抛在自家的屋顶，好让下边的牙齿往上长，这是从你身上失去的永远不会回来的一样东西……有一天，缺嘴婆向你迎面走来，她老了许多，身子晃晃的，一寸一寸地挪动小脚，老远抬起一只手，你知道她要干什么，就站着等她。她过来了，干枯地微笑，拿手在你头顶摸了摸。等她走过去，你转身看着她的背影，想到那年若不是她将你从水沟里捞起，你在哪里呢？

飘零的杨树叶白天金黄，夜晚也金黄。已经停歇的蝉鸣仍在时空中回响。你被搅扰得日益憔悴。你的虎头虎脑松弛了，嘴唇煞白。你不跟人说话，望着那些不在眼前的事物发呆。母亲和哥哥躲躲闪闪地为你担忧，但你没有病，只是疲惫。你想吃肉。家里好久没有吃肉了。

一天，黄狗乌子咬死一只鸡，含了回来，哥哥兴奋地冲进屋里，大喊快快炖汤给弟弟补身子。你好不容易笑了。可是，母亲认识这只鸡，说是湾子北头麻婶家的，赶紧提着鸡给人送去……

哥哥想到了捉鸟。缺嘴婆草屋对面的百米之外有一个水塘，水塘周边是一圈杨树。那些杨树当初是拿鲜活的杨树杆子栽种的，树枝高过成人的头，活下来便是杨树的主干；因为主干顶头蘖出的杈枝连年被"木头作业"，主干只长粗不长高，都有水桶一般的腰围。哥哥说，每棵杨树主干的上端都有大大小小的洞穴，"四害"之一的麻雀经常钻进洞里。他决定带你去捉洞穴里的麻雀，你说麻雀太机灵捉不到，哥哥说捉不到麻雀捡麻雀蛋也行啊。

周日下午，在水塘边的一棵杨树下，哥哥蹲下身，你扶着树干，双脚踩上哥哥的肩，哥哥咬牙站起来。然后，你一手抓着树枝，一手伸进洞穴；洞里没有动静，只有毛糙的干草，你在草中探索，触到柔软光滑的东西，以为是正在睡觉的麻雀儿——你晓得湾子里曾经有人油炸麻雀儿，就一把抓出来，可刹那间，你看清那草团里分明是一圈又红又花的大家伙，顿时啊地惊叫，扔了出去……哥哥牵着你往回跑，一边大叫：蛇——蛇！

这时，缺嘴婆从隔壁的草屋里冲出来，迎着你们急急慌慌地叫喊：不怕不怕，娃们！要过冬了，蛇不咬人的。你们逃回自家的禾场，呼呼喘息。缺嘴婆掉头去草屋拿了菜刀与火剪转来，朝你们豁嘴一笑，嘚嘚地向水塘那边奔去……当日傍晚，草屋里飘出怪异的香气，之后，缺嘴婆给一向对她睁一眼闭一眼的队长送去一碗蛇汤，再给你家端来一碗。母亲让你喝汤，你不喝；让哥哥喝，哥哥也不喝；祖母信佛，不等母亲开口就往自己房里逃。乌子眼巴巴看着母亲，母亲摇摇头，叹息：还是给缺嘴婆送回去吧，先顾着人。

当夜，你病了，头痛、发烧，母亲把你安顿到床上。你在梦中被一条花蛇追赶，醒来满头大汗。此时屋子里异常宁静，月光透过书页大小的亮瓦，歇在床边，窗外传来填满整个世界的沙沙声，那是一湾子的人在月光下扫杨树叶。你喊哥哥，没有应声；喊母亲，没有应声：他们也去了沙沙声里。你起身下床，推门出去，乌子坐在屋门口，你从乌子身边拿起一把秃毛扫帚，带着乌子朝沙沙声走去。

你走到河堤边，没有看见母亲和哥哥。清亮的月光下，堤坡上散布着扫树叶的老老少少。你选了一块地方扫起来。可是，没几下你便倚着一棵杨树滑落在地。你无力地闭上眼睛，乌子在身边嗯嗯叽叽，河堤内外的沙沙声排山倒海地漫过头顶，你被淹没了。一个声音惊呼你的名字，接着高喊你母亲的名字，你听出是杨枝阿姨的声音。你并没有死，但实在没力气回应。杨枝阿姨赶紧将你抱起，上了堤，向珠玑街上的方向奔跑。她因为扫树叶发热，解开了棉衣，你绵软地歇在她的怀里。你能闻到她身上的香气，一只手搭着她饱满温柔的胸脯。你感到一种安适，看见金黄的杨树叶正无边地飞扬，那安适就在飞扬中奔跑与扩大……你希望这奔跑不要停顿，一直延续。可杨枝阿姨累了，停下来喘气。她腾出一只手，挪开你的手，你的手被挪开后又找了回去，一连几次，她便由着你，重新奔跑起来……

像是故意的，你一进卫生院便醒了。母亲和哥哥已赶到卫生院。医生说：这孩子没事，回去吃点好的。哥哥背起你回家，母亲、杨枝阿姨和乌子跟在后面。走了一会儿，杨枝阿姨追上前，要替换哥哥，你坚决不干，从哥哥背上落下来，让哥哥牵着走。回到兜斗湾，母亲提出用自己扫的杨树叶补偿杨枝阿姨，她连忙摆手，说了一句雷锋说的话：这是我应该做的。母亲捧着她的手，哽咽许久。

杨枝阿姨那年十八岁，是兜斗湾最好看的姑娘：大眼睛、双眼皮、杨树叶一样的眉毛，桃形脸，皮肤白里透红，一头乌黑短发，像样板戏里的女英雄。大人们说，她还是方圆几十里最幸福的女子：她有一个对象（未婚夫），家住通顺河对岸，人在部队当兵，已提了干，接下来按部就班升职，等她嫁过去，就可以随军，永远不再面朝黄土背朝天——也不用起早贪黑扫树叶。她是兜斗湾的骄傲。

次年杨树返青时，你见过杨枝阿姨的对象。他们面对面站在通顺河的水流边，相隔一个人的距离，稍一动就能靠在一起；她的对象穿军装戴军帽，头顶红星，领子配红旗，身材挺直，比她高出大半个头，侧脸很英俊。你特别注意了他的上衣——胸前有两个口袋，下摆也有两个口袋，果然是干部服。他看她，她低着头，他伸手拿她的手，她连忙摆开他的手，但她一直含着笑……

你为杨枝阿姨高兴，替她想象未来的生活。父亲带你去过县城，父亲所在的医院有个女护士，丈夫是县武装部的军人，每天出门和回来时穿军服，到了家，换成便装，跟女护士牵着孩子上街去，逛商场、看电影……你觉得杨枝阿姨就应该那样幸福。你也曾问父亲，为什么不让母亲去城里当家属，父亲说：没有政策。

那些日子，鸟儿在房前屋后叽喳，附近田野里传来嘻嘻哈哈的欢腾，黄狗乌子隔一会儿望着天上汪汪空喊……在这世间的生意里，你听见了杨枝阿姨的笑声——那么清亮，犹如春夜的月光。接着便有悠扬的歌唱："麦苗儿青来菜花儿黄……"起头的是杨枝阿姨，合唱中跳出她的音色。

四月温煦而光明。杨树飞絮，看得见芬芳涌动。太阳隔着杨树在远方沉落，你背着书包回家，两只白蝴蝶在台坡上翩翩地飞，掠过乌子的鼻尖。

那日你回家吃了午饭再去上学，太阳当顶。经过兜斗湾的小闸桥，走上那条通向河堤的没有树荫的白土路，迎面来了一队挑秧苗的人，七八个女子，每人头上戴一圈杨树枝编制的遮阳帽，肩上的担子嘎吱嘎吱跳跃，杨枝阿姨走在最前面。你退让到路边，等她们过去。杨枝阿姨看见了你，偏过来歇下担子，将自己头上的帽子取下，盖到你头上，说：太阳辣，快戴着。挑担的女子们停在路上喊：看啰，杨枝姐想嫁人生儿子了！一阵哈哈大笑。

你戴着绿生生的遮阳帽，走在太阳直照的白土路上。时空中有杨树和杨枝阿姨的气息。太阳真好。上了河堤，树荫如篷，你下到半坡，将帽子取了，小心挂在一棵杨树上。以后，放学回家时就从树上取下帽子戴着，走过太阳直照的白土路，再把帽子挂在湾子后面的另一棵树上，等着上学。那段白土路上的一去一回让你时刻惦记。可是，没几天帽子的枝叶干蔫了，接着又枯黄。你舍不得丢弃，带回家，藏在腊柳篱笆里——不然，母亲会拿它当柴火丢进灶膛。

这年夏天大旱，杨树沟干涸得只剩两尺宽的沟底水，青鱼已露出脊背，湾子里的人拥到沟里抓鱼，沟底落下一道泥水浆糊。因为缺水，树木和庄稼奄了头，牛往自己的尿窝子里舔，各家各户去通顺河挑水吃。但是，杨树沟下游（杨树沟是西流的）紧挨兜斗湾的湾子，有一台马力很大的抽水机，架在通顺河堤上，从河里抽水过堤，引槽送到湾子前面的杨柳沟，在沟渠上下过境的两端筑起拦水坝，蓄了一段微波荡漾的碧水。

一天夜里，有人把挨着兜斗湾地界的水坝挖开，水流如瀑，护坝的人堵不住，只能任由碧水把兜斗湾段的杨树沟灌满。可是，护坝的人眼尖，看见了挖坝的人是杨枝阿姨。

天亮时，小闸桥方向传来噼里啪啦的吵嚷。你赶紧跑去。原来是两伙人在小闸桥北边的丁字路口对峙：一边是下游湾子的男子，人人手持扁担或杨树棍；一边是本湾子的男女老幼，全都赤手空拳。对方喊赔水，不赔就打人。本湾的人理亏，拥在一起哇哇地回应：

水没法赔，人不能打。杨枝阿姨忽然跨出一步，大声说：你们打我之前，请先想一想，大家向来都吃杨树沟的水，过去我们兜斗湾的人什么时候没让水流到你们那里去，现在支援一回不行吗？一个光头男子晃着扁担冲杨枝阿姨吼道：就是不行！你心头一热，不知从什么地方抓了一根树枝，跳到杨枝阿姨前面，与光头对吼。光头扬起扁担吓唬你，有人闪身阻挡，光头竟一扁担打下来……你被杨枝阿姨抱住，睁开眼时，看见那个阻挡扁担的人双手抱头，一边说：好啦好啦，我负责赔偿你们就是！血已从他的头发里流到脸上——他是兜斗湾的别队长。

别队长叫道魁，三十多岁，中等身材的精悍男子。你叫他道魁叔。他家有两个女儿：小女儿与你同岁，没上学；大女儿与你同班，成绩不好。大人们说队长想要儿子，但他老婆是个药罐子，不行。他小时候念过三年书，因为崇拜鲁班，立志做木匠，死活不念了。他家是"中农"，政治上并不过硬，他自己除了木匠活也别无念想，但大队领导认为，兜斗湾的男劳力比来比去，就他缺点少一些，必须由他当队长。此后，他不得不向领导们学习，背起手，板着面孔，从湾子南头走到北头，大声喊话，尽量发脾气。

那天，道魁叔跟对方达成了口头赔偿协议：给他们湾子的24户人家每家做一把木椅。

做木椅是道魁叔最初的手艺。他被迫当队长后，学艺中辍，像小学生一样没有再识得新字，手艺停在木椅上；这样也行，让他缅怀鲁班时得以专攻椅子。他做的椅子造型好，靠背带弧、坐板有凹，特别符合后腰和屁股；组合自然结实，大小接榫严丝合缝像是长成的，怎么摇晃都不会嘎吱作响；工艺更是精致，表面刨得精光溜手，椅脚和椅背横木的端头都收一圈缓和的口，不会炸毛。

兜斗湾大约每家都有他做的木椅。他上门去派活，本来板着面孔的，忽见一把椅子，立时欢喜得露出一排稀牙，把椅子拿起来，歪着头检视。有经常挨训的家庭，永远把木椅放在大门的门槛外。一次，他风风火火来到你家，正要和母亲说事，忽然眸光一闪，去桌边摇撼一把椅子，也不说话，提起椅子掉头离去；许久，他提着椅子回来，把椅子放在原位——椅子前面的两腿之间换了一根撑木。母亲问队长：有啥吩咐？他的脸色即刻阴沉：老许呀（母亲姓许），听说你这次去大队背诵语录吃了萝卜，很不流利。原来这么大的事儿，还不如一把椅子让他上心。

现在，道魁叔要赔人家的椅了，湾子里的杨树摊上了事。杨树的枝干是直溜的，头尾粗细差不多，木质紧实柔韧，最适合做椅子；而且，杨树可以"木头作业"，即使削去枝蓬，截头平茬，来年还会再生。不过，兜斗湾的人向来不那么狠心，很少给杨树剃光头，一般只在树冠上有选择地锯一两根手腕粗的枝杈。

另外，杨树的枝杈锯下来，不能直接使用，得先泡水，使其变成熟木，有韧性，抗干裂。这是道魁叔的老业务：杨树沟下游一侧有他挖的一个小坑，蓄着沟里引进的水，专门用于浸泡生木——泡过的水有苦汁和气味，不再流回沟里。生木在浸泡前，通常锯成一截一截的大料，用麻绳捆成小捆；沉水后，压上横木，固定在四根木桩上——泡多深和多久，由道魁叔拿捏。大料泡好了，接着阴干，再挑一些火烤，育成规定的弧形。

问题是，一口气做24把椅子，量太大，有困难。

道魁叔写了尺寸，交代五六个劳力锯杨树枝，结果没人肯干。他把这些人召来，找你母亲评理。因为母亲是政治学习的积极分子。母亲问：咋的？众人嘟起嘴，说兜斗湾的杨树下不了24把椅子的料。母亲看道魁叔，道魁叔了解湾子里的杨树，掰起指头计算，说河堤上有多少料、杨树沟有多少料、缺嘴婆屋对面的水塘边有多少料、几处田头路旁有多少料。母亲问：还差两把呀？道魁叔说再找找嘛。大家喊不能这样糟蹋杨树。有人埋怨：杨枝那天说得在理——本来就不该答应赔偿的。道魁叔说：当时不答应能下地吗？有人指出：一沟水也不用赔这么多的椅子。道魁叔说：人家抽水是要烧油的。几个人一起反问：抽水的油抵得上24把椅子吗？道魁叔说：还有机器磨损哟。大家表示：干脆拖着不赔。道魁叔说：这怎么行，答应了的事。母亲就调和：先做一些吧，省得他们再来找杨枝的麻烦。

这年夏天，在知了无边的鸣叫声中，小闸桥北边交替传出锯木、砍木、刨木和钉木的声响……一湾子的大人都在嘲笑队长道魁叔：因为有木活可做，倒像汉奸一样干得欢实。直到秋忙开始，那些修理木头的声音仍在断断续续。终于有一天，道魁叔派人用板车拉着8把木椅，在乡亲和鸡犬的夹道凝望中，朝杨树沟下游的湾子走去……那一刻，知了的鸣叫陡然停顿。

可是杨树落叶时，邻湾的人没有见到第二批木椅，派人来找道魁叔要货，道魁叔向对方摊开双手：看，我这满掌的血泡还没消啊。

又是一湾子人早晚出动扫树叶的季节。

面对流逝而重复的时光，你拄着扫帚呆怔在河坡上。飘零的金黄仿若童年的浮想。一片叶子轻微歇在你的头顶。你看见杨枝阿姨抱着你在落叶中奔跑……你不忍舍弃这人间的温软与芳香。什么时候，河堤外传来"雪山升起红太阳"的歌声……是杨枝阿姨的歌唱。

雪，就在这歌声中落下。江汉平原没有山，地上白了，杨树上白了，房子上白了，天空纷纷扬扬地白。歇农的日子，道魁叔在家中赶制木椅；一辆载着木椅的板车走出湾子，即刻就白了……

雪还在下，邮递员把一封信送到湾子南头的你家。信是委托转交杨枝阿姨的。母亲让你上学时顺便把信带给杨枝阿姨。你站在杨枝阿姨家的台坡上，手里高高地举着信，大声喊杨枝阿姨，门开了，杨枝阿姨穿一件红棉袄跑出来，一把将信抓去，又赶紧捧住你的手，说天好冷——冷吗？她的手温暖又柔软。你笑着摇摇头，转身迎着雪花去上学，觉得在飞舞的雪花中行走一点儿也不冷。

几天后，雪停了。积雪安卧，路面结冰，屋檐和树枝上挂起亮晶晶的凌钩。早晨，母亲将一双崭新的蓝布棉手套给你戴上，说是杨枝阿姨做的。你问杨枝阿姨是不是你家的亲戚，母亲却笑：你们家在兜斗湾是外来的独姓，没有亲戚。你戴上蓝布棉手套去学校，路上很滑，你摔倒在河堤的坡道，还好，没有让手套着地……

春天从冰雪中回来。杨树冒青，太阳一天比一天热辣，路上的行人开始往树荫里走。下游的湾子又来人催讨木椅。正是春种时节，杨树也处于不宜砍伐的生长期，道魁叔交不出椅子，给来人作揖，劝他回去先忙生产。来人说：春耕过了再来，到时莫怪我脾气不好。

春末的一个下午，缺嘴婆主动找到道魁叔，说：你们马上斗争我吧。道魁叔问为什么，缺嘴婆说我每天骂人；道魁叔问为什么，缺嘴婆说我反对砍伐杨树；道魁叔问为什么，缺嘴婆说杨树上有我要粘的知了壳……道魁叔苦笑，答应跟民兵排长杨枝商量。次日早晨，杨枝阿姨拿了一根麻绳，领着缺嘴婆来到小闸桥的丁字路口，用麻绳的一端系住缺嘴婆的手腕，把另一端系在树干上，跟她小声说了几句话，让她站在太阳下。之后，道魁叔把大人们召来开批斗会，大人们捂着嘴呵呵笑，小孩子们围着大人起哄，道魁叔喊严肃点，没人听他的。道魁叔只好扬起胳膊一甩，把人群驱散了。

中午放学回家，你经过缺嘴婆面前，见她站在当顶的太阳下打瞌睡，额头的汗珠直往脸上滚，不由停下脚步。她听到动静，睁开眼，看见是你，连忙摆手让你走开。你回家吃完饭，去灶房打开橱柜，将一个碗口大的米粑掰成两半，拿一半塞进口袋。回学校去，远远地看见一个男子在给缺嘴婆点烟，缺嘴婆吐出长长一口烟，被男子牵到树荫下，那男子竟是去年用扁担打伤道魁叔的人……等那男子走了，你过去，掏出半个米粑塞到缺嘴婆手里，转身离开。缺嘴婆在身后说：哎，队长给我每天记两分工分咧。你没有回头，应道：没人时，就站在树荫下。缺嘴婆笑：苕娃，做事就得认真哟。

队长让缺嘴婆晒了两天太阳……

你不晓得下游湾子的人是否又来催讨过木椅，也不晓得那些木椅是否可以赖掉。这一年兜斗湾只送出去了3把椅子。不过，这年通顺河水多，开闸后，杨树沟灌得满满的；本来湾子里的人出于报复，已经把下游那个被杨枝阿姨挖开的土坝堵住，又是杨枝阿姨去挖开它，让水流到了下游的沟渠。

但道魁叔说：答应了赔24把椅子，不能不作数。

秋天又来，杨树又黄。

一对喜鹊在湾子南头孤立的大柳树上引颈眺望，麻雀如箭镞射向田野。稻子黄熟时棉花白了。田野深处散布着黑色的点点，那些黑点中有一点是母亲，有一点是杨枝阿姨，在附近移动的一点准是当队长的道魁叔；缺嘴婆拄着竹竿缓慢离开她的草屋；祖母照例在柴堆旁打瞌睡，黄狗乌子安静地趴在她的三寸小脚边……所有日子被漫天纷扬的金黄笼罩。

忽然发现太阳是一个伟大的重复，永远统摄万物。

莫名地喜欢月亮和星星，柔软的光芒，宁静而干净。

无论风雨雪雾，你都要上学。这不单是祖父对父亲的嘱咐、父亲对母亲的嘱咐，以及母亲对你的嘱咐，也是你自发的愿望。你需要教室、黑板和同学，需要老师勾着头把目光从眼镜上边射过来。你的成绩并不好。但无所谓，你没工夫死记硬背，你要腾出脑子来装一些微末而尖锐的事物……这些都不是拿去考试的东西，你丢不开它们。

兜斗湾也在生长。只是杨枝阿姨还没嫁到通顺河的对岸，她去随军以及随军后和她的对象肩并肩逛马路的幸福还在等待中；据说她的对象在部队里十分要求进步，他们正在响应晚婚晚育号召。这么看，杨枝阿姨的等待也是幸福的。你后来又给她送过三次信。因为这世上有杨枝阿姨这样的幸福，你觉得缓慢冗长的生活原本也有指望。

　　小学毕业等着上初中时，父亲让你去陪伴他，你去了父亲的单位毛嘴卫生院；但你不喜欢镇上那些乖巧快乐的孩子，偷跑回家了。

　　读中学的哥哥要学农，道魁叔让哥哥带领十岁以上的孩子去秧田拔草。你加入了哥哥的队伍。秧田里有一面水，水下是稀泥，所有人在田埂上脱掉鞋子，卷起裤管，列成横排，嘻嘻哈哈下田。可是，还没拔扯几根杂草，有人喊腿痒，有人惊呼蚂蟥，哥哥吆喝大家不要乱喊乱叫，腿痒忍着，蚂蟥爬到腿上给它一巴掌，别踩着秧苗。你在腿上连打三巴掌，落下一片血迹。太阳升高，热得人浑身冒汗。你便想，怎么才能让秧苗田里不生杂草呢？一趟下来，上到田埂，谁都不肯再下田了。哥哥很生气，指着秧田旁边的棉苗地说：你们看那些打药水的社员，半身揞在棉苗里，嘴上遮着大口罩，背上背着药水桶，比我们辛苦十倍也不止——我们要学习贫下中农，不怕苦不怕累！你一向觉得哥哥很高大，但不深刻，虽然听他指挥，却不相信他的话。

　　下午最热的时候，有人商量：逃到杨树沟的树荫里去吹凉风。就在这时，棉地那边传来喊声：喂，同学们，去沟边歇一哈，等太阳低了再下田。是杨枝阿姨在喊。她是民兵排长，哥哥也得听她的。于是大大小小的孩子像燕子飞出秧田。棉地的端头，杨枝阿姨和六七个女子已卸下背上的药水桶，脱了口罩，坐在沟边的杨树下。

　　忽然，你看见杨枝阿姨向你招手，赶紧小跑过去。杨枝阿姨说：阿姨婶婶们的手上沾了药水，你的手干净，辛苦你去沟里捧水来给我们喝。你往沟坡下走。坡上的一位婶婶放声大叫：啊，好舒服的风，恨不得把上衣都脱了！另一位婶婶应道：我也是——满背的痱子。几个阿姨咯咯地笑。你捧着水上岸，给一位婶婶喝，她一口气吸干，抹一把嘴，长舒一口气：唉，比昨天晚上还爽。旁边的婶婶骂她流氓。你又下坡去捧水，听到杨枝阿姨问两位婶婶：为什么你们嫁到兜斗湾来都哭？一个说：舍不得一湾子熟人和房前屋后的杨树麻雀咻。另一个说：我不哭是怕人笑话——只要男人好，啥都舍得。于是一起劝杨枝阿姨嫁到河那边去，说，那么好的对象还等什么，湾子里比她小几岁的都出嫁了。你捧水上岸，看见杨枝阿姨的脸红得快要出血……她最后一个喝水，嘴唇碰到你的手咯咯直笑，说好痒的。你也笑。她抹一把嘴唇，让你回去跟伙伴们玩。

你走到哥哥的队伍里，在喧闹中向杨枝阿姨那边看去。你看见七八个年轻女子躺在杨树下的草坡上，风把她们的头发吹得飘飘扬扬，她们安逸地闭上眼睛，正静静地享受树荫和凉风；杨枝阿姨斜靠一棵杨树，却瞪着眼珠，透过动荡的树枝凝望天上的云朵……这一刻，你无比惊异：在极度的炎热中，她们用劳累和汗水换取了杨树下的片刻凉爽，那是比平常强烈一百倍、一千倍、一万倍的幸福！

你宁愿太阳就那么悬在空中，永不西沉。

新学期开学，珠玑小学变成珠玑中学。你的成绩勉强可以被录取。兜斗湾跟你一起念初中的另有两个男生，同年级的女生全都主动下学了。你晓得家里人在背后为你呆傻的样子着急，可你无法说出心中混沌的不安与忧虑——你觉得平静而重复的生活毫无依据。

一天放学回家，刚下堤坡，缺嘴婆鬼影似的闪现在你面前，阴着脸对你说：杨枝的对象牺牲了！

　　你心头一紧，吼道：胡说——你胡说！

　　缺嘴婆连忙申明：我也巴不得是胡说咧。

　　你一口气跑回家，问母亲，母亲红着眼圈点头。你说解放军现在又不打仗，怎么会牺牲呢？母亲说是在洪水里救人。你说他不会游泳吗？母亲叹息：洪水太凶，他最英勇——马上就要当连长，就要结婚的人！你问：杨枝阿姨呢？母亲说：昏死过去后被抢救回来了。于是天塌地陷，世界一片黑暗。

　　傍晚，道魁叔通知母亲去照看杨枝阿姨，母亲出门一会儿，你在夜色中来到杨枝阿姨家的台坡下，台坡上的屋子里透出微弱的灯光，你听到那灯光下的剧烈抽噎，整个屋子都在颤抖……你掉头回去，走到自家的台阶口，发现老迈的黄狗乌子一直跟在身边。

　　你在台阶上坐下。乌子紧贴着你的身体。一弯弦月斜挂在稀疏的星群里，天空广大而苍白地明亮。此时的兜斗湾远离人间，往日的影像已被悲怆吞噬——包括想象中的杨枝阿姨以及她与对象肩并肩的身影！你的心猛地抽搐一下。你似乎窒息了许久——但突然发现，原来你并不那么关爱具体的杨枝阿姨，而是在微末而尖锐的生活中关爱心中的某个惦念和指望！于是，你心中的恐惧被现实的恐惧击中，就像这现实的恐惧是射向幽深恐惧的子弹。

　　如此，你突然间又无比心疼具体的杨枝阿姨。

　　在绿生生的夏天，你变成了一个憔悴孤独的孩子……

　　整个初中两年你只见过杨枝阿姨两次：一次是她年迈的父母左右搀扶着她走出湾子去医院，她像一根断离杨树的枝条东倒西

歪，他们从你家台坡下经过，你正要出门，即刻退缩，站在门后窥
视，乌子会意地追过去，绕着他们转了一圈，掉转头来望着你……
另一次是初中毕业前夕，你看见道魁叔和杨枝阿姨从棉苗地里冒出
来——棉苗有半人高，之前棉苗中并没有人影——他们出现后，一
个向东一个向西地分开走掉，远处的杨枝阿姨依然瘦削，但走路的
样子分明不再虚弱，你不知道你看到的是好还是不好。

那时你已萌生一个念头：长大后离开兜斗湾。

你开始在狂想之余拼命念书。你瞧不起太阳，漠视月亮和星星，
不让自己观望飞鸟和田野深处的黑色点点，已然听不见知了嘶哑的
鸣叫……你想对这个凉薄的世界搞点破坏，有一次，在河坡上扫拢
一堆树叶，点火焚烧，火苗熊熊，你看见空中飘扬的金黄在传递火
种，直把兜斗湾的天空烧得通红。一位数学老师拯救了你。老师是
武汉下放的女知青，戴秀气的眼镜，柔弱漂亮。她将手搭在你小小
的肩头，说：莫急，再想想。她掏出手帕替你擦脸，擦得你泪流满面。
她悄悄告诉你：你爸爸不是坏人，长大后要像你爸爸一样做一个有
知识的人。你的数学成绩越来越好……

初中毕业那年，兜斗湾冒出一个荒诞传言：杨枝姑娘被一只狐
狸缠着了，那狐狸是一只公狐狸，昼伏夜行，白天躲在树林和棉苗
林里，晚上不知怎么就抽开杨枝家的门闩，溜进她的房里……最起
劲的传播者是缺嘴婆，她说她见过那狐狸，灰白色，冲人笑，很机
灵。杨枝家隔壁的人证实——她们听到过杨枝半夜里尖利的叫声。
杨枝的父母也神色凝重地跟着附和：是的，我们驱赶过这只狐狸。

但是，黄狗乌子似乎不曾为狐狸的出没而狂吠。

高中去毛嘴中学住读。不久，父亲离开毛嘴镇回县城医院上班；过了一年，学校又开始批判"智育回潮"。

有段时间闲得无聊，你和几个同学喜欢上古诗词，除了《毛泽东诗词选》，也找别的看，不懂就悄悄去语文老师家里请教。唐代诗人贺知章有一首《咏柳》：碧玉妆成一树高，万条垂下绿丝绦。不知细叶谁裁出，二月春风似剪刀。诗中的柳树就是江汉平原上的杨树，你不晓得为何把柳树叫杨树。问老师，老师说：本来杨树叫杨树、柳树叫柳树的，因为隋炀帝杨广下令开挖大运河，百姓在运河两岸插栽易生易长的柳枝，很快便有绿柳成荫，掩映杨广舟游，杨广为此高兴，指出隋朝就应当像柳树一样富有生机，并给柳树赐了杨姓，号令天下把柳树改叫杨柳……后来隋朝灭亡，天下欢欣，又把杨树叫杨树、柳树叫柳树，但江汉平原的人向来有防备心，顾忌隋朝复辟，继续把叫惯了杨柳的柳树叫做杨树，干脆把原本叫杨树的杨树改名柳树……倒也象形，杨与扬同音，杨树枝条飘扬、花蕊飞扬、黄叶纷扬，有一种轻扬的感觉——只是没有与"留"谐音的"柳"字，丧失了"以柳（留）赠友"的依依惜别。

老师的说法或许并不确凿。一连多日，你站在毛嘴中学的梧桐树下，回望兜斗湾：那些生长在河堤上、水塘边、房前屋后、田头路旁的杨树，那些迎风扬起的枝条、花蕊与黄叶，那些在月光下扫杨树叶的男女老少，那个举着竹竿粘知了壳的缺嘴婆，那个给你戴上杨枝帽子的杨枝阿姨，那个一直在做杨木椅子的道魁叔，还有散布在田野的黑色点点、六七个在杨树沟的树荫里歇息的年轻女子，以及四面八方的蝉鸣和无动于衷却无端忠诚的黄狗乌子,尤其是那个确乎存在过的关于杨枝阿姨随军的期望……一切复又微末而尖锐,轻软而轻扬。是时,老师已经教过你通用的思考方法,但你并不认为这一切单单是阶级问题、社会问题、人性问题和历史问题,它分明指向茫然而没有边际的广大视域,你死死盯着那深不见底的悲伤……

而且现实的悲伤接踵而来。

在毛嘴中学住读时,你差不多每个星期天都回一趟兜斗湾的家。你密集地听到了兜斗湾死人的消息——

第一个死去的是杨枝阿姨。她喝了农药,坐在杨树沟的岸边,靠着一棵杨树,双手歇在腹部,被人发现时身子已经僵硬。她依然美丽。她怀上了狐狸的娃,生,怕生了见不得人,不生,又舍不得打掉。她没法待在家中,死之前一直住在缺嘴婆的草屋里。缺嘴婆劝杨枝阿姨生下娃儿交给她抚养,杨枝阿姨无语苦笑。有人看见道魁叔半夜背着米去敲过缺嘴婆的柴门……你在悲伤中想起道魁叔与杨枝阿姨从棉苗地里冒出来的那一幕,突然有些愤怒。

接着是缺嘴婆。有一天,缺嘴婆到各家各户串门打过招呼,跟道魁叔说:拜托你,过几天把我埋了。第二天,缺嘴婆的草屋没开门,乌子向着草屋狂吠了一整天。傍晚,道魁叔来推门,门虚着,进去看见缺嘴婆吊在梁上,地下倒着一只板凳。道魁叔给了缺嘴婆一耳光,把她放下来,然后亲手打好一口棺材,邀约几个上年纪的男人抬棺送葬,把她埋在通顺河堤外的一片荒坡上,紧挨杨枝阿姨的坟茔。偶尔,湾子里还没有死的老人聚在路口,朝着荒坡那边指点。

　　道魁叔的老婆不想死，但晓得自己马上就要死。死之前抓着道魁叔的膀子说：是我对不起你，没有给你家生一个儿子……我也不怪你……辛苦你带大两个丫头，今后嫁到好人家。又把两个女儿叫到床边，让她们不哭，听爸爸的话，给爸爸做饭；家里油不多，炒菜时匀着放；天凉了，记得加衣裳；不认识的字问爸爸……说完，想抬手摸摸两个女儿，手抬到一半落下去。道魁叔把老婆葬在自家屋后的竹林里，坐在坟头抽了一个晚上的烟。

　　第二年春，饥饿的老黄狗乌子也死了。乌子是在外出寻食的途中，被隔壁湾子的知青用绳子勒死的。知青们正要扒乌子的皮，母亲冲上去夺回乌子，背它回家，埋在屋山头的空地。母亲指着一堆黄土让你看，说乌子就在那里哩。你漠然无语。你去杨树上砍下一根粗枝，栽在黄土边，用眼泪浇灌了这棵未来的杨树，可你怀疑这纪念的永恒。

　　紧接着，新的死亡雪崩而至：父亲去世、祖父去世、祖母去世……你看透了这注定的苍凉人世。

　　后来，你们全家离开兜斗湾去了城里。

　　再后来，你们兄弟姊妹的奋斗渐有起色。

　　因为祖父祖母和父亲安葬在兜斗湾，因为兜斗湾留有一间老屋，母亲常回乡下，你们兄弟姊妹每年清明都驱车去兜斗湾扫墓。多少年里，你们扫完墓，本能地逃遁，迅即离开兜斗湾；至少，在你，无法全然屏蔽童年和少年时已经确认的那些悲伤与苍凉——那是不能碰触的。

你当然晓得，而今乡村富裕了：那个破旧的兜斗湾已整体挪动方位，变成面向汉宜高速公路的一溜楼房；而且，家家门前开桃花，屋后种橘树，好几户人家的楼下泊着小轿车。或许，所谓新生的问题不过是老人们昔日的饥寒换成了眼下的空虚。可在你心中，一切的辉煌都无法与渺小众生的悠悠愿望相匹配。从终极的意义讲，悲伤永远搁置在苍凉之上。

有一年清明，你忽然发现兜斗湾已看不到杨树了。

你站在自家老屋的门口张望，喃喃地念叨：杨树呢？母亲说：现在杨树已经没有用处。你想，也是啊，有谁还会在杨树上粘知了壳卖钱、扫杨树叶烧火、用杨树枝编制遮阳帽、拿杨树做椅子、在杨树下乘凉……那些生活连同那个时代和那些人已经消逝，这是必然的，再也不会回来。

可是，你依然为之心酸。

你找到一条白土路，向从前的通顺河堤走去。

半道上，遇见一个迎面而来的歪嘴老头，他居然停下来冲着你笑，颤颤抖抖地抬手指向你，嘴里咕哝着说出你的名字。你使劲想了一阵，陡然惊呼：哦，你是道魁叔。他越发笑，连连点头。你掏出烟递给他，他的手抖动得厉害，拿不住，你帮他插在指间，送到歪嘴里，点上火。他深长地吸一口，又冲着你笑。

你问：您老没去女儿家？

他摇头：湾里还有一个跟我一辈的人没死。

你也笑：下游湾子的椅子赔完了吗？

他竖起两根手指：还差两把。

莲婶的苦楝

莲婶有个女儿叫小莲。我的年龄介于她们母女之间，上下都相隔十二岁。小时候在乡下，我把小莲的姆妈喊莲婶；多年后，小莲来到城里叫我叔叔。幸亏她们母女跟我从未出现在同一场合，不曾有辈分的冲撞。

那年，我离开报社去一家港资公司上班，公司写字间设在汉口上海路的教堂内。有一天，应该是十分寒冷的一天，办公室开着暖气，上午上班一会儿，门卫师傅忽然敲我的门，领来一个穿大红羽绒服的女孩，我还没有看清她的样子，她已连带我的名字喊了一声叔叔，我不敢答应，诧然看她。

她说：我是小莲，莲婶的女儿。

她的长相中的确有莲婶的影子。

门卫师傅走后，我招呼小莲在沙发上就座，给她倒开水，拖一把椅子与她斜对面坐下。她跟当年莲婶出嫁时的年龄差不多，也跟莲婶一样好看，白净小脸，五官如雕画地鲜明，眸中有光，睫毛忽闪，美丽得没法子收敛，单是因为从寒风中来，嘴唇有些乌紫。

我问小莲怎么找到我的，她说她问过我母亲。我母亲常回乡下，她家跟我家在两个相邻的湾子的端头，倒是离得特别近；不过，她家跟我家没亲戚关系，是莲婶出嫁前，我父亲给莲婶的父亲看过病，莲婶嫁过来后，跟我家走得勤。我问小莲是否还在念书，她说她来武汉上大学已有三个月。

我让她喝点开水暖和身子，她端起水杯，忽然停住，看着我说：叔叔，我想退学，您能安排我来你们公司打工吗？她这么直率，不单是拿我当老乡叔叔，显然有点儿挟美自信的劲头。我笑了笑：为什么？她忧郁地垂落眼帘，放下水杯，嘟哝道：好烦人的，天天都有人纠缠，男生一个比一个不要脸，女生一个比一个心眼坏——没办法念书！我明白了，越发笑她：瞧，哪像个大学生说的话，还不如莲婶——你母亲——强大！她抬起头，查看我眼中的意思。

不是吗？我半开玩笑地说：既然长得好看，就要强大。

她喜悦一笑，即刻嘟起嘴来。这是莲婶不曾有的样子。

我打算给她讲讲莲婶的故事，但判定她不可能不了解自己的母亲，就拖延沉默的时间，期待她自悟。

但她忽然抗拒地晃了晃头。我看出她的倔强，抢先说：其实你是主动的，你可以在众多追求者中挑选一个自己中意的小先生，跟他确定恋爱关系，让其他人自觉撤退嘛；再怎么说，也不能因为这个放弃大学——你放心，我绝不会成全你的错误想法。她无助地看我。我抿着嘴微笑以示坚定。

快到中午，小莲起身要走，我带她去教堂对面的小餐馆吃饭。她的情绪依然低落。我逗她：要不这样，你回学校散布一条信息——说你有一个叔叔，在汉口混黑道，左胳膊文一把斧头，右胳膊文一支机枪，拐（坏）得很。她扑哧一笑：算了吧，太不靠谱，还不如说您原来的职业——做记者。至此，她似有转意。

吃过饭，我送小莲去江边坐轮渡回武昌。天空飘着零星的雪花，码头上密匝匝的人由坡桥拥向渡轮。小莲向我挥手，掉头走向码头。我目送她消失在人流中。这时，雪花遽然密集而急切，飘向江面和人流，飘向小莲……

莲婶是在一个明媚的春天嫁到我们那儿的。

我们那儿位于通顺河南岸，莲婶的娘家在北边。

春天晓得她出嫁的消息，提前兴奋起来：土路边的各色花朵东张西望，油菜摇荡无边无际的金黄，桃树红得像火，白蝴蝶四处乱飞不知飞向哪儿，杨树索性以飘扬的白絮把附近的湾子罩住。可是，那一天，她到来时，大自然的所有的忙碌与鲜艳陡然风平浪静，整个春天被她遮蔽了。

这是为什么呢？那时我还小，恍惚在春天里。

我所知道的是，这个莲婶在传说中无比漂亮。

之前的某一年，兜斗湾的缺嘴婆过河去收知了壳，中途口渴，上农户家讨水喝，一个小女子给她端出一碗水，她被小女子的美貌惊呆了，一问，方知是要嫁到隔壁湾子的莲姑娘，赶紧咕哝几口水，掉头往回跑，跑到兜斗湾，逢人便讲那莲姑娘是天下最好看的——瓜子脸，葡萄眼，柳叶眉，鼻子像葱，牙齿像糯米，皮肤白里透红，一条长辫子，不高不矮不胖不瘦，细腰圆臀——比旧社会的日本女子和西洋小姐好看，比新社会的白毛女李铁梅江水英好看，从没见过比她漂亮的，不可能再有比她漂亮的……缺嘴婆两眼翻白、口流涎水、胡说八道、上气不接下气。不等她讲完，众人齐声咋舌：那不就是天仙！

莲婶嫁来的那天，太阳还没落土，晚霞红得耀眼，接亲的队伍从通顺河上游的木桥过河而来，因为新时代不兴坐轿子骑白马，莲婶头上搭一块红绸布，由新郎官牵着手，走在队伍前头。一路上，喇叭响，锣鼓鸣，逶迤浩荡。路边的花朵无法看见她的脸，篱笆的枝条悄悄扯她的衣袖，乱飞的蝴蝶拢不了她的身，杨树的花絮落在她头顶的红布上……湾子里的人出门夹道迎接，把她迎进湾子，过了杨树沟的小桥，拥进一间贴红对联的青砖瓦房。

新郎官叫别水亭。我小的时候，母亲让我喊他水亭叔。

水亭叔的瓦房有贴花纸的窗户，当夜的灯火燃到了天亮……

水亭叔之所以运气好，得益于娃娃亲风俗：水亭叔穿开裆裤时就和莲婶定了亲，谁能料到日后各自的长势？况且保媒的说了，水亭没有兄弟，只有一个姐姐，今后不用分家，房屋是水亭一个人的。若是现在，双方长到成人后自由恋爱，以水亭叔不到一米六的身高，卡白瘦瘦，左手老是捂着上腹，一个大小伙子在生产队每天只能跟妇女一样挣 0.95 个工分，别说莲婶看不上，怕是连媳妇也讨不着。水亭叔唯一的长处与独子有关，因为是独子，父母供他念完初中，他在农村的同辈人中算得上最有文化，这个应该可以作为一种婚姻的弥补。有年春节，水亭叔去丈母娘家拜年，一碗米饭吃得抻脖子翻白眼，丈母娘看得神色仓皇，水亭叔赶紧说：姆妈您不担心，我没病，而且队长准备让我当会计，每天拿一整个工分。丈母娘就圆场：娃儿，莫这么讲，我们是守信之家，没别的意思。

这么说，莲婶嫁给水亭叔，不仅带着美丽，也是带了仁义的。

新婚第二天，朝霞绚烂，一对喜鹊在杨树沟边的树巅上喳喳鸣叫；水埠传来棒头打衣的声音，哪、哪——哪哪哪，两重三轻的节奏，跟往日女人棒衣的干劲有所不同。是谁向水埠探头，看见探头的人跟着探头，探头的人渐渐增多，远处的往沟边靠拢。水埠上，棒衣的正是莲婶：荷叶色春装，枣红裤子，蹲在濒水的埠石上，高卷袖口，露出两只莲藕一样白净的胳膊，挥起棒头打石板上的衣物，身形动作灵活，像是在清脆的棒声中舞蹈，击打得阳光四溅。杨树沟的两岸愣怔了一片人，眸中都是棒衣的莲婶。

一会儿，穿一身藏青色中山服的水亭叔来了，站在莲婶身后唤莲儿，声音小小的，像是怕惊着莲婶，一连几声，不舍缠绵；莲婶应着，端了一盆衣物站起身来，水亭叔上前一步，双手拿住盆沿，莲婶笑着不松手，水亭叔让莲婶给他，只说不夺，免得搡了莲婶的身体。后来，莲婶空手走在前头，水亭叔端着盆子跟在后面，双双在春天的霞光里回家去。

从此，莲婶从家里出来后的每时每刻就有人报道了——

莲婶是积极的新人，响应号召结婚三天下地出工。她扛着锄头一出现，喜鹊就追随着喳喳叫，四面八方的目光向她跑来：看她的脸，看她的五官，看她的皮肤，看她的长辫子，看她的荷色上衣和杨树一样摇曳的腰肢……莲婶整个儿暴露在众目睽睽之下，被看得憋不住，扑哧一笑，看她的人也连忙笑了，笑着躲闪，笑着点头，笑着跟她招呼一声，说今天又是一个洗衣裳的好天气。

看她的人不分男女老幼。年轻男子不必说，年轻女子也不必说。老头子老太太看见她，目光给粘住，站在台坡口先转头、再转身，任她把目光越拉越长，像风筝的线，直到被拐角的树丛遮绊，才算了断。若是少妇怀里含着奶头的婴儿瞥见她，眼珠立时瞪大，嘴上不知不觉松开奶头。喜鹊一直在树梢和篱笆上蹦跳追赶。公鸡也犯花痴：甩一下红冠子，眼圈亮一次。

还有我和伙伴们。她是荒漠童年的一株水莲。我们什么都不懂，不曾有过看见之外的遐想。单是喜欢看见她。依照水亭叔的辈分，她是大家的婶婶。

或许，这并不是童年的全部内情。否则，我怎么可能在多年后对莲婶的女儿小莲满怀一种长辈的情意？

但大人们总是别有用心的。

有人绕道接近莲婶，做出专心走路的样子，眼睛瞟了过去，像是怕忘记，赶紧又瞟一下。

有人从她身边经过，见她埋头锄草，咳一声，她抬了头，冲她微微一笑，不打自招地脸红。

有人明知她在视野里，偏不去看，胡乱地唱起荒年歌，要么就三三两两互相逗打，弄出一些响动来……

　　莲婶有礼貌，对人无不微笑以待，而且公平，微笑的尺寸都一样。又因为太美，特别自尊，每天积极出工，干活下力，不让美受到损伤。她的美比生产队长的吆喝顶用，让湾子的全体社员无比热爱社会主义集体劳动。渐渐地，她开始跟人说话；听她说了话，马上有人接连跟她说话。

　　春天，青年男女在水田里并排插秧，队长忽然喊停，全体停下。队长站在对面的田埂上吼叫：看看你们一个个插的秧，像癞痢头，再看这一厢——株距行距清清楚楚，给老子照着学！众人看那一厢，新插的秧苗犹如写在格子里的字，均匀整齐，插秧的人已退到所有人身后，扭头看，是莲婶。

　　以后分组干活，大家都抢着跟莲婶在一起。有时争抢的人免不了争执，莲婶就安抚没抢到她的人，给他们多一些微笑，那眸中的波光就把怨气消化了。队长看出门道后，专门把大蛾子或黑牯牛分在莲婶一个组里：大蛾子毛糙，收拾粮食老是天一半地一半的；黑牯牛身大惜力，做事磨洋工，喜欢在树荫下躲太阳。

　　夏天的月夜，社员们在队屋的禾场上打稻子。中途小憩，男男女女歇在稻草堆上说笑。有人请莲婶唱歌，莲婶唱李铁梅的《光辉照儿永向前》，歌声起，天下静，至结尾的拖腔到来，掌声大作。一个小伙子突然兴奋地喊：哎，我们搬石磙比赛吧。搬石磙是把卧着的石磙搬得竖立起来。此时，众人的面前就有一个横卧的石磙，比一般石磙大许多，过去还没有人能搬动它。听到搬石磙的提议，黑牯牛噌地起身走出去。大家喊黑牯牛加油。莲婶也跟着喊，声音格外清脆。黑牯牛站到石磙一端，朝手掌吐了唾沫搓几下，躬身搂住石碾端头，一声长嘶，石碾缓缓站起。全场一片鼓掌。另一个男子上去，抬脚蹬倒石碾，不用吐唾沫搓手，一撅屁股，石碾就起来了。接着，第三个、第四个人蹬倒石碾，搬起石碾……正是热闹时，禾场外传来莲婶婆婆的呼叫：莲儿，水亭发烧了，快回家看看！莲婶闻声冲出人群，禾场上的月光顿时阴下来。之后，又有几个男子上去搬石碾，没一人搬得动。夜色就彻底黑暗了。

也有一些故事是很不妥当的——

一个大姑娘指出莲婶唱《光辉照儿永向前》最后一句的拖腔不够长，自己每天晨练，硬是一口气可以把拖腔拖出三分钟，拖得众人耳朵发麻。

大蛾子在田间问莲婶：你家水亭那么疼你，是不是晚上做事都不敢下力？莲婶红脸一笑。大蛾子说：我那死鬼馋得要命，每回都是一整夜。莲婶吃惊：啊，那么长时间呀？大蛾子撇嘴：死鬼就这个强。莲婶不信，打听了几个大婶，有的说是，有的说不是。莲婶自我宽解：反正这个也不能当饭吃。

一个没有搬起石碾的男子在男人中宣布：在湾子里，除了水亭，他是第一个跟莲婶有肌肤之亲的。其实，他只是在帮莲婶把一袋谷子送上肩时，碰了一下莲婶的手背。他这么吹牛，大家都讥笑。但毕竟碰着手背也算是肌肤接触，马虎一点也可以扯到"亲"上去。于是，有一个搬起了石碾的男子对"肌肤之亲"的男子特别反感，冲他瞪眼，恨不得舀一碗水把这狗日的吞掉。一天，两人在宽阔的公路上迎面相撞，都说对方是故意的，吵着吵着就打了起来。居然不相上下：一个的半边脸肿起乌青的包子，一个用双手捂住胯裆跪在地上。

接着是家家户户夫妻吵嘴：男的打女的，女的又哭又闹；女的打男的，男的抱头鼠窜。大蛾子最生猛，撸起两只袖子，一手举砧板，一手挥菜刀，砍几下骂一阵：不要脸的骚狐狸精，你除了脸跟老娘不一样，还有什不同？你要是再敢朝老娘的死鬼抛媚眼，老娘一定剁烂你个骚货！叫骂没有点名，单是朝着杨柳沟的方向。莲婶端一盆衣物去水埠，走到半路停住，立马掉头往家里跑⋯⋯

类似的事件还有许多。若干年后我读《陌上桑》，读到"来归相怨怒，但坐观罗敷"，以为十分通俗易懂。

再说小莲。

小莲念大学时，每学期都给我打一两次电话，礼节性问候老乡叔叔。我打探她招架追求者的情况，她笑，说搞定了，谢谢叔叔指点。有一次我让同事给她寄去本公司经营的进口化妆品，她收到后打电话来感谢，说室友羡慕得要死，她又招人恨了一回。小莲念的是热门的计算机专业，专业我不懂，但我知道这个专业前景好，每每鼓励她专心学习——长辈的情意总是拳拳的。

小莲再次见我是她念大学的最后一个学期，确切的时间是1995年春。当时我所在的公司刚搬写字间，去了汉口球场街的一座独体房子。小莲来之前给我打过电话，来了敲办公室的门，像喜鹊一样跳到我眼前，叫一声叔叔，转身冲着门外招呼：进来哟！一个高挑的男生涩涩微笑，从门口移步过来。小莲上前拉他一把，对我说：他叫大壮，我男朋友。我起身邀他们入座。

看上去，小莲瘦削了，变得洋气了：刘海微微卷曲，眉眼画过，眼睛黑得深凹，穿米色紧身春装，红指甲闪闪晃晃。叫大壮的男生英挺干净，胡髭刮得青青的，腼腆中透出近乎木讷的酷冷，多年后，媒体上出现的那个乔布斯曾让我联想到他的样子，应当在任何年代都是女生的抢手货。我问小莲：今天怎么想到来看叔叔？小莲朝大壮一指：是他，他想认识您。大壮赶紧回应：是的，小莲常跟我讲起叔叔，我们都敬佩您，希望得到您的指教。我单是笑，以恭维大壮的立场说：不错，小莲的眼光不错。

中午下班，我请他俩去公司食堂就餐，三人坐一张条桌。期间，问起小莲的爸爸妈妈，小莲淡然回应：还好吧。我不由顿了顿筷子。小莲赶紧一笑：叔叔，我马上就要参加工作了。我感到小莲心思飘浮。大壮不说话，吃吃停停，喉结间或大幅度滑动一下，显然有话要说。

小莲和大壮走后没几天，大壮突然一个人来了。

大壮坐在我办公桌对面，耷拉着头。我说：既然来了，有话直说嘛。大壮抬起头，半垂着眼帘嘟哝：我想请您教育小莲——我和她恋爱三年好辛苦，她明明表示我是她男朋友，但一直跟另外两个男生不清不楚地来往。听他这么讲，我倒有些生气：你也太小气了，小莲和你恋爱，难道就不能跟异性同学交往？大壮即刻回道：不不，他们不是一般的交往，那两个男生先是争风吃醋互相打架，后来又找我打架，小莲完全可以说清楚大家的关系，但她宁愿保持"中立"。

这样啊。我一时无言以对。

还有咧。大壮显得犹豫了。

还有什么？我问。

大壮抬眼看着我：最近她经常去学校门口的一家歌舞厅陪人跳舞唱歌，我劝她不要去，她不听，说小费不菲，还能结识有身份的人，有什么不好？我说这样既影响学业又辛苦，她说她很享受——她要把她妈妈的损失全部挣回来；有一次我去接她回学校，她居然斥责我是盯梢的小人。

我完全不知道如何安慰大壮，起身拍拍他的肩，说：你先回去吧，坚持做好自己，我想想怎么帮你。

我去到那所大学门口的歌舞厅，在旋转霓光下的人影里，看见了穿一袭白色连衣裙的小莲。我走进她所在的包厢招呼她，她惊呼叔叔您咋来了。之后她到我的座位处来陪我说话。我说：我是来见你的。她愣怔一下，即刻嗔道：准是大壮这家伙跟您瞎说什么了。我问：大壮错了吗？她反问：我错了吗？我说：你们既然恋爱，你就应当体谅他的感受。她偏转头，哂了一下，愤道：小气鬼，没出息！他咋不体谅我呢？马上要毕业闯天下，多交朋友才多些机会。我说：那些都是不恰当的，闯天下最终靠的是美德和才干。她笑：那是老牛拉破车。我说：你胡说，我在外资企业做高管，我才晓得，老板只认员工的本事。她嘟哝：天下又不是老板的，外面能卡住老板脖子的人多得是，再说老板也是各种各样的。我想发火，言语竟被她的逻辑铐住了。

沉默着，小莲起身拉我跳舞，我陪她跳一曲慢四。她逗我开心：叔叔，你的事业顺利跟舞姿和讲究形象有关吧？我知道她仍在延续她的逻辑，苦笑一下：两回事咧。分手时，我提醒她：出门在外，好自为之。她点点头：叔叔再见。

这之后，我与小莲有二十多年没有再见。

上世纪末，我倒是单方面见过她两次：一次是在飞北京的飞机上，登机入座后，我看见一个很像她的女子一边从过道上迎面走来，一边跟一个两鬓花白的西装男子说着话，于前两排入座，途中，她的头几次倚在那男子的肩上；我想，小莲跟大壮后来或许并无结果；下了飞机，我刻意放慢脚步，以免与小莲照面——其实我认出了她是小莲。另一次，她在电视里做一档财经节目的嘉宾，形象光鲜，言辞练达，讲普通话，字幕飞出她的名字，当时我莫名地想到了于莲——虽然我知道事实上她跟于莲不大一样。

莲婶嫁给水亭叔后，老是怀不上孕。

小莲是莲婶婚后第四年带给水亭叔的一场热泪。

莲婶不孕，湾子里的春天依然草长莺飞，秋来了照样稻黄棉白，只是天光诡异风物诧然，猫儿不敢大声叫春，各家各户的公鸡和母鸡都朝杨树沟边的屋台上张望。莲婶去水埠棒衣，一对喜鹊歇在柳树的低处，不时喳喳两声，像是好心安慰，莲婶的眼泪哗哗直下。

莲婶苦闷，水亭叔丧气，公爹坐在屋山头敲烟杆，公婆等到天黑后蹑手蹑脚去窗户下听壁脚。两年后，水堂叔和莲婶双双去毛嘴卫生院看医生，验尿，化验精液，检查男女生殖器官，问询房事种种；然后医生开药，男的吃男药，女的吃女药，交代慢慢来不着急。可是能不着急吗？在公婆指引下，莲婶还得陪水亭叔四处暗访郎中，求仙姑，拜大神。郎中切过脉，说男的太弱女的太强，分别写下"阴阳平衡"的祖传秘方。仙姑的方法是口里含水喷雾，且唱且舞，闭着眼睛呜呜地说，本仙已向那个在远方玩耍的孩子招了手，过两年便会到来。大神在屏风内接见水亭叔和莲婶，问完话，留下莲婶，让水亭叔去屏风外面喝茶；水亭叔刚端起茶杯，莲婶啊地尖叫一声，两手抓着裤带奔跑出来，水亭叔手上的茶杯掉在地上，砰的一声碎了……

那几年，湾子里的女人欢声笑语，男人们蠢蠢而动。

有一次，莲婶挑两袋谷子去街上夹米，上了堤坡，落下谷袋喘口气，一个挑着担子跟来的男人在莲婶身边歇下，提起莲婶的两袋谷，一前一后放进自己的箩筐，挑起来就走，莲婶未来得及推辞，只好扛着扁担追赶，不停地喊：兄弟，你挑两份太累，我挑我的。

初夏多云天，莲婶在棉苗地里锄草，未到下午放工的时候，太阳从云层中钻出来，莲婶没戴草帽，晒得满头冒汗；忽然，有人影从面前经过，地上落下一圈杨树枝条，莲婶停了锄头，捡起来，是一顶绿叶蓬蓬的遮阳帽，上面还插着几朵金黄的野菊花，抬头看，那人瘦小的背影已到了田头。莲婶是喜欢花的，莞尔一笑，戴上这顶帽子。

上了年纪的人也不安分。莲婶去队屋的仓库领了农药，老保管陪她走出仓库时陡然站住，指着门槛边惊呼：那是什么？莲婶顺其手指的方向看去，是一只银手镯，上前捡起来，转身交给老保管，老保管说你捡的归你，莲婶说你先看见的你也有份，老保管顺势拍拍她的手，说，我那一份送给你了。莲婶脸红，把手镯放进裤兜，回头朝老保管飞送一眸。

也有直奔下流的。一天傍晚，莲婶去自家屋后的茅厕，正要解裤带，忽然瞥见茅厕外的篱笆上有一处颜色深暗，定眼看，有人影闪去。那时乡下人家的茅厕大同小异，一个圆坑一个蹲槽，周围用残砖码一圈半人高的遮挡，上茅厕来解手的人通常咳一声，让附近的人自觉离开。但莲婶这次不一样，分明是有人企图隔着篱笆偷看。出了这事，莲婶再上茅厕，必得先在茅厕四面侦察一遍。

最不要脸的是黑牯牛。这黑牯牛好吃懒做，长相倒不像黑牯牛憨笨，在湾子里算得上一表人才，向来讨浅薄姑娘的青眼；他比水亭叔小三岁，已有对象，马上就要结婚；因为队长经常派莲婶带着他做事，他跟莲婶混得随便了。秋收的一天，他主动帮莲婶往大布包里装棉花，中途停住对莲婶说：水亭哥不行，我行，还是处男咧。莲婶问：啥意思？他说：求你跟我过一夜，我保证帮水亭哥完成任务。莲婶眼一瞪，甩了他一耳光……

在兜斗湾，莲婶的事无法成为秘密，只要一人晓得，全湾都知道。

有人说，立冬的那个晚上水亭叔哭了半夜。起因是莲婶洗完澡往手腕上戴那只银手镯，让水亭叔看见了。水亭叔问镯子哪来的，莲婶如实交代在队屋仓库捡镯子的经过，水亭叔夺过镯子细看，立时捶胸大叫：这镯子分明是那老家伙祖传的东西啊！屋里寂静许久，水亭叔的哭声冉冉升起：哭自己身体虚弱，哭自己不英俊，哭自己没"本事"，哭自己家中没有祖传的宝贝……但凡是一个站着拉尿的都敢打自己老婆的主意！

立冬后连日寒雨纷纷，天气一天比一天冷。

水亭叔黑着脸对莲婶说：我想外出透透气。

莲婶忧忧地点头，说：你去吧，把新棉袄穿上。

三天后，水亭叔回来，拎着两个鼓鼓的塑料包，欢天喜地叫喊莲婶，拉她去到房里，打开包，让她马上换新衣裳。

莲婶脱下肥大棉裤，拉起紧腿保暖裤，外罩米黄直筒裤；卸去臃肿的布扣棉袄，先套红毛衣，再穿粉色对襟呢质服；蹬掉黑布鞋，换上白棉袜，扯起咖啡色人造革的高帮靴。妥了，水亭叔看莲婶，莲婶看水亭叔，四只眼睛晶晶亮。但莲婶突然一怔，问哪来的钱，水亭叔说：我是读书人，天生我材必有用——我要把世上的钱都花在我老婆身上。莲婶的眼眶一下就红了。这时，水亭叔又从塑料包里取出一把折叠伞，撑开，对莲婶说：去，去湾子里走一趟，顺便把老家伙的银手镯还给他。莲婶顿住：为什么？东西是我捡的！水亭叔嗫嚅道：为我。

莲婶就带上银手镯，撑着伞，鲜艳地走进细雨中。

可是，不日落雪，两名穿制服的公安来到湾子里带走了水亭叔。案由是，水亭叔半夜去别的湾子牵走一头黑牯牛，卖到了十里外……

水亭叔被判两年刑，去了沙洋劳改农场。

两年里，远近的坏人摩拳擦掌跃跃欲试。

莲婶一年四季泪眼婆娑，再没有穿过水亭叔买给她的衣裳。但是，面对身边环顾的虎狼，她越发要为水亭叔守住自己的完好。她没有抗击的力量，唯有坚壁清野。她把自己的房门封了，开一道门，从公爹公婆的房间出入，由公爹公婆在夜间担当门卫。每次上茅厕也让公婆站岗，如果万一公婆不在屋里，就请公爹去篱笆外抽烟咳嗽。她不再梳妆打扮，故意把自己弄得邋遢不堪；她想过做泼妇，实在做不来；她能做到的是，不单独出门，在外尽量往女人多的地方凑。她想，虎狼再坏总还是人吧。

但是，莲婶常常不能不下地干活。

棉苗长到半人高的时候，田野绿森森的。她在棉田整枝打叶，听到身后的棉林下面有呼呼行进的动静，还没回头，两只胳膊已从背后将她箍住，她不由啊了一声。对方压着嗓门喊：不怕，是我咧。她听出是生产队队长，感觉队长的身子紧贴着自己，赶紧叫唤叔叔，故意偏题地说：我知道，您是关心我，检验我的警惕性。一边转过身，用两臂撑在面前。队长讪讪地笑，松了手让她莫叫，即刻将身子落到棉林里，一串棉苗的摇荡由近及远。

不久大队队长来了。大队长向队长打听过莲婶，队长以为此事不好办，但大队长微微笑。那天，湾子里的妇女在队屋的禾场上晒谷子，大队长走进禾场，妇女们停下活看着他；大队长径直走到莲婶面前，伸出手来握手，不料莲婶耸肩一缩，把手躲到了背后。大队长就笑，收回自己的手，请莲婶借一步说话。莲婶随大队长走到禾场边的树荫下。大队长说，他知道莲婶嫁到兜斗湾之前采过药，打算调莲婶去大队做赤脚医生。莲婶表示感激，赞扬大队长全心全意为贫下中农谋幸福，可惜自己文化低，男人又坐牢，不能损害大队和大队长的形象。妇女们直愣愣地望着禾场边，看见大队长跟莲婶站得很近。末了，大队长抬起手，想拍拍莲婶的肩，莲婶一闪身，那手落了空。

次年夏天，一个穿黑色中山服的人来到兜斗湾蹲点"促生产"，队长说他是公社的王主任。王主任挨家轮着吃"派饭"，不日轮到了莲婶家。那天，王主任坐餐桌的上席，莲婶坐右首，公爹公婆坐左首，临门一方空着。王主任十分正派地朝莲婶看，莲婶赶紧摸一把胸前折起的衣缝。吃完饭，王主任让公爹公婆回避一下，他要跟莲婶单独谈工作。莲婶给公爹丢了眼色，公爹去门外的马扎上坐下抽烟。王主任说，也没别的，就问问你有什么个人要求给我提。莲婶摇头，谢谢主任。王主任说，你知道我很喜欢你吗？莲婶说，知道，你拿我当侄女看。王主任飘忽地笑。莲婶接着又嚅动一下嘴头：要说要求，也有，就是总有一些男人不正经，以后遇上麻烦，得找您帮忙。王主任问：要是我也不正经呢？莲婶说：怎么会，您是党的干部咧。王主任笑笑，起身走了。没想到，王主任还真的转变了态度，很快召开社员大会，严厉批评对莲婶图谋不轨的歪风邪气。

再有，就是莲婶必得外出：去沙洋探监。

为了避免被"不正经"的男人跟踪，莲婶每次都突然行动，事先不请假，出门半天后由公婆去向队长报告。两年的春夏秋冬，莲婶每季去一次沙洋。莲婶见了水亭叔，两人双手抓双手，水亭叔流着眼泪摇头。莲婶每次都说：你放心，安心改造，争取提前释放，我把你的"一切"都替你保护得好好的。水亭叔忍不住长长地抽噎一声。

两年差两个月，水亭叔回来了。

水亭叔到家时，停在自家的台坡下，靠着一棵苦楝树，两手隔着裤子揉搓胯间。莲婶出门见了人，大呼一声：水亭哥！水亭叔抬头点头，望着莲婶似笑非笑地笑。莲婶冲上去挽住水亭叔，问怎么的？水亭叔说：痒。进到屋里，莲婶让水亭叔脱下裤子给她看，原来水亭叔带回了阴部的一片疥癣。

本来久别的两人像烈火干柴，眼下却眼睁睁地担心传染，彼此急成了热锅上的蚂蚁。次日，莲婶陪水亭叔去镇卫生院看病。遵照医嘱：剃光阴毛，搽药。先搽几日白膏子，不灵；再搽几日黄膏子，又不灵；最后搽黑膏子，还是不灵。水亭叔每天裸着下身不能出房门，躺累了坐起，坐累了踱步，踱累了恨不得给疥癣两巴掌。水亭叔急得哭，莲婶跟着哭；如果莲婶先哭，水亭叔马上也跟着哭。两人就这么用哭的方式享受夫妻团圆。

哭着哭着，莲婶陡然两眼放光：想起水亭叔回来时倚靠的那棵苦楝树——想到了嫁到河这边之前给大队医务室采药的经验。

水亭叔以为莲婶魔怔了。莲婶疯跑出去。

一会儿，莲婶一手拿篾刀一手提铁锹，去到台坡外的苦楝树下。先削树干的皮，积了一堆；再挖开树下土，砍下几条树根。水亭叔出不得门，隔着窗户看莲婶疯狂地挥刀用锹，慌张地喊：砍不得、砍不得，那是公家的树！莲婶不听，一股苦楝树的"苦味"飘到房里来。接着，莲婶把树皮和树根洗干净，摊在簸箕里，放在太阳下曝晒。

两天后，莲婶将干枯的树皮树根研磨成齑粉，用齑粉和醋调出半碗黄色的浆糊，端进房里，让水亭叔仰面躺下，开始在他的痒处涂搽。那些日子，掺和苦涩的醋味弥漫了附近几个湾子的天空，所有人都在想象水亭叔房间里发生的故事。那是一个奇迹：水亭叔阴部的红肿渐渐消退，渐渐起了死皮，渐渐脱了白屑……房间里忽然传来又哭又笑的欢闹。

这一年，莲婶怀孕，怀上的就是小莲。

这一年，我十一岁，还生活在湾子里，许多事都是亲耳听到或者亲眼看见的。我一直记得那弥漫了整个湾子的苦涩醋味。

且说那棵苦楝。苦楝不成林，单棵的也少见，莲婶家台坡外的那棵苦楝不知是哪儿飘来的种子。苦楝长成后做不了大材，黄黄的弹珠大小的圆果很苦。乡间有一句谚语——好吃的楝树果哪有过冬的。意思是好东西早被人捡走了。但苦楝可以祛除虫邪。三十多年前，农村推广土地承包经营，顺带调整农户宅基，那棵苦楝树划给了莲婶家；莲婶感念它的好，和水亭叔扩展屋台，让它立在台坡口。到了小莲念中学时，突然晓得苦楝与"苦恋"的关联，提出弄掉台坡口的苦楝，莲婶不答应，小莲讲"苦恋"是悲惨的，莲婶不便跟女儿讲父母的往事，只说，苦楝是命——命都没有，哪来"苦恋"。苦楝就留下来了。

我不知道小莲以后是否纠结过苦楝和"苦恋"。

大约第二次"单方面"见到小莲不久，我与小莲昔日的男友大壮深谈过一次。

那是一次邂逅。坦率说，我本来没怎么拿小莲当自己的义务，尤其是有了两次"单方面"见到她的印象，在我的意识里，小莲不过是那个时代必然会有的一种人——他们匆忙追求时髦而体面的生活，只能悲喜由人。

我和大壮相遇在一家公司的写字楼。当时，我应邀为那家公司做企划。一天上午，在办公室的楼道上，迎面走来一个高挑的男士，我们彼此认出对方，他就是大壮。大壮穿着挺括的浅蓝色西装，依旧干净，依旧英俊，依旧年轻。但我知道他实际已经四十出头。他告诉我，他在公司某部门做一个项目的负责人。或许因为念着过去小莲与他有过恋爱的交往，而他又是那么正派体面，我觉得他在职位上的进步慢了一些。中午，我和他在公司食堂再次相见，就相邀坐到一个卡座上吃饭，聊天，一直聊到下午上班的时间。

起初情况不明，我不便探问大壮和小莲的关系。大壮倒是主动，一开始就感谢我当年对他的帮助和对小莲的关心。他的感谢让我知道他至少依然爱着小莲。但是，大壮苦笑了，说小莲后来还是按照自己的路子发展的。大学毕业时，他俩双双被武汉的一家国营企业聘用，大壮在产品研发科，小莲被安排到对外公关部。第二年，他俩领了结婚证，商定暂不办婚礼，但三年不到，他俩办了离婚手续，一切都不为外界所知。大壮复又苦笑一下：小莲在三年内曾两次怀孕，可惜两次的孩子都被她打掉了。

为什么呢？

一次一个原因。

头一次是遇上国企改制。当时，企业负责人与外面的投资人密谋有利于投资方的资产（及债务）转让和员工安置，审批程序涉及方方面面的部门和上上下下的关键人物，小莲是公关能手，许多环节由她去跑事半功倍——当然，对于小莲而言，真正的动力是那个投资人私下向她许诺，事成后提拔她做副总，并奖给她 5% 的股份。小莲对大壮说，这是一个机会，她必须轻装上阵。

不过，小莲也不吃亏，她是最后的赢家。国企改制后，投资人是董事长，原国企负责人当总经理，她做副总；但她乘胜追击，跟董事长"公关"两年，董事长让她取代了总经理；又过几年，她通过贷款投资和资产重组，自己让自己成为大股东，坐上了董事长交椅。现在，她已是企业界不大不小的名人。

您可以从网上查到她的。大壮说。

我淡然而笑，没说在电视里见过她。

第二次不要孩子多半因为她的父亲。大概是 1999 年，他父亲从外地抱了一个不是她母亲所生的弟弟回到老家。那弟弟还没满月。小莲得知消息，双手抓着头发半天不说话。大壮去过一次乡下的岳父岳母家。大致情况是，水亭叔去南方打工，替人当会计，睡了一个打工妹，那打工妹为了钱，生下小莲的弟弟。但不可思议的是，小莲的母亲莲婶领养了这个婴儿。大壮从乡下回来，小莲伤心地躺在床上。大壮跟小莲说她弟弟的情况，小莲冷冷地冒出一句：明天我就去把肚子里的孩子打掉。大壮大吼：为什么？小莲也大吼：你说呢——难道要让我的孩子今后把我的弟弟喊哥哥吗？

不久，大壮找小莲办了离婚手续，从这家公司离职而去。

大壮说，他一直没有再婚，小莲也一直没有再婚。他曾经有过女人，不知小莲是否有过男人。不过，他俩也没有彻底断绝联系。每年冬天下雪的时候，他都要约小莲去江边吃一次火锅，吃完火锅出门，如果小莲在雪地里趔趄一下，他就扶她到车边，小莲拉车门时，会转身在他肩上重重地拍打三下；即使小莲没有趔趄，他也会送她到车边，让小莲在他肩上重重地拍打三下。小莲搬过四次家，每次都叫他去帮忙看守场面。前年小莲从法国回来，带给他一顶法国男士帽，他戴上帽子，对着镜子笑，说她让他起码老了十岁。

如是，他俩之间毕竟搁着从前的岁月，彼此像树叶落在树根上，树根承接了树叶，什么都不说，什么也不改变。

而我，更关心的是莲婶。

我认真地向母亲打听过莲婶和水亭叔的情况。母亲虽然早已离开老家，但时常回去温习留在那里的生活。她几乎知道莲婶和水亭叔的一切。

母亲说，水亭叔是小莲上大学的第二年去广东打工的，先给人看门，不到半年，遇上一个中学同学，那同学是代销家具的老板，把水亭叔弄去当了会计。几年后，老板自己开厂做家具，生意越做越红火。水亭叔因为账做得好，为公司省了不少税钱，得到老板信任，不仅薪水高，地位也高，出门穿西装、坐小车，经常请人"卡罗窝克"（卡拉 OK），相当于二老板。莲婶去南边见识过。水亭叔出事跟那个老板有关。说是有一回，老板问水亭叔怎么不要一个儿子，水亭叔说自己"身体"不中用，老板不信，弄了一个姑娘给他试，一试，怀上了；开始本来打算给那姑娘一些钱，让她去做人流，但老板建议等等，如果是儿子就留下来，水亭叔问这怎么弄，老板说不就是钱吗——在南边再养一个家呗。可是，儿子生下来不到一个月，那姑娘带着一百多万存款跑了。水亭叔一时慌张得不知所措，老板呵呵笑，让他莫急，公司替他找个保姆抚养儿子。但这回水亭叔把头摇得像拨浪鼓，死活不听老板的。

水亭叔要把儿子抱回湖北老家，老板开车送他去机场，路上给他出主意，让他对莲婶说：他想要儿子——现在捡了一个。水亭叔一声不吭。

水亭叔是趁天黑溜进湾子的。堂屋门打开，水亭叔抱着儿子两膝跪在莲婶面前，一只手不停地抽打自己的脸。莲婶大吼：好了，你说吧！水亭叔停住手，一五一十地交代事情。莲婶听到一半，扬手给水亭叔啪的一耳光，冷冷地问：你不怕我把这小畜生掐死？水亭叔说：交给你就是由你处置。最后，莲婶决定：孩子我帮你养，你必须跟我离婚。水亭叔流着泪点头，说：反正我只养你们——养一生。第二天，两人去镇上办了离婚，水亭叔回广东去挣钱。

母亲说，这事发生后，莲婶本来是按那老板给水亭叔出的主意讲的：她和水亭为了养儿防老，捡了这个儿子。不料，他俩在镇上办离婚的事被人传出来，话就说不团圆了。湾子里的人议论纷纷，传到莲婶的耳朵，莲婶站在台坡上叫喊：老子告诉你们，你们现在嚼舌根老子不管，要是老子的儿子会听话了，再有谁烂嘴巴，老子一定烧他家的房子！

就是这天晚上，莲婶来到我家的老屋，一把鼻涕一把泪地向我母亲讲述了实情。莲婶说：大姐你是菩萨心肠……我让你晓得这桩事，是把我这一生的苦放在你这儿，你给我做个证。

但事情并没有就此为止。不到两年，水亭叔被人从南方送了回来。他得了糖尿病，瘦得只剩下骨架，风一吹就要倒。他说他所以回来，是因为父母在，莲婶在，小莲在，儿子在——他从未对人说起他跟莲婶离了婚。莲婶怎么办呢？清出一间房，让水亭叔住，白天去水亭叔房里给水亭叔倒水喝药，晚上在自己房里照看儿子。这回，全湾子的人都不知道怎么评说了。好在家里不缺钱，除了水亭叔过去攒下的，女儿小莲也开始不断汇款。但小莲从未回家看看。

我问：当时小莲的弟弟多大？

母亲掰着手指算算：三岁吧。

若干年后，我陪母亲回乡下给故去的上辈人烧香。母亲告诉我，莲婶家最近三年走了三个人：先是她名义上的公爹，接着是她名义上的公婆，今年是她名义上的丈夫。三次葬礼小莲都回来参加了。前两次穿黑衣戴墨镜挽着莲婶，不跟任何人说话。第三次，突然取了墨镜对同父异母的弟弟说：跟我走。她弟弟已是一个十四岁的少年，看看她，再看莲婶。莲婶点头：去吧，听姐姐的话。小莲又对莲婶说：您也去。莲婶摇头。小莲转身走了。

现在，就莲婶一个人留在乡下老家。

去年清明，我回乡祭祖，存心碰见小莲。

那日上午，我在一片荒地给祖父、祖母和父亲点燃纸钱，烟火升起了，母亲说：你看。我抬头顺着母亲指的方向望去，看见不远处的堤脚边，有四个人站在一片墓地：两个女人居中，黑发的挽着白发，是小莲和莲婶；左右一胖一瘦两名男子，疏离一道缝，像两个陌生的外来者，是大壮和小莲的弟弟。黑色的灰烬在他们面前扬起，落下。

一会儿，他们转身朝湾子走来。我和母亲走到路边，等着他们。他们近了，小莲迎出一步叫我：叔叔！我朝她点头微笑，说：你赶紧捂住耳朵吧。小莲会意地做出捂耳的动作，我便冲着莲婶叫了一声：莲婶。莲婶连连点头，像风中的蒲公英一样笑。

大家招呼着离去，我和小莲停留在原地。小莲已是四十五岁的人了，乍看风姿绰约，但眼角已流露出细微的纹路。我问：都好吧？小莲点点头：还行。我又问：怎么样？小莲明白我问的是大壮和她的事，浅浅一笑：老样子。我心知，人家现在是成功人士，用不着指导，便也一笑，任它过去。但小莲无端地长吁一口气：哎呀，今后就指着我这个弟弟了。

我没接话，问：怎么不把莲婶接到身边？

小莲苦笑：天下老人一个样，舍不得她的老窝呗。

我说：老人总要有个照应咧。

小莲摇头：我现在想通了——我不能太自私——既然我妈要在乡下安顿她的人生，我只有牺牲自己的孝道，为她剩余的人生善后。

善后？

是呀，她喜欢闻着那些熟悉的气味。

……

她是我妈，我知道她生命余下的惦记。

回去的路上，我想：一代人、一座村庄、一些事物、一个时代，在人世间都是一段注定的生命，到了生命末尾，依然带着生命的惯性；那些满怀善意硬要将它抽拔的做法，其实是对生命尾声的扭曲，而那些怀旧而浪漫的拯救，多半是违背运势的愚昧；只是，一切又难以确定，唯有那些把命运和情感深潜其间的人方可体味，比如莲婶，也比如小莲——她现在甚至是一个自我牺牲者了。

这时，湾子的方向传来喜鹊的喳喳声。

小莲几乎惊喜地说：我妈已经到家了。

我抬眼看去，莲婶上了自家的台坡，正扶着那棵苦楝树歇息……

沔阳胡贤木

世上已无沔阳县，但沔阳是我们的原乡。

沔阳位于江汉平原中部，往东看见山就到了武汉。1986年，沔阳撤县设市，改成仙桃市。之前，仙桃是沔阳县的城关镇。

撤县之初，鉴于屈原、诸葛亮、陈友谅和洪湖赤卫队跟沔阳的关系，有叫"沔阳市"的动议，但最终没被采纳。三十多年过去，许多仙桃籍贯的人物，无论是否生活在仙桃市，对于失去沔阳的光荣心有不甘，仍在呼吁把仙桃改回沔阳。有几次，在汉的老乡邀我加入这个行列，可我无法认同他们呼吁的理由：其一，他们宣扬的那些重大历史文化主要不属于沔阳，而其它种种文化现象大多渺小得不为天下所知，如果真有人对沔阳发生兴趣，上个网，沔阳和仙桃是链接的；其二，传播讲成本，仙桃市已传播两三代人，再回去叫沔阳，又得花功夫说沔阳是昔日之仙桃，况且，仙桃而今颇具品牌内涵，除了全国"百强"，还有不少全国闻名的人物，尤其是2020年抗疫，又获得了世界无纺布之乡和口罩之乡的称号——如此，改回沔阳岂不亏得大？其三，我赞赏1980年代的革故鼎新，舍得放下莫须有的包袱，解放思想向前闯，事实证明后来闯出了许多辉煌，闯出了一个比沔阳大得多、好得多的仙桃。

关键不是应该叫沔阳还是仙桃。

关键是，那些纸上宣扬的历史文化多有剽窃掠夺夸大之嫌，实际无根，除了供人讲古自慰，并没有多少生活呼应——说到底，地域的活力在于当代人具有放下包袱向前闯的劲头。

沔阳或仙桃水多，真正的文化跟那里的水一样，除了灵活与柔软，还有单纯与柔韧；它向来不用文字记录，自然流淌在人们的五官、皮肉、血液、梦想、狡黠、行走与口头之中——在书面以外的日常里传承与赓续，别有意趣。

过去，沔阳人喜欢自嗨，常常在酒桌上吹嘘：国际上有一句谚语——钱装在犹太人的口袋里、智慧装在中国人的脑袋里；到了中国，则是天上九头鸟、地下湖北佬；再到湖北，又有推论——奸黄陂，狡孝感，又奸又狡是汉川；不怕奸不怕狡，三个汉川赶不上一个天门佬；天门乐沔阳笑，十个天门精也奈何不了一个沔阳苕（傻子）。在这里，奸、狡、精取褒义，约等于聪明或精明，可见沔阳人的智力乃世界之最。——这样的吹嘘谁会认真反感和反驳呢？于是沔阳人得逞了。后来，如果酒桌上有仙桃人，同桌的人会说：以前讲沔阳人狡猾，现在发现仙桃人比沔阳人更狡猾。仙桃竟因此日益流芳。

我的朋友猫兄在仙桃市做沔阳文化研究，有一次，他来武汉和我玩，谈到为沔阳历代名人写传的雄心。我问怎么写，他说有历史记录参照。我顿了一下，坏笑，请他不要丢下一个人。他问谁？我说胡贤木。他为难地摇头：那是野史，不好入传。我说，正传在书里，野史在奔跑咧。他坚持礼貌地微笑，我坚持坏笑。他说：你写吧。

胡贤木曾经是仙桃街上的公众人物。

那时，仙桃还没有替代沔阳，还是沔阳县的城关镇。因为落后与封闭，街面灰不溜秋，没什么五花八门的风尚，只有胡贤木的身影格外打眼，算得上一桩可喜的稀奇。

胡贤木每天黑暗地出没在街头——头发、眉毛和胡须黑得流油，脸庞、五官和两手黑得结壳，棉袄、棉裤和布鞋黑成了皮子面；有时太阳一照，老街的青石板反射凌乱的光斑，原来那满身的黑暗并不均匀。他的长相十分欧化：锥形尖脸，鹰钩鼻子，薄嘴唇，眼睛深凹且幽光绵长；卷曲的长发披落在肩头，因为油腻，并不特别狂放；但鬓毛和络腮胡子杂乱而蓬勃，大有异类的生气。1970年代末，我在仙桃街面认识了他，后来去外地念书，偶尔记起他来，免不了联想俄国大诗人普希金，或者某位当红的摇滚歌手。

他的个子不高，身材几乎是细瘦的，但因为四季都穿着棉袄和棉裤，倒也不至于渺小。他走路步子不大，频率很快，脚下你追我赶地巴得巴得，两条胳膊小幅而急速地划动，仿佛跳着碎步的舞蹈，或者像一个风骚村妇压抑了躁动的行状；但他毫不做作，自然而然。

态度上，他向来目空一切，两眼迷离，无视路人，没有表情的表情，不为街面的景观和响动吸引，一心一意，不生事，不张扬，很安宁，只管朝着自己脑子里的方向奔走，据说他曾是"哈工大"的高材生……有人冲他暴喊一声：胡贤木！他听见了，耳朵在头发下面摇一摇，并不回头。

这么看，他就是一个傻子或疯子了。

但也不好这么讲。他之所以黑得放光，主要是因为忙，没工夫洗澡更衣，衣服和身体的表面积了油脂，油脂又黏附空中的微物，日子一长，全都氧化叠加，趋于皂黑，那光，不过是太阳的反射。至于为什么夏天也要穿棉袄棉裤？有人曾自以为幽默地追着他询问，他撇嘴一哂：你真蠢，不懂科学——棉衣并不增减温度，只能保温，夏天，我身上的温度比外面的低——没见过用棉被捂冰棍吗？瞧，多么高级的道理。衣服穿久了难免破损，他的方法直截了当：棉袄缺扣子，从垃圾桶找一根绳子拦腰系住；裤腿裂开口子，去医院注射室找一块废弃的胶布贴上；如果棉袄棉裤的棉絮萎缩或脱落，随便在马路边捡一些布条和枯草塞进去……反正过不了多久，五颜六色一律都会变成黑色；后来，他浑身蒙络摇缀，像是穿着豪华的蓑衣，进一步跟仙桃街面的行人划清了界限。

他正在做一件事：用粉笔演算如何把水变成燃油！

这是一件了不起的事。彼时打倒"四人帮"不久，《人民日报》发表徐迟先生的报告文学《哥德巴赫猜想》，全国迎来科学春天，全民崇尚科学，勇攀科学高峰；胡贤木作为仙桃街头的科技工作者，他的科研项目不仅比陈景润的哥德巴赫猜想通俗易懂，而且跟国民经济密切相关，谁都拿他当作科学家看。

胡贤木理所当然地享有那个时代的殊荣。

而我，因为他的出现竟然拯救了一段岁月——

当时我正处于悲伤苦闷之际：父亲突然病故，我在几位叔叔伯伯的斡旋下，冒充十八岁去医院"顶职"；本来心里想着考大学，但"顶职"不易，而且"顶职"后可以拿工资帮母亲减少家庭负担……那些日子，我在阳光下似笑非笑，在黑暗里似哭非哭。院长伯伯把我叫到他的办公室，让我笑一下，我笑了，又让我哭一下，我哭了，他无奈地摇摇头：看你这孩子，连笑和哭都分不清。

秋天的一个早晨，医院大门口聚集了许多人，我停在人群外，透过人缝，看见一个黑色的人用粉笔在大门一侧的墙上写字，已经写下桌面大小的一片，那些字潦草飞扬却排列规整，其中多半是数理化的公式与符号，我能认出的只有 H_2O——水。

聚集的人们屏声敛气，虽不至于朝圣似的肃穆，但绝无耍猴的嬉笑，全都以安静向这个"黑人"表达敬意。一个穿白大褂的男医生走过去，手指捏着大半截油条，用手背碰了碰他的胳膊，他掉过头来盯着油条，许久不做反应，男医生明白了，一笑，赶紧当面把油条断开的端头掐掉一坨，表示油条上绝对没有留下自己的口沫，他立时眸光闪烁，接住油条，往嘴巴里送，一边转身脱离人群，上了青石板的街道，将指间夹着粉笔的手举过头顶，挥动着，摇曳而去。

人群散开时，我拦住一个路人问：他是谁？

对方不屑地看我一眼：胡贤木你都不晓得。

此后，我常常离开医院去街上游走。医院位于仙桃老街中段，老街与北边的汉江平行，出医院，右首过新华书店，有一条新开的大路垂直穿过老街，北至汉江堤脚，南到汉宜公路。老街两边是木柱砖墙的老房子，高不过三楼，底层为店铺；路面的青石板无比光亮；左右隔不多远就有小巷，青石板由街面延至巷道；倘若凌空俯瞰，仙桃准是一条蜈蚣的样子。老街很长，小巷很多，像一条巨大的蜈蚣。医院里的老中医说：蜈蚣入药，通经止痛。

我走在老街上，莫名地期待与胡贤木相遇。

一连几天，没有邂逅黑色的影子，倒是接连看见胡贤木的白色粉笔字：在书店的侧墙上，在店铺的门板上，在沿街的电线杆上，在每条小巷的青砖上，在地下无人踩踏的青石板上……白色粉笔字一片一片的，充分占领各处的平面，高处到达踮脚伸臂方可触及的位置，低处与脚背平齐。那些字一律潦草飞扬排列规整，其中多半是数理化的公式与符号，而我，照例在白色中认出——H_2O。

让我惊讶的是，那些粉笔字都没有被擦拭的痕迹，有些只是经了风雨，不同程度地显出漫漶与模糊。据说，胡贤木在县委大院门口写了半墙的粉笔字，一个青年干部很生气，愤慨地驱逐胡贤木，被新县长拦住，新县长还以墙上的粉笔字为背景照了一张相。

恍然中，我走在一条巨大的白色蜈蚣之中。

其实，我也明白胡贤木的状况。有一次，我向一位博学的医生叔叔咨询胡贤木的演算，医生叔叔说，他看过胡贤木的那些粉笔字，都是相关知识的罗列，没有缜密的逻辑，以现有理论看，不可能将H_2O变成燃油这种混合物——这是分子结构决定的。我听了，失落而沮丧地垂下眼帘，医生叔叔便笑：怎么，你还当真呀？

可我越发要去街上游走。黑色还没有出现，胡贤木不改其志的样子浮现在我眼前，我在心里为他反驳或抗辩。有一天，我走到老街的尽头，前方出现一片空旷的荒野，让我感到孤独和不适，即刻转身回到"白色蜈蚣"，接着游走。一会儿，我忽然觉得"不可能"对于胡贤木或许并非绝对致命，重要的是一直书写和演算——因为那些白色粉笔字里有一个 H_2O！

H_2O 是一个伟大愿望——我宁愿走向胡贤木，宁愿沉迷于漫无边际的白色粉笔字。

一个星期天的午后，我在汉江的沙滩上看见一片用树枝书写的文字，版面浩大，前不见头、后不见尾，其中有无数的 H_2O；正是太阳当顶，那些文字被阳光照耀得熠熠生辉。想到胡贤木手头的粉笔可能已经用完，我赶紧回到街上，买下两盒；可我在街面晃荡半日，终于没有碰见胡贤木。后来，我脑子里灵光乍现，判断胡贤木一定会去学校教室捡拾粉笔残品。我在沔阳中学大门口守候到第三个傍晚，果然眼前一"黑"，看见胡贤木从校园里摇着碎步出来，便迎上去，把两盒粉笔交给他，他接过去，眸子闪亮地笑着：粉笔比油条好咧。

他居然笑了，带黄垢的牙齿在黑脸中异常白净……

但沔阳也出坏人。仙桃街上有一个普通的苕气（傻）男子，眼小耳大，鼻塌唇厚，肉头肉脑，穿破旧的蓝色运动衫，成天豁着嘴呵呵笑，名叫华哥。一天，两个光头青年领着华哥找胡贤木，找着了，华哥老远向胡贤木扑来。当时，我正好在胡贤木身边，见华哥满脸邪气，跨出一步大喝：干什么！华哥站住，冲我呵呵地笑。那两个光头就过来了，叫我走开，让华哥跟胡贤木切磋切磋。我说不行，他们没什么好切磋的。大个子光头说你少管闲事，老子说行就行。我说就是不行。他瞪着我：哟，搞邪了你！一面向我逼近。没想到，胡贤木突然抓住我的袖子，使劲地拉我逃离，一边嘟哝：无聊。

另一些坏人比光头们高尚一点，常拿胡贤木寻开心。胡贤木正专心在老街的墙上演算，一个穿中山服的男子走过去，问：胡教授想女人吗？胡贤木不理。那人又问：胡教授摸过女人的奶子吗？胡贤木还是不理。那人急了，大声道：喂，你是站着撒尿还是蹲着撒尿？

胡贤木顿住，缓缓掉头，将粉笔头砸在地上，嘚嘚地走掉。

只有我知道胡贤木是热爱女性的。有一回，一位大姐带我去汉江堤上散步，忽然有人在大姐身旁哎了一声，我们停步回头，看见黑乎乎的胡贤木。他涩涩地笑，一只手猛地从身后拿出一朵牵牛花，走近大姐，将花插在大姐的头发上；然后，倒退两步，鼓掌，说了一句洋话：达斯维达尼亚（俄语：再见）。转身挥手离去。当时，大姐的脸比夕阳还红，好一阵才说：胡贤木到底是念过"哈工大"的。

1979 年，因为胡贤木，我偷偷参加高考，虽然只被一所普通大学录取，但我没有一天脱岗、没有参加一次复习培训，在医院和半条街上放了卫星。我找到胡贤木，给他看录取通知书，他两眼放光，扔掉手中的粉笔，双手在黑棉袄上搓几下，把通知书接过去，一直盯着看，只是稍有遗憾地说：要是考理科就好了。

几年后，我毕业分回仙桃，去沔阳师范教书。

有一天，我上街买生活用品，忽然觉得街面有点陌生，使劲想了想，即刻明白：原来街上没有白色粉笔字和 H_2O！

我回学校向同事打听，同事告诉我：胡贤木已经死了，死在镇郊的一棵构树下。

同事的态度跟街面一样平淡……可我多么不愿相信啊！

他为什么死在镇郊呢？一位胡贤木爱好者说：胡贤木知道自己不行了，怕污染仙桃的街面，特意去的镇郊。

又为什么死在一棵构树下？一时没有答案。

构树在沔阳属于不多见的杂树，没有挺直的身材，七枝八杈地斜逸，树冠也苟且，无人专门栽种，是它自个儿不顾土地贫瘠、顽强抵抗大气污染，在荒坡乱地里自生自长。

不久，我在仙桃认识了胡贤木的一位同乡，他向我解释：贤木不是仙桃街上的人，家在沔阳乡下，父亲走得早，小时候家里穷，最大的家产是屋后的一棵构树，有一年他母亲被蛇咬，幸亏贤木知识丰富，晓得构树的乳汁可以治疗蛇咬的伤口，果然治好了他母亲；可是，他家缺少煤油燃灯，影响他夜里看书学习，他听说猪喜欢吃构树叶，把自家那棵构树的叶子打光，向邻居家换得一杯煤油，母亲发现后，打得他像猪一样号叫，自己也跟着大哭……他是 1965 年考取哈尔滨工业大学的，发誓要把水（H_2O）变成燃油，但 1969 年母亲去世的第二天，他疯了。

也就是说，1978 年我第一次见着他时，他已疯了十年。

此外，据发现胡贤木死亡现场的人讲：胡贤木当时坐在地上，安然倚靠那棵构树的树干……手里拿着半截粉笔。

多年后，我在武汉写了长篇小说《在时光之外》，里面的老贤木以胡贤木为原型，那个给老贤木捡粉笔头的小男孩以我为原型。一位我所敬佩的朋友对我说：这是一个"礼失而求诸野"的故事。他看穿了我，我顿时热泪盈眶。

现在，胡贤木已成为一个喻体活在仙桃：但凡有人对什么事物着迷，旁人就说他像胡贤木。当然，不是谁都可以被比喻的。

哪一棵树最大

一

那棵树长在小河堤外，在麻婶家的屋角。那是一棵枣树，麻婶家的枣树。小河连着汉江，汉江流入长江，麻婶家的枣树在中国的地理上可以顺藤摸瓜，方位简明可考。那里是江汉平原，那条小河叫通顺河，那个湾子叫兜斗湾。

在那里，许多决定你也属于你的事物比你到来得早。童年，你的眸子在兜斗湾的光阴里骨碌骨碌地张望。

那里土地湿润，宜生水柳麻杨，旷野里没有引人礼赞的高大雪松，枣树其实也颇为罕见。

那时，你还没有读到鲁迅先生的《秋夜》，不知道他家的后园可以看见两株树：一株是枣树，还有一株也是枣树。你就晓得麻婶家的那棵枣树：它的身干须两个孩童的双臂方可环抱，成人举手不及低处的虬枝，恣意庞大的冠篷多半高出麻婶家的屋脊；它的干枝灰褐，表面起壳，毛糙无序，似死却固，如锉，孩子的皮肤害怕擦碰；而冠篷中的枝条上长着尖锐的刺，日后是要护花守果的；春天里，秃枝上冒出绿芽，青绿的幼嫩探望灰褐的毛糙，眨眼便繁茂，遮隐伸张的枝桠；接着又渗出星星点点的淡黄，平静地艳，密织在绿丛中，那是开了花；到夏天，青色枣果悄然现形，日渐壮大，直至被秋阳抚摸得赤红，这时，树冠上的枣子密集层叠，热闹的气势，仿若随时会倾天而下——于是一湾子人的心头就嚯嚯地响动。

枣果还是青皮时，麻婶的父亲务善老爹就提了棍子，去禾场的草垛旁坐下，向着屋角晒太阳。务善老爹晒太阳是自然的，他有粗腿病，两条小腿暗红肿胀，皮快要包不住，太阳可以杀菌消炎。兜斗湾的人谁都晓得。但这时从麻婶家门前经过的人还是渐渐多了起来，小孩子们咯咯偷笑着指点枣树，个别大人只用眼睛的余光朝树冠上瞟去。突然有一位肩扛扁担的来了，务善老爹会用力咳一声，举起长长的铜烟杆，在鞋帮上砰砰地磕。阳谋的人索性招呼：看枣啊您郎。务善老爹连忙回应：快熟了，到时候来吃呀。那眼馋枣子人受了邀请，自觉光明地离去。至于雀鸟，务善老爹是绝不客气的，一旦枣树的冠顶有一处枝叶摇晃，即刻起身咻咻地赶，还不忘挖苦一句：想得美咧！

那年，你刚上小学，入秋后或许是和伙伴们去枣树下走过一趟的。你的舌头上已有枣子的味道在蠕动。下次，你跟随伙伴们去到麻婶家屋后的河堤上，捡起一块小瓦片，鼓起力气向着枣树掷去，期待就哧哧地穿过叶丛，落在麻婶家的禾场边。小伙伴们还在堤上猫着，务善老爹的声音已隔着屋子传来：还早咧，有你们的。

说的也是。每年秋天，总有一个夕阳艳红的傍晚，务善老爹扛着鼓鼓的老麻袋，麻婶拿着一只葫芦瓢，挨家挨户送枣，每家都一样，枣子在瓢口堆成宝塔的形状。过几天，还有一个公布于众的打枣日，全湾的男女老幼都可以去，麻婶举起竹竿打枣，务善老爹端着铜烟杆抽烟，枣子扑扑落地，枣树下一片翘着屁股抢枣的欢腾；许多大人乐意站在旁边观看，迎着霞光笑出黄灿灿的门牙。自然，枣是打不尽的，树上总有残留；某日，两个大姑娘路过，指着树顶说那儿还有几颗又大又红，这时麻婶出工还没有回家，务善老爹就去堂屋里把竹竿拿来，替姑娘家打下。

那年的那个夕阳艳红的黄昏，你正趴在堂屋的方桌上写作业，务善老爹和麻婶父女俩来了，一个背麻袋，一个拿瓢，登上台坡后停下，开始往瓢里倒枣；祖父看见，赶紧迎出门，把他们拦在禾场上，神情庄重地说话；其间，麻婶瓢里的枣子掉了一颗到地上，祖父弯下腰替她捡起来，还回去。然后，这父女俩就点着头，颇有些惭愧地掉头离去。

这是为什么呢？

家里的大人讳莫如深。问多了，母亲就强硬地回一句：让你们不吃就不吃呗。童年习惯武断，你便时时想起在河堤上向枣树掷瓦片的错误。

二

兜斗湾近乎垂直地连着通顺河，共有二十多户人家。麻婶家在北头紧挨河堤，你家在南头接近公路。你家不算地道的农户，家中只有母亲一人在生产队务农，父亲是遥远县城的西医，祖父在两里外的珠玑兽医站上班，祖母赋闲，你和哥哥在乡下的公办小学念书。那时，你小，还不明白你家怎么是这样的格局。

然而，你确信你家跟麻婶家没有过节。

麻婶当妇女队长，开会说事，母亲一向带头响应；如果麻婶得罪了人，母亲就当她的政委去给人做思想工作。你家没有男劳力，遇上挑柴夹米的重活，总有麻婶来搭把手；麻婶还给家里送过做米酒的酒曲。父亲回家休假，为务善老爹带了西药，钱也不要。祖父有一次背着药箱巡诊，半道逢雨，是务善老爹打着油布伞送他回来的。总之，两家人一向温和友好。

而且，你感到麻婶是格外喜欢你的。麻婶是务善老爹的长女，招上门女婿结了婚，替父亲抚养小她近二十岁的弟弟。他弟弟不比你年长，按乡礼辈分比你高，跟你同年上学。她跟她弟弟说：在学校里照顾好侄儿啊。你不喜欢当"侄儿"，但晓得这是麻嫂对你好。小麦收割了，麻婶做火烧粑，拿着两个追到河堤上，一个给他弟弟，一个给你。有一回放学后，你在学校罚站，麻婶闻讯去学校牵你回家，半路遇上外乡人问：这是你孩子？麻婶笑说是呀，立马又道：我哪有这个福气，是湾子南头刘家的。那人走了，麻婶问你：嫌不嫌弃婶子的脸麻？你看着她连连摇头。

你怎么也想不通——为什么不能吃麻婶家的枣？

麻婶打枣那天，你一直站在河堤上的一棵杨树下偷看：你可以不吃她家的枣，但向往众人抢枣的乐趣。枣树下抢枣的人还没有散，麻婶突然跑到河堤上来，衣襟兜着枣子，抓起一把朝你手上送，你不肯接，就往你上衣荷包里连塞两把，你赶紧逃掉。你鼓着荷包回家，祖父戴着老花镜坐在台坡口唱读药书，你没有叫唤祖父，怯怯地上台阶，祖父的眼珠从眼镜上方翻越过来看你，顿了一瞬，继续唱读。你相信祖父刚才的目光落在鼓起的荷包上，可他分明对荷包里的枣子睁一只眼闭一只眼哩。

祖父一向宠爱你，是他的放纵吗？

若如此，你越发应当体恤祖父的本意。

当晚，月光照进窗户，清白无语，极静。你从荷包里掏出枣子，一颗一颗地搁在窗外的台沿上……

大约一个星期之后，你放学回家，见到姑爷爷来了，正跟祖父对坐在堂屋的小方桌边喝酒：两只小盅，一盘油盐豌豆，两个老头儿不声不响。你叫唤姑爷爷，姑爷爷答应着，起了身，去大方桌上拿起一个满满的纸袋递给你，你接住，看见袋子里装着起皱的干红枣，不由愣住。姑爷爷摸摸你的头，说：这是熟枣，甜得很，快尝尝。你尝了一颗，真的好甜。

于是又有疑惑：姑爷爷何以送来干红枣？

在你的印象里，姑爷爷每年只在大年初二的日子来一次你家。那一天，是你们兄弟几个最欢乐的节日：姑爷爷跨进堂屋门槛，你们像雏鸟一样围上去，姑爷爷给你们每人派五毛钱的压岁钱，票面新得可以割手。他是矮小的老头，向来默默不语地沉寂，但常常含着笑，许久看着你们兄弟几个。你晓得他是没有家人的孤老，愿意看到他的笑。

你曾经问过祖母：我们家跟姑爷爷是什么亲戚？祖母说：姑爷爷是你爷爷的妹妹的丈夫。你从来没有见过爷爷的妹妹，只晓得姑爷爷一个人住在两里外的珠玑街上。有一次，祖父带着你去他家送药，他家的门楣上挂着"光荣烈属"的红色木牌，你问"烈属"的意思，爷爷说：因为爷爷的妹妹是革命烈士。

可是，这些跟吃不吃麻婶家的枣子有关系吗？

你带了几颗干红枣去学校，一边吃给麻婶的弟弟看，一边给他一颗，他不接，生气地说：你原来是吃枣子的，为什么不吃我家的枣？之后一连几天不跟你说话。你便拦住他，跟他撒谎，说枣子原本是他大姐给的，你拿回去，照了几个晚上的月亮就照干了。他顿时惊奇：真的？你说：不信回去问你大姐。他吃了你给他的一颗干红枣，也说：真的好甜。

三

翌年，你发现了祖父与姑爷爷的一个秘密。

开春不久的一个早晨，薄雾蒙蒙，你背着书包下台坡，看见了祖父和姑爷爷，他们在田野远处的一棵柳树下，影影绰绰的，蹲在地上烧纸，同时起身作揖。

你已是小学二年级学生，晓得烧纸作揖属于"封建迷信"，是要受到批判的。你很生气。但你没去向母亲揭发，因为母亲的政治觉悟很高，必定跟祖父发大脾气。你退回屋里，悄悄向祖母告状，祖母听了，倒是波澜不惊，只问：看清他们朝哪个方向作揖吗？你眨眼想想：好像是朝着湾子北头——对，就是麻婶家的方向！祖母顿了片刻，淡然一笑，摆摆手：小孩子不管大人的事，快去上学。

这个秘密越发让童年变得敏锐而充满遐想。

这个春天你时常朝着麻婶家的方向探望……

又一年，1969 年，湾子里来了三女一男四个知青。开春不久，又是一个薄雾蒙蒙的早晨，祖父和姑爷爷又在那棵柳树下烧纸作揖。结果，他们的"秘密行为"被男知青当场揪住。男知青要把他俩带到队屋去审讯，祖父不从，男知青拉扯，祖父用一个面向历史和现实的扫堂腿放倒了他。但男知青坚决不松手，扯起嗓子大喊：抓坏人啦！

湾子里的人闻声奔拥而出，你也跟去。

柳树下很快聚集了黑压压的一群大人小孩。

麻婶和母亲冲上前，解开男知青的手，问怎么回事。祖父仰头撅起八字胡，姑爷爷歪歪地奁着头。男知青说：他们在这里鬼鬼祟祟地烧纸作揖。母亲问：你晓不晓得他们为什么在这里烧纸作揖？男知青愣住。母亲告诉他：这棵树下是一个坟墓。麻婶接着问：你看见他们朝哪儿作揖吗？男知青说：先是朝着地下。仰头环视一番，抬手向湾子北头指去：后来朝那里——你家。麻婶道：你错了，不是朝着我家，是朝着我家屋角的那棵枣树咧！

祖父抓了姑爷爷的胳膊，愤愤地离去。

这时，务善老爹挤上前来，对男知青讲：刚才那个八字胡老头是"革命中医"，矮个子是"光荣烈属"，埋在这里的人是"革命中医"的妹妹，是"光荣烈属"的妻子——一位女烈士；第二次国内革命晓得吧？1937 年，枣树开花的季节，女烈士被一群白匪追赶，实在跑不动了，靠在那棵枣树上，白匪用刺刀对着她，逼她说出共产党负责人在哪里，她不说，一个白匪连刺了她九刀，她倒在枣树下……你晓得这棵枣树上的枣子为什么那么多那么甜吗？因为树上和地里渗着女烈士的血！

男知青愕然沉默。

务善老爹又说：还有呢，这位女烈士的姐姐，也是"革命中医"的妹妹，同样是一位女烈士——是在第一次国内革命时期被反动派杀害的，后来连尸首都没有找到。

这个早晨让你呆怔了。你浑身的血液倏然与天地一起凝固：你无法想象你有这么两位血脉相连的亲姑奶奶！

你忽然明白你家为什么不吃那棵枣树上的枣子。

那天上学的路上，你一直看得见那九刀的刺杀、那地上的血流，却怎么也看不清小姑奶奶的样子……你的心咚咚直跳，气息呼呼地响——你要举起一枚炸弹回到姑奶奶的年代。

于是你想起一桩事：前年夏天，湾子里的一个新媳妇在田头跟人吵架，祖父下班回家从田头的小路经过，听见那新媳妇咒骂对方"遭乱刀杀的"，祖父停下，招呼那新媳妇吵架就吵架、不要这样骂人，不料，她跟祖父接上了火，斥责祖父偏袒对方，竟然大骂祖父

"遭乱刀杀的"；这时，她公公赶来，向祖父连连拱手赔礼，同样劝她不要这样骂人，她不听，仍骂，她公公冲过去就是一耳光，打得她傻在了那个夏天。

不用说，这也是跟那株枣树有关的事情。

在兜斗湾，从来没有谁随随便便讲枣树的故事，吵架相骂的人都避讳"遭乱刀杀的"，祖父和姑爷爷的"封建迷信"在大人们那里一直是公开的秘密……

四

祖母说：你的大姑奶奶牺牲时 21 岁，小姑奶奶牺牲时 19 岁，好漂亮的两个女娃哟，又有文化，又仗义。你问：她们为什么闹革命？祖母说：仗义呗，看不得穷人饿死，看不得有权势的坏人欺压百姓，跟书上讲的差不多——你小姑奶奶是跟大姑奶奶学的，打小就学她。那一刻，你的童年停顿在祖母面前。

你一生都没有想出两位姑奶奶的样子。

只是，她俩在你心里永不得见地活着。

这一生，你经历了许多，也曾为许多坏事物感到颓唐，或滋生忧愤，但你从来不曾怀疑和漠视第一次国内革命和第二次国内革命先烈的义勇与热血。那染血的枣树和土地不容篡改。以你现在的理解看，那是生命之美与良善之美的原生态。若问人生何处是故乡？你以为，是祖先生与死之后他们的魂灵依然活着的地方。

当年，祖母还告诉你：你们家原本是可以举家搬到县城仙桃去的，但是祖父说，城里有人干工作，乡下有人种田，这样更安妥，而且乡下"发人"（可以多生孩子），所以你们家在兜斗湾就成了"半边户"的格局。但祖母即刻补一句：还不是因为你小姑奶奶在这儿。祖母说这些时，在一个酷热的夏夜，她热得满身是痱子，坐在禾场的竹床上，一边摇着芭蕉扇给你扇风。

那么，麻婶和那棵枣树呢？

原来，麻婶的姆妈年轻时是跟着小姑奶奶闹革命的；那天，本来麻婶的姆妈接受了传送口信的任务，但二姑奶奶觉得风声不好，让她留在家里，自己去，结果半道被白匪发现；小姑奶奶在那株枣树下遭白匪戳杀时，年轻的务善老爹从附近的柴壁缝里看得一清二楚，当时他把手背都咬出了血。后来，麻婶的姆妈跟组织失去联系，在家病卧多年；再后来，嫁给了务善老爹。

土改时，工作组在那棵枣树下召集全湾子的人开会，分田分房遇到问题：跟那棵枣树紧挨着的一间草房没人敢要。突然，不满十岁的麻婶冲出来说：我要！如果不是我小姨，死在这里的就是我姆妈，就没有我了，我要这棵枣树！

还有那三女一男四个知青。他们晓得枣树的故事后，决定从麻婶家的枣树那里取种，为你家培育一棵枣树。经过打听，他们认为有三种方法可以培育出枣树苗：一是枣果育苗，二是断根育苗，三是扦插育苗。动议在春季，枣树尚未挂果，枣果育苗还要等待，只能采取断根和扦插的方法；但是，断根是在枣树下挖沟，截断树根，让它发芽，麻婶觉得这个法子伤害枣树的根本，坚决反对；最后选择扦插，他们以为扦插就是从大树上剪下枝条来插栽，请求麻婶支持，麻婶勉强答应。

春天，四个青年在你家禾场边插栽一根枣树的枝条，给它浇水，为它遮阴。家里的大人既不赞成也没反对，你倒是积极参与。可是，没几天，枝条枯了；他们再去麻婶家的枣树上剪下枝条来插栽，几天后，还是枯了……从春天到夏天，他们不断从枣树上剪枝条，剪得麻婶心疼，比他们更着急。枣树开始长枣子了，麻婶让他们暂停，等来年再说。

来年，他们手里有枣果，春天里枣树又发新枝，他们在你家禾场边双管齐下：既埋枣果，也插栽枝条。可惜，枝条照例一次接一次地枯，枣果也没有发出芽来……

有一件趣事你一直记得。当年，那男知青担心麻婶接下来不配合，设计逗她，问：你为什么叫麻婶呢？麻婶说：我脸上有九颗半麻子呀。又问：你家是不是有海外关系？麻婶很警惕：你什么意思？男知青诡秘地说：你不应该叫麻婶的，因为美国也有个"麻婶（省）"呢。麻婶大叫：你胡说！男知青说他没胡说，请麻婶去公社小学找老师问问。后来，麻婶问了，晓得美国的"麻省"不是人，回头找男知青算账，男知青佯装无辜：我也不知道美国人要这么阴的一招呀！麻婶就苦笑：我都说了，今后允许你们每年剪一根枣树枝，又没有不让你们剪！

几年后，因父亲病故，你离开兜斗湾到县城仙桃，去医院当学徒。之后两年，祖父去世，祖母去世，姑爷爷去世；不久母亲和弟妹们也来到县城。母亲说，湾子里的四个知青都招工回城了，我们家禾场边终于没能长出一棵枣树……你明白，他们的心愿是好的，只是技术不行。

再后来，你离开仙桃上大学，读到鲁迅先生的《秋夜》。你至今还记得那些句子："他（它）知道小粉红花的梦，秋后要有春；他也知道落叶的梦，春后还是秋。""猩红的栀子开花时，枣树又要做小粉红花的梦，青葱地弯成弧形了……"

而今，你去过许多地方，已把小小地球转了一圈；无论去到哪里，你都对树木特别留意。你见过神农架、金光湖、大兴安岭、西双版纳的原始森林，相信那里有脱离人类的美妙，并且诱人投奔荒野，重获现代性启示；你见过本国的赤松、珙桐、银杏、山楂……见过泰国菩提、日本樱花、美国云杉、英国夏栎、德国橡树、加拿大红枫、俄罗斯白桦……世上的每一种树都姿势充盈，各有生命的意象。你还去过美国的麻省，你站在麻省理工学院的中央校区，望着一棵类似樟树的大树许久凝视，想起知青的"麻婶"，不由悠然微哂；你知道该校对树大有研究，当然钦佩他们发明了"芯片树"。可是，那一切都是另外的概念。

在你，只有童年的那棵树最大——它是一棵枣树，长在一条小河的堤外，在麻婶家的屋角。

它是长在你心里，早已占领了你。

你觉得挺好的，没有什么不好。

第二辑

上辈人

岁岁桃花

题记：在我的记忆里，祖母的树是一棵桃树。那是必须进入《人间树》的。2021年，我写一篇她和桃花的故事，写得泪眼婆娑，之后没法再写了，只能将那一篇拿来略作修订。

我七岁时，脑子里搁了一幅图景：祖母坐在桃树下，桃花灿烂，祖母如土。半个多世纪，无数繁花在眼前流走，每当我停望绚丽，总会看见坐在桃树下的祖母……漫天花瓣为她飘零。

那棵桃树生长在我们老家的台坡口。那个湾子叫兜斗湾，是江汉平原上的一个自然村。当地雨水多，以稼穑为生，农舍筑台而建，各家屋前都有一块方形的禾场。我家住兜斗湾南端。禾场右边堆一垛冬天没有烧完的柴火，混杂的麦秸、棉梗和稻草，紧挨台坡口的桃树。

春天，一树粉红的桃花遮云蔽天。祖母坐在柴垛旁的矮椅上，睡着了，花白的头发蒙一层桃花筛落的光斑。她的藏青棉袄泛白，颜色接近柴草；皮肤干皱，已然融入三寸小脚下的泥土的灰黄与安宁。一片花瓣闪闪飘下，一只白蝴蝶飞在祖母和桃花之间。我背着书包出了堂屋，看见桃花、祖母与蝴蝶，不由愣住。那景象让我迷狂而惊异。

但我没有叫唤祖母，悄悄走向台坡口。

不料，祖母喊了一声我的昵名。我即刻停下——就像在学校偷跑时被老师突然叫住，然后便转身，嘻嘻地笑，向祖母走过去，在她膝前蹲下，把头递给她。她抬手摸过我的头顶，熟练地在我的额头亲吻一下，说：记得，下回莫忘了。我勾着头，连连点头，不让她看见我发酸的眼眶。

原来，在桃花下打盹的祖母是那只蝴蝶在飞……

谁也没有见过自己祖母如花如蝶的芳华。

我七岁那年，祖母六十五岁；那时的人老得快，祖母已是白发、缺牙和弓背的老态。我以为天下的祖母原本就是这个样子。但隔壁家的杨奶奶说，她见过祖母的年轻，那时，祖母刚嫁来兜斗湾，还不是我父亲的母亲，一张鹅蛋脸，粉白红润，抹过油的黑头发用木簪卡在后脑勺，身子饱满，两只小脚走起路来像铁杆一样咚咚咚地打在地上。杨奶奶的描述是应当信赖的，只是没有盘飞的蝴蝶。

那片花瓣在空中闪闪飘下，让人联想蝴蝶的由来……

接着又出现一个更为确凿的线索：蝴蝶在桃花下面飞过之后，

祖母头上的木簪换成了一枚蝴蝶银簪。

上年，我在姑爷爷家见过这枚银簪。

姑爷爷住在两里外的珠玑街上，膝下无儿无女，是一个孤老，房屋的门楣上挂着"光荣烈属"的牌子。我已经晓得那烈士就是我的姑奶奶。姑爷爷矮小，驼背，眉毛很长，戴一顶黑呢帽，不轻易说笑，却是温和的。夏天，祖父从外地回来，带我去了姑爷爷家。祖父跟姑爷爷喝酒，我埋头吃菜。他们是一对怪老头，分明乐意坐在一起，可坐在一起很少说话。我离开桌子时，姑爷爷从内衣口袋取出一枚银簪，放到祖父面前，那银簪是一只蝴蝶，既精致又光亮，我一把抢起来看，祖父让我莫要掰坏了。然后祖父对姑爷爷说：留着吧，总是个伴。姑爷爷回应：我这身体怕是扛不了多久，拿去给嫂子，我也落心。接着两人都不说话，碰一下杯，不说话，再碰一下。

离开时，祖父从我手里拿走银簪，放在姑爷爷座位前的桌上。

到了过年，姑爷爷来我家拜年。姑爷爷每年拜年固定在正月初二这一天，后来我知道，这是延续小姑奶奶在世的礼俗。他来了，在堂屋的方桌上放一盒茶，再伸手掏上衣口袋，这时我们四兄妹（五弟还没有出生）像雏鸟一样围着他跳，他发给我们每人一张崭新的五角钱的票子，我们拿着硬朗的票子雀跃打闹，他看着，眨动眼帘微笑。

然后，他走到祖母面前，拿起祖母的一只手，把银簪放在祖母手里。祖母一看，连忙大呼：这使不得！姑爷爷捏住祖母的手，说：嫂子，它陪了我几十年，也让它陪陪你。祖母再看那银簪，眼泪就哗啦一下奔涌而出。当时，我们四兄妹看着祖母一派惊愕。

母亲怀有身孕，挺着肚子上前，给祖母擦眼泪。

祖母坐在桃树下，蝴蝶在她和桃花之间飞。但祖母为她头上的蝴蝶银簪哭泣过。家里大人一直没给我们小孩子讲祖母哭泣的缘由，那哭泣的背后是一座静穆的山。

一天放学回家，我看见祖母身上歇了许多桃花，手里正抚摸着那枚银簪，走过去蹲下，跟她一起抚摸。不知什么时候，哥哥站在祖母和我的身边。祖母就告诉我们：蝴蝶银簪是小姑奶奶的陪嫁，小姑奶奶叫刘春桃，十八岁出嫁，不满十九岁成了烈士。

第二次国内革命时期（1927—1937年），共产党在湖北广泛建立根据地，开展"土地革命"。民国二十三年（1934年），小姑奶奶刘春桃是一名共产党员"飞毛腿"。九月间，在一次送信途中，被四个"白匪"（国民党反动派的地方军队）追杀。小姑奶奶从田野朝娘家的湾子跑，实在跑不动了，靠在湾子西头的一棵枣树上喘气，"白匪"冲过去，连刺九刀，小姑奶奶倒在血泊中。

当时祖父在外地药房当学徒，曾祖父已过世，家中只有祖母和已经眼瞎三年的公婆。湾子里来人报信，把祖母拉到屋外，说你家春桃被"白匪"杀了。祖母朝那棵枣树疯跑。枣树前血光冲天，祖母扑过去，抱起浑身是血的小姑奶奶。小姑奶奶还没断气，想笑，笑不出来；一只染血的拳头一点一点移到祖母手边，松开，是蝴蝶银簪。又抬起食指，指指自己的肚子，指指祖母的肚子——意思是她已怀孕，可她不行了，祖母肚里也有孩子，要好好生养。

祖母背着小姑奶奶回家，不停地喊春桃。半路上，小姑奶奶断了气。祖母不能把小姑奶奶背进屋，怕公婆哭死，直接背到屋前的杂树林歇下，回家拿了一套干净衣服和一把铁锹，转来，在林中为小姑奶奶更衣、下葬……祖母一直在哭，一直不敢放声大嚎，几次差点儿就要闭气。天黑，祖母拖着铁锹回家，瞎眼公婆问她做什么，祖母说没什么，在家门口栽一棵小桃树。瞎眼公婆摸到她的手，问怎么这样冰凉，祖母说用冷水洗过的。瞎眼公婆提醒祖母：怀着身孕不要太劳累，快去歇着……我们家缺人啊。

哥哥和我听到这里，呆望着无边春天的深处。

祖母还沉浸在从前没有回来，叹息一声：你们的小姑奶奶只活了十九岁，像一朵花儿……瞎姆妈到死都不晓得这个不听话的小丫头走了，还以为她是怄气不肯回娘家。

小姑奶奶牺牲的第二年，祖母生下一个男孩，就是我父亲。小姑奶奶的瞎姆妈——我的曾祖母——抱过我父亲。她抱着我父亲，看不见，一会儿唠叨姑姑不听话，一会儿说姑姑就快来看我们了。

听过这段往事没几天，母亲生下五弟。祖母的三寸小脚满屋子咚咚响，笑出一脸菊花说：要是个女娃就好，可以叫小桃。

桃树上的桃子成形了，阳雀子飞来啄桃子，祖母咻咻地驱赶。阳光照耀，祖母后脑上的蝴蝶银簪闪闪烁烁。

我问祖母：小姑奶奶怎么闹革命的？祖母说：跟大姑奶奶学的呀。我问：还有大姑奶奶？祖母说：大姑奶奶走得更早。我问：大姑奶奶怎么走的？祖母吻我的额头，催我快去上学。

桃子黄熟时，过路的人看桃子，祖母招呼那人上台坡，指一个又红又亮的让人去摘。树上还剩最后一枚熟成蜜瓤的桃子，我摘下来给祖母吃。祖母缺牙，慢慢吮吸，一口气吸不完，歇一会儿再吸。

吃过这枚桃子，就是炎热的夏天。

夏天里，乡下人在禾场上乘凉。不等太阳落土，向禾场泼一面清水，水蒸干了，不起扬尘；再搬出竹床、椅子和条凳，在禾场中央摆成一溜儿，分出公爹和媳妇的位置；吃过晚饭，一家人都穿最少的衣服上禾场，或坐或躺，年长的拿一把芭蕉扇，扇风，打蚊子。因了夜色，当上奶奶的老年妇女会像男子和幼儿一样光着上身。

祖母是必须光着上身的，因为她长痱子。

老来的祖母极瘦。月光下，她坐在竹床边，勾出一道弧线，可以清晰看见前胸、两肋和后背的骨头，乳房是两张垂挂的皮。我不晓得别人的祖母是不是这样，但记得父亲跟母亲讲过，祖母是一个不幸的母亲：他是祖母的第六个孩子，前面五个都死了，最大的不满两岁；他之后祖母又生了两个，活下来一个妹妹。为什么？不单因为穷，娘吃不饱没奶水，娃儿病了买不起药；主要是为了两个小姑子，她们都是孩子，祖母要照顾她们闹革命。我看着祖母头上发亮的银簪，想起小姑奶奶临死前指着祖母的肚子，想起祖母必须摸过她的孙儿们的头才让他们离开……仿如一条线索牵着祖母如花如蝶的岁月。

那天有些风，母亲在房里坐月子，祖母带我们四兄妹在禾场上乘凉。哥哥坐在祖母身边，拿着芭蕉扇打蚊子。我蹲在竹床上给祖母刮痱子。祖母身上抹过祖父买回来的痱子粉，有一层白光，很滑爽。我用食指的指腹在祖母的肩头探索，遇上凸起的小水泡，把指甲尖搁上去，又快又轻地刮一下，发出轻微的脆响。有那么一个瞬刻，我因为过于在意手艺的乐趣而感到愧疚。

忽然触到一块光溜的皮肤，祖母的身子猛地一抖。

我问是伤疤吗，祖母说不要碰它。我问：为什么？祖母说：是敌人的矛子（长竿刺刀）插的。

接下来，祖母不再碰触"那座山"。倒是哥哥说，他听隔壁杨奶奶讲过我们家的事，便讲起来。祖母也不阻止，像听别人的故事，只是偶尔帮忙连接一下——

民国十六年（1927年），中国发生"四·一二"事变。

这年秋天的一个深夜，祖母听到有人在屋外拍打床头的墙壁，接着发出微弱的呼叫：嫂子——我饿！祖母听出是大姑奶奶，赶紧起身开门出去。大姑奶奶趴在墙脚边喘息，站不起来。祖母抱起她，把她背进屋，放在床上躺下，热了一碗油盐饭端来。大姑奶奶没力气拿住碗，祖母一口一口喂她吃。

吃完歇了一会儿，大姑奶奶告诉祖母，反动派的人正在抓她，她逃回乡下，躲在湾子南边的芦苇林，吃了十一天野菜，饿得不行，只好爬回来。祖母说：你呀，就躲在家里咋？大姑奶奶摇头：那样，家里人会因为窝藏受牵连的。祖母说：要遭罪，我同你一起遭罪。大姑奶奶笑笑，伸手摸祖母出怀的肚子：嫂子，这是你怀的第三个娃，好好生养我的侄儿吧。又说：我这么拼，还不是为了下一代，包括我侄儿——我再歇一会儿，天亮前回芦苇林。

这时，十二岁的小姑奶奶春桃冲进房里，大叫一声：不行！

大、小姑奶奶的姆妈也跟了进来，扑到床边，抱住大姑奶奶一阵哭泣，绝不放人。这年曾祖母的眼睛还没有瞎。

大姑奶奶就妥协了，同意在家里的床上睡一天，洗个澡，换一身衣服，家里给她做一些米粑，等到第二天天黑再走。

第二天，大姑奶奶睡觉，祖母和曾祖母去灶房做米粑，小姑奶奶在禾场上站岗。看看太阳正在落土，一天就要平安无事。突然传来狗吠，小姑奶奶跑到台坡口观察，看见两个扛杪子的反动派乡丁向湾子南端走来，转头向灶房喊"肚子饿了"（报警）。

祖母赶紧去房里拉起大姑奶奶，牵着她往后门走。曾祖母抱着一袋米粑跟来，祖母打开后门，接过曾祖母手里的袋子，取出两个米粑交给曾祖母，让曾祖母快关上门，回去应付。可祖母和大姑奶奶到屋后时，天还没有大黑，秋后的湾子外无遮无挡，大姑奶奶出去就会暴露。幸好屋后有一个麦秸垛，端头开放着取柴的断面，祖母从断面下方抽出两捆麦秸，弄出一个洞穴。此时两个乡丁已到了屋前的禾场，叫喊着：老婆子，交出你大丫头！曾祖母回道：人不在咧。祖母一把将大姑奶奶推进洞里，自己跟进去，转身散开两捆麦秸，遮在洞口。

两个乡丁进屋查看了所有房间，没见到大姑奶奶，问曾祖母：你儿媳妇怎么也不在家？曾祖母回道：媳妇跟我吵嘴，出去捡柴，赌气还没回来。跟着递上两个米粑，说：刚蒸的，两位垫垫肚子。两个乡丁互看一眼，一人拿去一个，即刻就吃，一边出大门。可是，快走到台坡口，其中一个麻子说：还是去屋后看看吧。两人来到屋后，先看茅厕，再看麦秸垛。麻子含着米粑，拿起杪子，在松散的麦秸上连插两下，没听见叫声，走了。

就是这两秒子，一下插空，一下插在祖母的肩头。

不出所料，次日中午两个乡丁又来了。

来了也不吱声，直接去屋后查看麦秸垛。现场被处理过：洞穴已堵上，面上散落着做样子的麦秸。麻子用秒子杆拨动麦秸，一缕一缕拨，看见一点红色，蹲下去捡起来看，是鸡毛。起身问另一个拿秒子的乡丁：昨天这里是这样吗？那个乡丁说：好像是，天太暗，看得不大清楚。祖母、曾祖母和小姑奶奶跟在两个乡丁身后，一声不吭。麻子掉头问：你们动过这里？三人都说没动。两个乡丁就进屋去，一个检查房间，一个上灶房翻看灶膛和柴堆。最后，麻子看看带血的秒子尖，嘟哝一声奇怪，带头离去。

两个乡丁一走，祖母抱着小姑奶奶呜呜地哭。

处理现场是小姑奶奶想到的。当晚，大姑奶奶趁夜色逃走后，祖母捂着肩回屋，曾祖母给祖母擦血包伤口，祖母讲她和大姑奶奶躲在麦秸垛的情况，小姑奶奶听了，说：有问题——等天一亮，这两个家伙就会发现秒子尖上的血迹。于是连夜处理了现场。

大姑奶奶揣着米粑回到芦苇林的第三天，祖母背上竹篓出门捡柴。进入芦苇林深处，压着嗓子喊大姑奶奶，大姑奶奶答应：嫂子，我在这里。祖母顺着声音走，看见芦苇摇动。大姑奶奶蹲在一块凹地，地下铺了芦苇茎叶，顶上搭着几根芦苇，像一个窝棚。祖母过去蹲下，从竹篓里拿出一罐粥、半碗咸菜，还是温热的。大姑奶奶端起罐子呼呼地喝粥，用手抓咸菜吃。祖母说你慢点，大姑奶奶嘻嘻笑：有盐，真香。吃完，伸手摸祖母的肚子，还是那几句话：嫂子，这是你怀的第三个娃，好好生养我的侄儿吧。祖母正要开口说点什么，大姑奶奶抬手挡住：嫂子不要劝我，我跟你不同，革命不成功，不会考虑个人的事。祖母收拾罐子和碗，起身说：天冷，明天给你带棉袄。大姑奶奶说：嫂子行动不便，明天让春桃来。祖母说：我和春桃换着来，见不到你，我不放心。分手时，大姑奶奶冲祖母明朗地微笑，祖母眼眶一热，掉头就走。

那是一个异常安宁的秋天。一里外的芦苇林在旷野呈现茂密的枯黄，时而纹丝不动地聆听日月，时而摇曳带响的波浪。祖母和小姑奶奶每天一人背着竹篓去野外捡柴……天地广大，她们很微小，像一只在荒村飞行的麻雀，没人注意。

小姑奶奶倒是一天比一天开心，曾祖母说这丫头真是没心没肺。

有一天屋后的树林里传来沙沙声，祖母去看，是小姑奶奶在磨一把生锈的菜刀。祖母问做什么，小姑奶奶甩头一笑：看不出来？本小姐要有自己的"武装"，保护姆妈、姐姐和你。祖母说你疯了，你才十二岁咧。夺下菜刀。没过几天，屋后又有响动，小姑奶奶把一根杨树棍子削成杪子的形状，一边哼唱革命歌曲。祖母上去抢棍子，小姑奶奶这回不肯松手，坚决地说：我要像姐姐一样，组织群众建革命根据地，搞武装斗争。祖母吓唬道：你再这样，我就告诉姆妈了。小姑奶奶说：告诉也不怕。

祖母送饭去芦苇林时，让大姑奶奶劝阻小姑奶奶，大姑奶奶呵呵笑，说她只是个孩子，又没有组织，在家闹着玩玩咧。祖母说：她长大了呢？大姑奶奶顿了一下，笑道：等她长大，革命就成功了呀。祖母回家跟小姑奶奶商量：你现在还小，等长大了，支持你闹革命。小姑奶奶高兴地喊：说话算数。

　　可是祖母的第三个娃在这个秋天后的冬天夭折了。

　　那天，祖母背着竹篓从芦苇林出来，远远看见两个人在湾子附近的路口晃动，担心遭遇盘查，翻出竹篓里的罐子和碗，就绕开道捡柴而行。结果在沟岸跌倒，滚到干涸的沟底。起身腹痛，出血，咬着牙走回家……娃儿降世，只哼出半声就没有动静了。

　　小姑奶奶去芦苇林送粥，大姑奶奶见她眼圈红肿，问家里出了什么事，小姑奶奶不说。一连几天，大姑奶奶天天问，小姑奶奶忍不住暴哭：我们的侄儿死了！大姑奶奶就呆住，泪珠断线似的落。许久，端起罐子疯狂喝粥，喝完，又呆着。

　　第二天早晨，小姑奶奶打开屋门，屋外明晃晃的，地上歇了厚厚的雪。禾场上有来去两串脚印，门槛上搁一片纸，纸上压一支蝴蝶银簪。小姑奶奶拿起来，纸片上写着——

春桃：
　　告诉姆妈、嫂子和哥哥，我走了，你们不要担心我，我不怕，也不苦。银簪是姆妈给我的，留给你，等你长大了做陪嫁。替我照顾好姆妈、嫂子和未来的侄儿。
　　　　　　　　　　　　　　　　　　　　　　姐：春梅

　　小姑奶奶看完，擦干眼泪，拿着纸片去给不识字的祖母和曾祖母看，念给她们听，把银簪"留给你……做陪嫁"那句省去，加上一句"同志们接我走了"。

可是，五天后的傍晚，一个陌生小伙子来敲门，确认是刘春梅的家，告知：你家春梅走的时候，被奸细发现，报告上去，敌人顺着她的脚印追赶，过了毛场，春梅被捉住——砍了头。

一阵号哭冲破寒冬里的屋子。

那个冬天在曾祖母、祖母和小姑奶奶的颤抖中颤抖……三人走过毛场，四处打听刘春梅。春梅真的被砍了头，但找不着尸首。有人说是好心人把她埋了，可大雪纷飞，不断覆盖，坟墓在哪儿呢？

曾祖母从此每天哭，哭了四年，哭瞎了眼睛。

小姑奶奶从毛场回来后，把磨过的菜刀和削好的杪子放到床底下，经常出门打探消息，十六岁找到组织，开始参加革命活动。

祖母对小姑奶奶说：你能不能再等几年呢？小姑奶奶说：革命怎么能等。祖母说：姆妈要是晓得你跟春梅一样，还怎么过日子？小姑奶奶说：你答应支持我的，我不要你支持别的，帮我在姆妈面前打掩护就行了。祖母说：你要是有个三长两短，姆妈活不成的。小姑奶奶说：我要是死了，你把我埋在姆妈跟前。

小姑奶奶不能等，祖母只好帮她。方法也简单：小姑奶奶每次要出门，找个由头跟祖母吵一架，转身向曾祖母投诉，一定要出去透透气。一次，祖母跟小姑奶奶吵着吵着，捂了嘴笑，当时曾祖母还没全瞎，盯着祖母看，祖母赶紧将手里的盆子摔出去，"砰"的一声砸在地上，不料小姑奶奶也咯咯一笑。

隔壁杨奶奶跟祖母讲，有人看见你家小姑子在街上跟男人混，过不多久换一个，祖母就打马虎：由得她浪，还给家里省把米。曾祖母有了觉察，托人为小姑奶奶找婆家，被领来的男方看着眼熟，一问，正是四年前大姑奶奶牺牲时报信的小伙子。说过一会儿话，小姑奶奶向他勾手指。然后，两人去了屋外。小姑奶奶对小伙子说：你虽然长得不好看，但如果你同意我闹革命，不告诉我姆妈，我就答应你。小伙子点头：我也答应你。

这个小伙子就是后来一生孤单的姑爷爷。

小姑奶奶结婚前，曾祖母双眼全瞎了。有一回小姑奶奶外出好多天没回来，曾祖母问祖母：你们这次怎么吵得这么狠？祖母说：这次没吵，春桃是怕以后结了婚不自由，找她私塾的女同学秋菊玩去了。曾祖母拄着棍子出门，祖母赶紧绕道跑到秋菊家，让秋菊躲起来，拜托她姆妈向曾祖母撒谎。曾祖母去过秋菊家心里仍不踏实，又去珠玑街上找未来女婿。祖母已去过珠玑，曾祖母找到未来女婿，听说春桃在街上玩得很开心，这才回了兜斗湾。

所以，1934年小姑奶奶被"白匪"刺杀，祖母怎么也要瞒着瞎眼的公婆……

到我七岁时，小姑奶奶已牺牲34年。往事中的大姑奶奶、小姑奶奶（及腹中的孩子）和祖母凝固在那个夏天的时空里，被凝固的还有瞎眼曾祖母和祖母那六个夭折的没有名字的婴儿……那是充满血色的岁月，祖母不愿意讲，外人只能简略讲述。

现在，时间又过去半个多世纪，祖母早已去世。祖母活着时，一直安然沉默，像是倚着那些往事，又像是护着那些往事。我的记录只能如此简略。时间已让繁密过往成为简史，尽管我童年时不断用想象填补那些故事。只是，个人的经验反过来又常常加重对于过往的怀想。

许多现实的情义倒是可以确认——

当年，隔壁杨奶奶跟祖母是说私心话的朋友，祖母每次生病，她都守在祖母的床边；她说，她来生也做祖母的邻居。她讲过一句话：晓得历史的人值得敬重。我从来没有发现这句话的别的出处。

在兜斗湾，是不允许用"砍头的""遭刀杀的"的话骂人的。有一次，一个新媳妇跟人吵架，吵到高潮，一溜儿地骂对方"砍头的""挨枪子的""遭乱刀杀的""死了没棺材埋的"……我祖父背着药箱路过，上前劝她：吵架就吵架，不要这样伤人嘛。她掉转头，跟我祖父吵起来，又骂回刚才的话。这时，她公公冲进围观人群，上去给了她两耳光。当天半夜，这个新媳妇在丈夫的陪同下，来敲我家的门，进了堂屋，向我祖父和全家人低头道歉，说她不晓得兜斗湾的历史，是个混账坏子。说着就哭，双手左右抽自己的脸。祖母心软，赶紧抓住她的胳膊。

我们家自旧社会起就受人照顾。父亲出生后，杨奶奶喂奶，湾子里的人送米送鸡蛋。祖父送父亲读私塾，先生不收钱；父亲学医，先生倒付工钱。解放后，父亲还念了医学院。祖父说，我们家在他这一辈已衰落到深渊，到父亲这一代，又上了岸。

1950 年代末，祖父和祖母跟我父母商量，希望母亲放弃城里药厂的工作，留在乡下务农、多生孩子，母亲回乡下，湾子里的人敲锣打鼓欢迎……

只有一条，我们家的人不吃湾子西头那棵枣树的枣子。

而我，一生沉迷于那幅图景：祖母坐在桃树下，桃花灿烂，一只白蝴蝶在祖母和桃花之间飞。

为什么是桃花与蝴蝶？

在祖母的年代，平原上草木芜长，唯有这两样是世间罕有的生意、绽放与娇艳，是生命的密语，是离世的安魂曲……它们那么轻盈而亲切，让人永远无法全然抵达和拥有。

我在七岁的冬天看见过祖母心中的桃花与蝴蝶。

那个冬天的温暖是真实的。全家人围坐在堂屋的柴火边，房子依旧在兜斗湾南端。屋外大雪覆盖。要过年了，在外地做医生的祖父和父亲已回到家里。柴火是一个大树蔸，由引火柴点燃，树蔸下多处冒出微小的火苗，地上渐渐聚集了火炭，一团鲜活的红光散发暖人的热气。祖母、祖父、母亲、父亲以及我们五兄妹，一家九口一个也不少地向着火红的温暖团圆。树蔸切面上搁有茶水、烟缸和零食。祖母如泥土一样宁静，但脸颊映着柴火的红光，那红光在灰黄的面上闪烁。

祖母说，她梦见了大姑奶奶和小姑奶奶。

她俩不是在奔逃，是在先前的一个春天。

祖母是在那个春天见到大姑奶奶的。上年秋，祖母嫁来时，知道家里除了祖父和曾祖母，还有两个姑子：大的十七岁，小的八岁（祖父也是从来不碰"那座山"的，说到两个妹妹的小时候，插话补充：春梅快十八岁，春桃七岁半）。但迎接祖母进家门的人群中没有大的那个，她在武昌念书。后来，一个晴朗的下午，祖母夹着一盆衣服，牵着春桃的手，去湾子前面的水潭洗衣，刚下台坡，对面站着一个短发、白净、穿新式学生装的姑娘，两眼亮晶晶地冲她招呼：你是嫂子吧！祖母就见到了她的另一个姑子。

那是祖母来到兜斗湾的第一个春天。

春天带着新鲜的美好。洋学生大姑奶奶陪祖母去水潭边洗衣，她知道祖母怀孕了，自己端起衣服盆，只让祖母牵着小姑奶奶的手。水潭北岸有一片小树林，树林外花草蓬勃，一棵桃树立在树林和水潭之间，岸上和水中各有一树粉红的桃花。

洗完衣服，姑嫂三人站在桃树下说话。祖母喜欢看大姑奶奶，看着看着，忍不住说：春梅你真漂亮！大姑奶奶就笑，一口白净的糯米牙，指着桃树回应：看，嫂子才是"人面桃花相映红"咧。九岁的小姑奶奶受了冷落，攀一枝桃花贴在脸上，问：我呢？祖母说：你是一朵小桃花。大姑奶奶为她念出另外两句诗："南国有佳人，荣华若桃李。"之后，大姑奶奶让祖母和小姑奶奶在桃树前并肩站立，自己后退几步，双手搭起一个方框，在框里看她们。小姑奶奶问：姐姐你做什么？大姑奶奶说：照相呀——这么好看，留下来做纪念。祖母说：听你哥讲，药房老板的少爷有照相机，过两天他回家看你，我跟他提一提。大姑奶奶说：不必为难哥，今天的照片记在我心里了。

那些天，大姑奶奶换上曾祖母的旧衣裳，穿着祖父的大脚鞋，每天帮忙做事，洗衣、做饭、捡柴、泥墙、扎篱笆、下地翻土、外出打猪草，样样抢先。看着大姑奶奶提着篮子出门，曾祖母笑她：大丫头是回来还债的。大姑奶奶也笑：所以家里不能再让我背债了。

当天晚上，大姑奶奶搂着曾祖母说：姆妈，对不起呀，家里那点积蓄都被我花光了，现在我已经毕业，回去后就有工作和薪水，您和哥不要再为我操心。曾祖母叹道：傻丫头，姆妈跟你说笑话咧。大姑奶奶用手给曾祖母梳头，不小心抽泣了。

大姑奶奶是对曾祖母撒了谎。次日，祖母带她和小姑奶奶去野外捡柴，半路上，她挥着拳头哼起"打倒列强、打倒军阀"，小姑奶奶问这是什么歌，她说是我工作时唱的歌。祖母掉头看她，她调皮地一笑，把嘴送到祖母耳边：我参加了革命，是共产党的人。祖母晓得革命危险，问为什么，她说：为了姆妈、哥嫂和妹妹，为了劳苦大众和下一代。祖母要她在外面要好好的，她点点头。那天，她一边捡柴一边讲：劳动人民为什么劳苦？因为这个制度不公平，恶人和剥削者当道，必须推翻它，重建新制度，让所有人平等自由，让社会进步文明……农村耕者有其田，城里人尽其才，女子不用裹脚，年轻人读书恋爱。她指向湾子南面的芦苇林：今后革命成功了，用机器耕种，那里就是一片粮田。但回家的路上，她再三叮嘱祖母和小姑奶奶：不要把我说的话告诉姆妈。小姑奶奶说：我也要跟着你去干革命。她说好啊，即刻哈哈大笑。

进家门时，小姑奶奶威胁大姑奶奶：你不带我干革命，我就跟姆妈讲你在外面闹革命。大姑奶奶反问：那样，你长大了不是也干不成革命？以后几天，大姑奶奶时常教小姑奶奶认字、背诗和作文，还帮她跟曾祖母吵了一架。曾祖母要小姑奶奶裹脚，小姑奶奶不干，大姑奶奶也反对。曾祖母喊：我不能让两个丫头都大着脚满世界跑。大姑奶奶说：不跑世界哪来幸福呢？曾祖母瞪大眼睛看大姑奶奶：

你是说我和你嫂子都在受罪？转头寻求祖母支持，不料祖母讪讪地笑：春梅说得有理。曾祖母气得回到房里，扯上被子蒙头大睡，中午不吃饭，晚上也不吃。姑嫂三人端饭端菜站在床边，轮番喊姆妈，曾祖母坐起来，让大姑奶奶喂她吃。之后不再提裹脚的事。

大姑奶奶走的那天上午，最后一次跟祖母和小姑奶奶去水塘边洗衣服。岸上的那一树桃花还没有谢。洗完衣服，三个人站在桃树前说话……可惜没有照相机。

（祖父说，那个药房的少爷把照相机玩坏了。祖母说，是人家不想借给你。）

在我七岁后，祖母主要做两件事：一是坐在桃树下打瞌睡，一是摸孙儿们的头顶和亲吻他们的额头。孙儿们依次长高，高过了她，她便摸他们的手和胳膊。

后来我们兄妹五人先后去外地读书、工作，祖母每天坐在桃树下等我们回来。我们一年回去三四次，她大多数时候是在等待中。我们见到她，走到她的面前，让她牵手，仰起头来看。我们也看着她。她见到我们的第一句永远相同：我儿瘦了！可是怎么会呢？

祖母高寿。我的孩子六岁时去看她，我是提前做了培训的，但祖母摸他的头顶亲吻他的额头，他木木地站着眨眼，不像是祖母的曾孙，像是别人家的一头小牛犊，很陌生。我就过去，接过祖母的手，放在两手间揉搓。好在孩子把他的手搭了上来……

祖母去世后，我在她的坟头栽下一棵小桃树，隔年便开出灿烂的花。

一棵刺树在想什么

题记：树上的刺是有形的，祖父的刺是无形的；但刺不是攻击性的武器，只能用作自我保护。那么，一棵刺树在想什么呢？此文曾以《活兽慈舟》之题，作为小说发表，现予修订。

祖父是一个兽医，不大跟人说话。

我开始知事的时候，他在我们家乡已是名人，除了老县长，大概没有谁比他更有持久的名声。但我知道他的微弱与平凡。

他从旧社会过来，讳名世凯。但即便他姓刘，世凯这个名字终归是不好。幸亏来到新社会，组织上慎重，及时给了结论：刘世凯同志出生于公元 1903 年，当时北洋军阀袁世凯尚未登基，"世凯"之名跟那个洪宪皇帝无涉。他的名字在新社会继续使用，与他的光头、虎脸、八字胡、白玻璃眼镜以及藏青色中山服相伴终生。不过，在我的记忆里，由于名望和煞气，从来没有谁对他直呼其名，一般人都会跟他点头，称他刘医生、刘先生或者刘老先生。据说社会上曾经有人给他起了一个绰号，不敢当着他和家人的面叫唤。是个什么绰号呢？我不想追究，看过此文的人可以随便给他安一个。

原先，祖父不是兽医是人医，年轻时在老家的县城悬壶济世，疗治急症沉疴，可谓妙手回春；但要说出名，是在抗战时期，出于医者仁心，给一个难产的日本婆娘接生。这事一直讲到新社会，意思变得夹杂。还好，新政府照例给他颁发了医师证书。

此外，祖父乐于医兽也与出名有关。他还在做医生的时候，跟城里的许多高级人士不一样，没有深受人类主宰万物的教化，总是平等看待世间所有生命，包括兽禽与植物。他常常溜到县城外玩票，给牛治痢疾，为猪消食，还线过几只公鸡，基本上都很成功。相对而言，作为医者，他在现代生物学和病毒学方面还需要有所精进。

1956 年，新中国实现公有制改造，为了发展社会主义农业和农村经济，政府决定开辟兽医战线。当时，祖父虽然是人医，但觉得这个决定十分英明，颇为广大兽禽高兴，很快拟了一份培养兽医人才的建言报告，叠成方块，装在中山服的荷包，准备随时呈交给领导。

不料事态竟然发生反转——

一天，领导邀他去办公室见面，他摸了摸荷包，立马赶到。领导比他年轻，称他老先生，给他挪椅子，筛茶。两人对坐后，他正要掏出建言报告，手都抬起了一半，但领导冲他眨眼动眉地讪笑：老先生，我们有一个想法，不好意思向您开口呀。他停住手，奇怪地看领导：还有领导不好开口的？领导说：我们想请您做兽医。他笑：这有什么不好意思呢？领导误会了他的笑，口气越发惭愧：您老现在是人医，今后做兽医，怕您老面子上挂不住。他便明白，原来领导对医人与医兽有高低贵贱之判，心里顿时一暗，愕然无语。领导以为说对了，接着开导：我们认真研究过，您老的儿子也是人医，一家两个人医，挪出一个来做兽医，人畜两旺嘛；再者说，总比抽调别的医生让人好想一些，是吧？他觉得领导越说越离谱，便抬起停在荷包上的手，摸了摸八字胡：既然这样，我且考虑一下吧。

祖父还在考虑，同事和朋友接连找上门来。有人直接骂领导：真他妈二球，让一个年过半百的老医生改行做兽医，咋不让他老子去学兽医呀！有人责备祖父没有一口回绝：你不晓得兽医是医牛马猪、鸡鸭鹅的吗？你不晓得兽医一年四季要往野外跑吗？你不晓得医兽跟医人到底是两码事吗？——你要是去做兽医，别人还以为你是因为做人医出了问题！一个跟他一样年纪的老家伙嘲笑他：往后大家是叫你刘医生还是叫你刘兽医呢？有一点得事先声明啰，你每次出诊回来，必须洗完澡更了衣，再来找我喝酒。另一个老家伙干脆说：得得，我们还是不要聚在一起，省得别人把我也当作兽医。祖父觉得这些家伙跟领导一样越说越离谱。但这些家伙不是领导，他用不着回应，干脆就去去去，摆两下手，让他们目瞪口呆。

祖父唯一的儿子（我父亲，当时还没有我）在县人民医院做医生，来到他的住处问：大，您怎么想的？他反问：你怎么想？我父亲犹豫片刻，大义凛然地说：既然国家需要，您不想去，那就我去吧。他瞪眼大吼：胡扯！两人便沉默。之后，我父亲摸了摸流到脸颊的汗水：您看这事究竟怎么办呢？他叹息一声：本来，做人医还是兽医对我无所谓的，偏偏你们所有人都觉得兽医低人一等，咳，现在看你急成这个样子，我能怎么办，去干呗。我父亲扶住他的肩：大，委屈您了。他问：你晓得我的委屈是什么？我父亲一下子眼圈湿红：我怎么不晓得呢。他就闭上眼，极微弱地摆头：去，回去安心上班。

第二天祖父答复领导，同意做兽医。

但从此以后，他就很少跟人说话了。

起初祖父在县兽医站二楼的办公室上班，参与编写一本兽医常用手册，除了吃饭抽烟，动手不动口。县兽医站在城南的边边，祖父偶尔寂寞，就站在窗口，遥看街上拉车的马和驴子。

夏天的一个上午，领导给祖父送来一个大西瓜，希望他给兽医学徒讲课，他摇头；领导问您老为什么，他摇头；领导问您老不为什么干吗摇头呢，他还是摇头；领导说那您老就先休息几天吧，他不再摇头，转眼看桌上的大西瓜，领导起身离去。当日午间，他在西瓜下压了一张纸条，说要上兽医一线去，决定回老家毛嘴区的兽医站工作，便拎起行李跑路。下午，他出现在80里外的毛嘴兽医站，站里的头头以为老专家莅临指导，热烈欢迎，他也没得解释。头头终于有点蒙，给县里摇电话，得知他的情况，倒是求之不得。之后，他在毛嘴兽医站默默工作三年。三年获得三张奖状，带出两个徒弟。

第四年，他进一步书面要求"上兽医一线"，调回离家不到三里的毛嘴区珠玑公社兽医站。从此，他在珠玑一带跟兽禽打交道。

一切都平淡，只有祖母的生活因祖父的变故发生了波澜。

早年祖父做人医时，祖母是他的"女皇"，祖父每次从外地回到乡下的家里，都带一些吃的穿的，把东西送到祖母手上，站在旁边等候祖母笑一笑。祖母一般不笑，瞟几眼，说，吃的不甜穿的太花，随手落在方桌上。但祖父改作兽医后，变了天，祖母成了"女奴"，给他端碗递筷，轻手轻脚小声说话，祖父抬起头白眼镜一晃，祖母就一激灵，马上去拿酒杯。尤其是祖父调到珠玑兽医站后，离家近，除了不定时回家吃住，还经常在乡间巡诊后带回一身汗水，祖母奔跑着伺候，三寸小脚嘚嘚嘚地，在灶屋和堂房之间踢得鸡飞狗跳。

倒不是祖父拿祖母当了出气筒，而是突然不说话——大气不出。祖母怕他生病，宁愿他有一个人可以随便支使和欺负。祖父也晓得祖母的心思，但不说出来，在他，祖母和他原本是一个人，自己欺负自己而已，或者左手支使右手，也算一种团结。

平原的太阳快要落土了，又大又红地正对着家门口；鸡在一片红光中渐渐向禾场上聚拢。家里的晚饭做好了，祖父还没有回家。祖母坐在堂屋一侧给我们小孩子讲从前的祖父，说起中年祖父绸袍缎褂拿脉写方的神气，春天就在眼角的皱纹里放射光芒，于是禁不住长吁一口气，抱怨领导点名让祖父做了兽医……而此间，祖母一直没忘支棱着耳朵听门外，等候祖父的脚步。

一次，祖父回家吃罢午饭，歪在堂屋的躺椅上看了一会儿书，走后书落在家里，祖母给他送去，兽医站的人说祖父来了又回去了，让祖母把书留下，祖母知道祖父把书看得金贵，不肯脱手，赶紧往回跑；可是，祖父回家得知祖母去了兽医站，又连忙返回。那天，祖母和祖父来来去去跑了三趟，后来两人精疲力竭地在家中会合。祖母实在忍不住，拿出当年做"女皇"的架势，问祖父走的什么路。原来去兽医站可走北边的河堤，也可以走南边的公路，他俩换着道你追我赶，彼此接连错过。祖母问：为什么换路呢？祖父的白眼镜一晃：你为什么换？拿起书扭头就走。祖父走后，祖母坐在房门坎上抹眼泪，嘟哝祖父彻底坏了，就会板着脸，从来不笑……那年我五岁。

过了几日，祖父回来，坐在禾场的树荫下喝酒，拉我坐在他的腿上。我揪他的八字胡，他用筷子敲我的手，我说：咋了，老虎的屁股摸不得？他突然哈哈大笑，笑得祖母跑出灶屋来看。从此祖父格外喜欢我。我的兄弟妹妹们以为是门道，曾经效法，结果全都自讨没趣。

祖母说，在珠玑，是一头黄牯牛最早向祖父表达了情意。

那黄牯牛毛色棕红，正是出劳力的年龄，像一个帅气调皮的小伙子，但得了支气管炎，早晚咳嗽，流鼻涕，呼吸困难，体温升高，心绪烦躁。祖父第一次给它看病，它摇头甩角很不配合，强行打针吃药后，病情当晚得到控制。隔日复诊，祖父因突然患上面部神经炎，左眼合不拢、鼻子歪、嘴斜，带着一副面瘫的左脸；黄牯牛见了祖父，觉得奇怪，禁不住露出两颗大门牙发笑，它一笑，祖父也跟着笑，两张脸就对在一起瑟瑟大笑；但祖父笑起来样子更奇怪，黄牯牛马上不笑了，眼里分明透出心疼的光。以后几次复诊，黄牯牛看着祖父，不由自主地眨左眼、响左鼻、翻左唇，祖父明白它的提示，就摸它的脸，跟它说，不急，你会好的我也会好的；最后一次，黄牯牛见到祖父的脸已复原，又露出两颗大门牙来发笑，意思是我们都好了……可祖父走后没几天，黄牯牛不吃草，喂养它的人把祖父叫去，祖父一去，它不仅吃草，而且笑，两颗大门牙白亮白亮的，十分狡猾。

我问祖母：您亲眼看见了？

祖母有些生气：喂牛的人讲的呀。

的确，祖父也不光是跟兽禽打交道，还有人，至少是喂养兽禽的人。那是 1960 年代初，万物蓬勃，只是祖父跟兽禽接触得多，跟兽禽一样，对人世憨憨然回避。

有一次，祖父去珠玑街头过早，点了一盘水煎包、一碗米酒，搁到店铺门口的方桌上，正要坐下开吃，一条大白狗带着两只白狗娃来到桌边，一起举头望他，他拿起三个包子，说了一声吃吧，丢一个地上，一只狗娃含着包子跑开，再丢一个，另一只狗娃含着包子跑开，不等第三个丢下，大狗礼貌地收回目光，转身离开，祖父的心感触了，赶紧把包子扔到大狗的前面。

回头坐下，桌子对面坐着一个似曾见过的猴脸男子，大约遵照他的"吃吧"，已经开始吃盘中的包子，嘴里左边鼓一个包子右边鼓一个包子，一手拿起一个包子，嚅动着嘴巴冲他微笑。祖父想了想，记起猴脸是找他医过驴的人。盘中还剩一个包子。他没吭声，干脆起身把米酒端到猴脸面前，捡了盘中那个包子掉头离去。不料，这猴脸大声喊道：刘医生，我来接您看驴的。他便停下，并不回头，吃手中的包子，等着。猴脸喝完米酒，随他去兽医站取药箱，那条大白狗和两只白狗娃也聚拢跟来了。之后，大白狗和白狗娃在前面带路，他跟着。猴脸随在身边，向他絮叨：还是那头不怀孕的驴，去年肚子大了，以为怀上，结果吃了您老开的药，放出一串响屁，没了；今年驴肚子又大了，又担心它放屁……您说它会不会放屁？祖父看着白晃晃的狗，没法接猴脸的话。

几天后，祖母晓得了这件事，三寸小脚一跺，几乎要把整个地球击穿。她去到猴脸男子家，斥责猴脸欺负老实人，让他交还水煎包和米酒的钱。不料，猴脸倒打一耙：我喂的驴怀了孕，吃你家先生开的方子，放屁放没了，我还没找他赔咧。祖母气得东张西望，见一只母鸡卧在草窝里，随手抓起，掉头就走。但猴脸拉住祖母，不仅夺回了母鸡，还把她扯倒在地，摔伤了脚踝。祖母斗不过猴脸，跛着脚去公社告状。祖父得到消息，赶往半路拦截，不管三七二十一地将祖母扛上肩，往回家的方向走。祖母抡起双拳在祖父身上捶打，哭喊：你不是有武功吗，咋的怕一个猴子？祖父不吭声。

1965 年，祖父在珠玑兽医站工作的第五年。一个蓝天白云的夏日，祖父背着药箱去生产队出诊，恰逢领导骑自行车来乡下看秧苗的长势，在细石子路面的汉（口）宜（昌）公路上，领导看见了他，慌忙追上去，下车，从他肩上取下药箱，卡在自行车的后座，陪他步行。一路上领导不断地说话。期间，祖父只回应了一句，领导陡然扶着自行车停住，向他竖起大拇指……当时，田野里的社员们抬头观望，领导穿一件白云一样白的白衬衣，风把白衬衣吹得鼓起，传来爽朗的笑声——祖父站在自行车另一边，单手搭着药箱，那药箱是绛色的人造革，有一个鲜红的"十"字。

不日，老一辈羡慕的人向祖母打听祖父跟领导说的什么，祖母摇头苦笑，说：当时风大，人家听到的跟他说的不一样——他说"我其实一直很乐意"，他听成了"我其实已经很乐意"，表扬他进步了。

的确，对于祖父的"人往低处走"，当年全县兽医战线的广大干部群众是惋惜的，一般认为老先生带了情绪，对组织上把他由人医转为兽医有意见——不然，老先生怎么会不跟人说话；又说，老先生连年拿奖状，多少跟领导对他的亲热有关。祖父听到风言，越发寂寞，越发不跟人说话。

他甚至不看人，除了牛马，几乎没人见他笑过。

1966 年，我已经上小学。秋天，祖父牵着我去珠玑。珠玑是一条在通顺河右岸与河流平行的小街：土面街道，街心凸起一溜青石板；两边的房子毗连不辍，除了百货、副食、餐馆、剃头、裁缝、五金之类的店铺，还有公社、粮站、榨油房、卫生所和屠宰场的院落；西头是自由市场，许多人在杨树下交易禽畜，牛马行的场面最大。小街上贴有红、白、黄、绿的标语，我认得出大多数的字，都是革命口号。祖父上班的兽医站在小街中段的北边，是一间老式木门的两层小楼，门板上的标语绿得发光。

进了门，祖父放开我的手，叮嘱不要乱跑。兽医站不像父亲工作的医院，不用在室内面对患者，没有诊室，只需接待来人、开处方和抓药给药；进门是一间药铺，走道在右，柜台在左，柜台高过我的鼻头，我能看见柜台后面的药架子贴满一面墙。光线微暗清亮，映在我脑子里的是一派反光的深枣色，弥漫着混合而浓郁的中药气味。

柜台里的一个中年男子跟祖父打招呼：叔，您来了。一边冲我笑笑。祖父让我喊他夏伯伯。他又瘦又长，喉结凸起，阴柔的态度，像人畜外的另一种生物，但是他笑。我喊了夏伯伯。我知道他是祖父的大徒弟，兽医站没有人不是祖父的徒弟。夏伯伯正在给人抓药：柜台上铺了三张黄色牛皮纸，他拿起象牙杆戥子，转身向着药架，拉抽屉的铜扣，铜扣旁有药名标签；他抓出药，放在戥子上称，极准，只需略微添减，象牙杆便回到水平，称过了，把戥子盘的药分在三张牛皮纸上……最后打包系绳，把三包串成一提。

走道右边有一间办公室，四套桌椅。祖父坐在最里面的桌子前，架起白眼镜写字。我过去趴在桌上看，他由得我，专心写他的。然后我离开他，从曲折的木楼梯上二楼。二楼有四间小房，门都开着，每间房摆一张木架床铺；其中一间洋溢着祖父的气味。祖父的床头柜上有一本书、一包烟和一盒火柴；一条蜈蚣在地上爬，我去踩它，它往床下跑，我落低身子寻找，看见床下有一只夜壶。

回来一楼，祖父不在办公室，夏伯伯也不在药铺，走道北端的后门打开了，门外传来说话的声音。我走到后门口，看见外面有一个类似农家禾场的土场，中央站着一头高大健壮的水牛，离水牛不远，几个农民男子聚在祖父和夏伯伯的面前吵嚷，是卖牛的和买牛的，双方对这头水牛的年龄有争议，卖牛的说两岁，买牛的说五岁。祖父没说话，给了夏伯伯一个眼神，自己上前去，一手托住水牛的腮帮，一手揪出舌头，用下巴指点水牛口中的牙齿，让夏伯伯看，然后转头看夏伯伯。夏伯伯点点头，祖父丢开水牛，一个人去墙角洗手。夏伯伯朝那几个农民男子喊：不吵了，三岁半。

看过水牛的牙口，夏伯伯带我去街上，买了一把糖果塞进我的裤兜。我掏出一颗剥开，放进嘴里，再掏一颗给夏伯伯，夏伯伯含着笑摇头，天生不吃糖的样子。我说去给爷爷吃。

兽医站的后门还开着，祖父没进屋，我来到土场。这时，土场上空荡了，祖父独自站在土场一角抽烟。他仰着头，红脖子上扯起两条筋，一缕烟雾从脸面飘向空中。他在望一棵树。我喊爷爷吃糖，他摆摆手，头依旧仰着，那缕烟雾渗入树的冠篷。那是一棵我在乡下从未见过的树，生长在兽医站的后墙边，高过两层小楼，灰黑的树干和树枝，顶上枝杈繁多，枝条纤秀伸展，一枝一枝的羽状复叶，挂了一串一串的荚果，明亮的橘红色。

我走到树下，蹬掉鞋子，抱着树干往上爬，想去采那荚果。祖父喊我停下，一边过来抓住我。我说：您不怕，我会爬树咧。他说：树上有刺，上去会扎着的。我说：树怎么会长刺呢？他说：怎么不会呢？我说：您吓唬我。他便让步，蹲下身，叫我踩在他的肩上去看树枝。我站上他的肩，扶着树干升到高处，果然看见枝条的每片叶子下都长了细小的刺。我感到好奇：树真的长刺呢！他说：你还不信。我问：您刚才为什么看它？他说：看着它休息呀。

祖父要落下身子，我伸手扯下一枚荚果。回到地上，我把荚果给他，他接过荚果看了看，放进荷包。但我没有告诉他，扯这枚荚果时，手背被刺着了，汗渍里的血近似荚果的橘红……

父亲是在祖父从毛嘴调到珠玑几年后从县城调到毛嘴的。父亲是党员医生，组织上提拔他担任毛嘴区卫生协会主任兼卫生院院长。虽然毛嘴镇离家近，但父亲忙工作，并不常回来，与祖父见面的机会少，还跟在县城仙桃时差不多。1967年春节，父亲神色疲倦地回家过年，有天下午，像领导一样请祖父去屋后的竹林谈话。我很好奇，在竹林外逗狗，耳朵朝着他们。

整个谈话中，祖父没发言，偶尔咳嗽。父亲说说停停，讲了三层意思：一是我不担心您的思想与立场，但您不能逃避单位的运动；二是我不担心您在工作中出问题，但您在政治上应当积极要求进步；三是我不担心您乱说话，但您千万不要老是不说话。父亲说：大，您同意我的话吗？隔了一会儿，又说：大，您点个头吧。

我急忙看过去，只见祖父一手取下黑呢帽，一手在光头上摸一把，也不知是否点过头。寒冷中的青竹林静静地看着他们父子。

夏伯伯说，父亲跟祖父的这次谈话是有作用的：过完年，祖父回兽医站上班，碰见上级派来的马干部，不仅点了头，嘴巴左边好像还动了一下；马干部很高兴，逢人便说刘老先生新年新气象。

马干部是三个月前来珠玑兽医站的。之前，站里一共四人：祖父和三个徒弟。因为没有站长，祖父自然而然地牵头，多年如一日，只是没有站长名分。马干部驻站后，站里有了正儿八经的头头，祖父和徒弟们都乐意听从。但马干部来自工厂，不懂兽医，主要工作方法是宣讲思想和政策，让思想和政策贯彻落实在医牛医马的兽医业务中。这事难度很大。有一次马干部召集开会，讲的时间长，祖父起身上茅厕，但没去茅厕，蹲在半路抽烟，看蚂蚁在地上爬。

其实马干部不坏，跟我父亲也面熟，对祖父还算不错：他刚来的时候，考虑过起用祖父，让祖父名正言顺当站长，可惜外面有人反映祖父的历史比较复杂；春节后不久，珠玑公社有人揪住祖父的历史问题不放，还准备批判的，是他一直不肯表态。

祖父的历史与"汉流"有关。汉流是旧社会的帮会，类似清帮、洪帮和白门，发轫于清初，企图反清复明，一度活跃于中原，但实际上大义难立，退于江湖，分崩离析，各自野生，有人急公好义保护弱小，有人恃强凌弱为非作歹。到民国，湖北新发一支广布民间的"汉流"，抱团自保，有组织无纪律，良莠不齐，打抱不平、行抗日义举者有之，巧取豪夺、为私利假借日寇者有之。民国二十五年（1936年）冬，年轻的祖父被人领到汉江边的一间香火屋，跪地捧香，加入了"汉流"。

当时的情况是，祖父已从药房学医出师，在家乡独立行医，同时张罗一间练武房。一天，徒弟向祖父报告，几个外乡男子向练武房走来，领头的虎背熊腰、满脸红麻子。祖父明白这是要砸场子，赶紧跟一个比自己年纪大的徒弟交代一番。待红麻子敲门进屋，大徒弟上前拱手，云淡风轻地吹嘘：蒙好汉看得起，为了不伤及彼此筋骨，还是让我的幺（小）徒弟先打一套拳献丑吧。话音未落，祖父一个"铁牛耕地"闯入空场，顿时地面溅起枯土，打得四壁和屋顶叮啷直响；接着咳嘿吼叫，一阵击、劈、扫、踢和拔、挡、锁、蹬，以致地动屋摇，让人眼花缭乱；收功前又是"铁牛耕地"，一片土粒落在客人身上。红麻子的脸白了又红，拱手甘拜下风。但红麻子走后不到两天又来了，对祖父说：你不是徒弟，是师父，加入"汉流"吧。祖父问为什么，红麻子说：武艺再强，凭你们几个人，招架不住"白匪""乡丁"，保不了家护不了院，你需要"汉流"。祖父被言中要害，闭目静思，天黑时忽然起身，向红麻子抬手，跟着他向十里外的汉江走去。

马干部找祖父谈话，问：您老为什么加入"汉流"？祖父想：这不是明摆的事，有什么好问的？不说。其实他应该说，他在"汉流"里，除了医治跌打损伤收取药钱，什么也没干。马干部又问：听说您老救过鬼子的老婆？祖父想：还不止鬼子的老婆咧，我是医生能不救人吗？你咋不问问我救活了多少杀死鬼子的好汉？不说。马干部想了想：您老为什么不像两个妹妹一样跟着共产党闹革命？祖父火了，白眼镜后面的眼珠瞪着马干部，心想：老子的大妹妹在民国十六年冬天被国民党反动派杀了，小妹妹在民国二十三年秋天被国民党反动派杀了，这是老子的血海深仇——你咋这样问老子？起身拂袖而去。

马干部再找祖父的三个徒弟谈话，让他们谈谈对祖父的看法。幺徒弟说，师父不说话，指我的脑壳，让我自己悟，他指我一次，我的脑壳疼三天，也好，疼过之后蛮舒服的。二徒弟说，师父喜欢喝点小酒，有一次让我打酒，我打了半瓶酒回来，师父把酒瓶立在桌上看，用指甲尖点了点酒面上边两毫米的位置，拿着酒瓶去酒行，让人补齐，别人多补两毫米，他又退了回去。大徒弟夏伯伯说，师父不说话心里有数，喝点酒，心里明亮，比如，师父从不巴结人的，但今年春节后上班，主动向马干部点头微笑——你说是吧，马干部？

马干部明确答复珠玑公社的人：刘老先生不能批，他的三个徒弟都未出师，全公社的牛马还等着他看病咧。

三个徒弟来跟祖父通风报信，劝祖父感谢马干部，祖父用鼻子一哼，意思是，本该这样的，有什么值得感谢。不过，几天后，祖父在兽医站卷了自己的铺盖，让夏伯伯通知马干部住自己的房，说他家离兽医站太远。此后，祖父回家住，每天步行三里上班。

但是，祖父并没有打算跟马干部好到哪里去。

七月的一天，一个矮老头来兽医站反映五星大队七小队的一头成年黄牛突发重病，请祖父出诊，祖父叫上三个徒弟刚出兽医站大门，马干部跟来了，祖父听见他的脚步，即刻停下不走。马干部说，你们去看牛，我看喂牛的人嘛。夏伯伯赶紧答应好好，一面推走祖父。当年，干活的牲口如牛马驴，都是公家的，由公家派人喂养。

到达五星大队七小队，那头黄牛摇摇晃晃地站在草棚外，嘴上磨牙流涎，不时发出呻吟。祖父指地上，让三个徒弟看呕吐、腹泻和尿出的污物；又指牛的眼睛，提示眼睛结膜呈蓝紫色。然后跟牛点点头，走过去，在牛的脖子和胸部贴上耳朵听了听，再摸牛的鼻端、耳朵和四肢，退回来，让三个徒弟依次过去重复一遍。完了，三人站在祖父面前，说牛呼吸困难、心跳很快、全身发凉——中毒了。祖父点头。

旁边的马干部听说中毒，就触了电，转头指向一个矮老头：你，过来。一边以泰山压顶之势盯着对方。祖父斜去一眼，没吱声。马干部问：这头牛是谁在喂？矮老头说：我。马干部问：你是什么成分？矮老头支吾：富农。马干部惊呼：富农！吓得病牛一抖。

祖父就抬起手，向矮老头勾手指，意思是让他过来。矮老头不敢动，夏伯伯过去叫，被马干部拦住。夏伯伯说：牛快不行了，我师父要问情况。马干部鼓着眼睛犹豫着，夏伯伯赶紧把矮老头带到祖父面前。祖父问：牛发病前吃的什么？矮老头说：红苕藤和玉米梗。祖父就抬手：好了，去提半桶温水，拿一只瓢来。又吩咐幺徒弟：马上找一瓶蓝墨水。然后转身看着夏伯伯和二徒弟，夏伯伯说：药箱里有亚甲蓝和葡萄糖。祖父问：晓得配比吧？夏伯伯说晓得。

祖父上前摸摸牛的脸，跟牛说了几句话，去十米外的土坡上坐下，点燃烟，观望夏伯伯和二徒弟开箱取药、调配剂量。马干部站在治疗现场和祖父之间，也点了一支烟。一会儿，矮老头和幺徒弟回来，夏伯伯张罗先给牛灌服蓝墨水稀释液。马干部让幺徒弟去把生产队长叫来，幺徒弟看祖父，祖父不动声色，幺徒弟不听马干部的，过去帮忙做灌服。灌完，二徒弟上阵，在牛脖子上打静脉针，挂瓶滴注。

场面平静了，马干部又把矮老头叫到面前，令他书面交代牛中毒的经过，矮老头吓得哭，说不会写字。祖父在远处仰起头，朝天空喊话：他比有些干部还没文化，哪里晓得红苕藤、玉米梗含有硝酸盐，不是故意的。喊完，落回头，向矮老头招手，矮老头小跑过去。祖父对他说：以后把喂牛的红苕藤和玉米梗摊开放，不要堆码，防止压在一起变质；青绿饲料喂多了，弄点淀粉水给牛喝。矮老头眼泪汪汪地点头。祖父站起身，拍拍他的肩，一个人离去。

这次出诊后，马干部心情郁闷，跟夏伯伯感叹：看你师父这个态度哟！夏伯伯安慰马干部：我师父其实简单，对事不对人的。马干部说：老人家这个样子，迟早要吃亏的。

果然就吃了亏。夏天的一天，一伙青年人旋风似的闯进珠玑兽医站，说站里有坏书，四处乱翻，领头的鼓眼泡从抽屉找出一本。祖父见是清代李南晖编著的《活兽慈舟》，急忙冲上去，一把拿住他的手腕，令其哎哟一声大叫，书落回了抽屉。不料，次日中午，他们再次来到兽医站，鼓眼泡撸起袖子，露出手腕上的一圈青印，叫喊这是祖父仇视革命青年的罪证，要把祖父带走。祖父已藏好书，不必反抗小屁孩，就闷声跟着走；结果，被带进公社院子里的一间小屋，干坐半天一夜，没吃没喝，喂饱了一屋的蚊子。

事情还得马干部出面解决。马干部找到鼓眼泡的父亲，和他一起去公社见鼓眼泡。马干部说：要论革命感情，老先生的两个妹妹都是革命烈士，只要你是真革命，他对你最有感情。又说：老先生在旧社会虽然觉悟不高，但不光做过错事，也做过好事，功过相抵，功大于过。又说：小同志，大道理我不讲了，《活兽慈舟》是兽医书，你们认为它不该用繁体字，可以，什么时候国家出了简体的，我让刘老先生把它交出来。鼓眼泡不表态，他父亲恶道：狗日的，你娘老子都是吃牛马饭的咧！鼓眼泡翻了翻眼皮，还愣着，这时珠玑街头牛马行里传来"哞"的一声牛叫，那泡眼里的目光便散落在地上。

马干部领着祖父回兽医站，一路讲形势，祖父不吭声，背着手走自己的路，对马干部"吃亏"的预言很是有气。

不久，祖父终于原形毕露。那天上午，祖父出诊后回到兽医站，刚坐下喝茶，祖母嘚嘚地跑来站里，大呼：老头子，不好了，你儿子被人戴着高帽子在毛嘴街上游街！祖父停住茶杯：有这事？祖母就哭诉：听你媳妇说，你儿子以前批评一个给女人看病的男医生禽兽不如，人家这回有机会了，组织人报复他。祖父一把将茶杯砸在墙上，骂道：混账东西们，你们活着是害人！捏了拳头向门外冲。

夏伯伯见此情形，立马跟出去，追到街上抱住祖父，祖父身子一扭，将夏伯伯摔倒在地，夏伯伯爬起来继续追赶。身后，马干部带着祖父的二徒弟和幺徒弟也追来了。夏伯伯追上祖父，不敢再抱，冲到前面一截，转身朝祖父跪下，哭喊：叔，您老去不得，不要去！这时马干部已接近祖父，大声说：老先生，去毛嘴七八里路，等您老跑到了，游街也散了，上哪儿找人！一边扑上去抱住祖父。祖父没有扭身摔倒马干部，停下来呼呼喘气。

之后，马干部和三个徒弟簇拥祖父回到兽医站。

进了站，祖父举起一只手在头上摇摆两下，独自朝后门走，打开门，去到土场，点燃烟，仰望那棵刺树。烟雾飘向空中，渗进树冠，树冠上的荚果还没有长出来，枝叶隐蔽着无数微小的刺……几天前，他已听人说过，那个亲热他的领导已不知下落。

秋天，父亲病了，组织上同意他回乡下休养。父亲每天除了在屋后散步，多数时间躺在床上看书。当时父亲三十出头，正是政治业务蓬勃向上的年华，即便受到冲击，壮心犹存。

祖父住在家里，每天早起，去珠玑街上买点活鱼或猪肝什么的回来，给父亲补身子，然后再赶去兽医站上班，或者直接背起药箱去乡间出诊。到了傍晚，全家人坐在一张桌上吃晚饭，祖父和父亲会说上几句话。

那天，父亲问：大，您身体怎样？祖父说：我没问题。吃完饭散席，父亲又喊了一声大，给祖父敬烟，点火。祖父知道父亲还有话，留在原位抽烟，安静地等着。父亲问兽医站的工作，问祖父三个徒弟和马干部的情况，祖父一律回答：还好。父亲咳嗽一声：大，您想没想过向组织靠拢？祖父不语。父亲说：您应该向马干部递交一份入党申请书。祖父不语。父亲又说：我希望您七十岁前加入组织。两人都沉默。烟头烧得祖父手指一抖，祖父说：我跟你们党员的差距太大，不说申请了不会同意，就是入了组织，也会给你们拖后腿。父亲摆手：党不排斥个人特点。祖父看着父亲，艰难地嘀咕：我怕对不起你的两个姑姑。父亲顿了一下，坚持说：大，写个申请吧。祖父不语。

以后吃晚饭，祖父不看父亲，吃完就无声无息地溜走。

过了几天，父亲唤我去他房里，把一张折叠的纸递给我，说：老二，这是我替爷爷写的入党申请书，爷爷跟你关系好，你把它转给爷爷，督促爷爷抄誊后交上去。我答应照办，却问：爸，您咋不像是爷爷的儿子？父亲笑了，病中的面容竟然显出亮色。

于是我对祖父毫不客气，命令他照父亲说的办；他就笑，连说晓得晓得。之后，我每天问他办了没有，他总说明天就办。过了差不多一个星期，他说办了。

可是，祖父"办了"之后的一个夜晚，夏伯伯来到家里，神秘地把祖父带出屋子。我立刻跟踪侦察。他们站在台坡上，天上的半边月亮离他们很近。夏伯伯把一张纸递给祖父，说：这是马干部今天给我的，他说是您交给他的——这是一个药方，他看不懂，也不知道您为什么把这个给他。祖父接过纸条，连忙摸摸左右两个荷包，嘿嘿地笑：我搞错了，应该给左边的，结果给了右边的。夏伯伯问：您说什么呢？祖父说：没什么。夏伯伯还要问，祖父说：这事你不要跟你弟弟（指我父亲）讲。然后就赶夏伯伯回去。

夏伯伯走了，祖父转身回屋，我堵在门口喝道：站住。祖父激灵一下，即刻撇嘴：你这个小特务。我很生气，批评他没照父亲交代的办，他摸着我的头说：不交申请书是要继续争取进步，但你不能告诉你爸，他的身体不好。

冬天来临，组织上来人接走了父亲。

祖父上班如常，看上去更加孤寂：人人都想跟他讲话，他不跟人讲话；他不跟人讲话，人人都习惯了不跟他讲话。

他一度沉迷于科学研究，弄了一些白玻璃的瓶瓶罐罐，还有一只酒精炉，把瓶子罐子架在炉子上，烧出红的、黄的、绿的、蓝的几种药水，又不知从哪里捉来5只灰老鼠，在老鼠身上扎针，结果扎死了4只，逃跑1只；他再去捉老鼠，大约逃跑的那一只报了信，一个老鼠的影子也没见到……后来，他往自己身上扎下一针，竟然倒在床上三天三夜没有醒，醒来时，祖母已把他的瓶瓶罐罐和酒精炉全砸成了渣子。他大叹一声，无话可说。

好在他有牲口或兽禽，而且几乎认得珠玑公社的所有牲口，他跟牲口讲话。他走近一头牛，牛觉得他不是人，是自己的同类，看着他摇晃脑袋。他向牛招手，说过来，牛过来了，他一边摸着牛的脑门、肩、背，一边讲饮食和劳逸结合的道理。如果牛肩上有茧，他摸着，牛一动不动，渐渐闭上眼睛，像是迎着暖暖的阳光。他走近一头驴子，驴觉得他不是人，是自己的同类，看着他打一个响鼻。他问怎么呢，谁欺负你了？驴不说话，他念着驴驴驴，走近驴，驴摇尾，他把手给驴舔。他感到驴的舌苔厚，说，伙计你湿热太重，喝点黄芪党参汤吧。他走近一头猪，猪觉得他不是人，是自己的同类，悠然翘起尾巴，看他干什么。他在矮杌子上坐下，点燃一支烟，长长地吸一口，伤感地说，猪啊，你和人的关系是天定的法则，你莫怪哟。猪听着，沉默思考。他就伸手摸口袋，把准备给我们兄妹吃的糖果摸出一颗，解开糖纸，丢在面前，猪过来吃糖果，吃完了看他，他拍拍手，说没有了，猪不信，走到他身边，拱他的口袋……他跟牲口说话出了名，有人照看的牲口丢了，找不着，也要请他去唤回来。

　　他给牲口看病，专心望、闻、摸、切，很少向喂牲口的人问话。喂牲口的人站在他旁边，通常絮絮叨叨地诉说，那些话虽然都是很主观的，但毕竟比社会上流行的话管用，他由得他们，姑且听着，只在脑子里去粗取精或去伪存真，偶尔补问一两句。他曾有彪悍的时候，六十岁前，双手抓住一头成年牯牛的两角，可以将它摔倒在地；六十岁后，方圆几十里，只有他的幺徒弟继承了这个功夫。现在，他抓着牛尾巴，往牛的肛门里插体温表；他在猪嘴上横一根小木棍，用老虎钳子剪猪牙；一匹马难产，他脚蹬木桩，歪着身体，从马屁股拉出马仔，木桩也蹬断了；一头驴的脖子上长脓疱，他免去打麻药，放驴奔跑，一竿子将驴放倒，上去刀起脓出……那些被他暴力过的牲口也理解它，事后无不以绵柔的目光向他致意。

他开始自己养动物。家里有一条黄狗，他又养了一只灰猫、两只白兔、一只红嘴八哥。猫在他的床角睡觉，兔子在拖宅的小砖房里吃草，八哥在堂屋的竹笼里蹦跳。有了这些小家伙，祖父可以跟它们说话玩耍。有一天，屋里各房间嗵嗵嗵地串响，兵荒马乱的，祖母循声一看，是祖父和猫在追捕老鼠。狗与兔天生不和，狗是一定要咬兔子的；但祖父耐心教育狗要与时俱进，与兔和睦相处，随时谴责狗觊觎的神情，呵斥狗挑衅的举动，硬是改变了狗兔关系：兔跑到堂屋来玩，狗嘴痒得咬自己的爪子；兔憨憨地走近狗，狗哼一声让兔自己滚开；兔在屋里蹿来蹿去，狗目不斜视地走自己的方步。八哥想说人话，祖父跟他说鸟话，觉得鸟有鸟语，何必跟人献媚；我和哥哥不这么看，趁祖父不在，像老师教我们一样教八哥；后来，八哥学会人话，祖父回家，八哥说"爷爷辛苦"，祖父听见，竟回头笑了……母亲是家中唯一的社员，祖母忙着伺候人，都没工夫照料这些没什么实用价值的动物，只因祖父乐意跟动物说话，也不反对喂养，而且日子一久，时常在这些小家伙的亲切环绕中得到乐趣。

有一次，祖父涩涩地看我父亲，嘴唇接连嚅动，有什么话憋着说不出来，我父亲鼓励他：大，您说。他说：其实，你说那个坏医生禽兽不如是不对的。我父亲愣了一下，即刻点头：明白，很多的禽兽比很多的人要好咧。祖父觉得是他的意思。两人即此抽烟默契。

除了兽禽，祖父再就是跟小孩子说话。

他背着药箱去乡间巡诊，一群小孩随在身后叫喊：刘老先生会医牛，刘老先生会医马……刘老先生不说话。他笑着，回头挥手，说是的是的。在兽医站，马干部九岁的女儿向他请教：问牛字为什么这样写，他说，现在的牛字是原先的牛字变来的，牛长得像原先的牛字；问驴字为什么带马旁，他说驴像马但不是马；问猪字为什么带反犬旁，他说猪是七不像八不像的一类四脚动物，这一类用反犬旁标注。公社武装干事的胖儿子问：你的名字是不是叫刘世凯？他说：我跟你爷爷一般大年纪，你晓得你爷爷的名字，会随便说出来吗？胖儿子说：我爸有手枪。他说：枪是打敌人的。胖儿子说：敌人最怕我爸。他说：新社会没有敌人。胖儿子急了：你是说我爸的枪是聋子的耳朵？他笑：我没说，是你说的。两个男孩在街口的草地摔跤，谁也摔不倒谁，他叫停他们，招呼一个过来，告诉他下蹲扯小腿，这个男孩回去，果然把另一个摔倒；他又招呼另一个过来，教他倒下时快速躬背、蹬腿、转身，再摔，后面这个就把前面那个扯腿的压住了。两个男孩起身追着他学新招，他说黔驴已技穷。

他的孙儿也是他的小动物。到1968年季春，五弟出生，我们一共五兄妹。夏天，他穿一件背心，坐在禾场中央的木椅上，胸前抱着胖乎乎的五弟，背上趴着四妹，脖子上骑着三弟，左右腿坐着我和哥哥；五弟冲他笑，四妹在攀爬，三弟摸光头，我揪八字胡，哥哥在他身上玩弄拳掌；我们嘻嘻哈哈，他高兴得气喘吁吁。若干年后，四妹说：那时爷爷像一棵老树歇满了小鸟。

我们不知道他关怀兽禽，只晓得他对我们好。他用他的工资给家里买鱼买肉，给我们兄妹买糖果零食；在贫穷年代，我们比一般乡下孩子稍有颜色。哥哥体弱，他教哥哥练气功，给他吃猪油粉子，哥哥练得可以让成人用板凳击打腹肌。我什么都不懂，什么都不在乎，他让我做他的通讯员，他要跟大人说什么让我传话，大人要跟他说什么也通过我传话。三弟跟动物最亲近，又仔细，是喂养家中小动物的干将，他甚至有意把三弟培养成一名兽医。他对四妹没有要求，由得她玩耍，顶多让她给他拿酒杯，但谁惹得四妹哭，他都帮四妹的忙。五弟暂时只是小玩意儿。

他是我们的保护伞，不允许任何人打骂我们，老师也不行。哥哥打小学习好，尤其是语文，比老师还好；有一次，哥哥在课堂上跟语文老师争论，老师拉哥哥到墙边罚站，推搡间，哥哥的后脑勺在墙上撞了一个包；次日，他知道了哥哥的情况，黑着脸去学校，一拳打退了那面墙的几块砖。在家里，母亲对我们管教很严，我们犯了错，母亲会责骂，会用细长的杨树条抽打屁股。我是犯错最多的。他不想我们吃亏，又不宜跟母亲争吵，每有动静，就搬一把椅子放在堂屋一侧，两手撑膝而坐，搭成架子，神情凛然地候着，谁被母亲呵斥，谁就逃进他的"架子"里，母亲见状，高举的杨树条落不下来。

我上小学早，班上年龄倒数第二的同学也大我两个年头。那时候乡下孩子好斗，我有些怕，因为谁都打不过。三年级时，我被同班的王龅牙打得鼻子流血，向哥哥报告，哥哥揪着龅牙的耳朵，拽到操场上，让龅牙当我的面打自己一耳光，龅牙打了，哭着回去。但王龅牙是大队书记的儿子，第二天带来两个青年民兵，在河堤上堵着我和哥哥，哥哥自恃身上有功夫，跟他们理论，一边勒裤带，准备迎战，我很担心哥哥好汉不敌四手。正在这时，我们身后发出祖父的喊声：慢着！他走上前来，歇下药箱，把上身的衣服脱掉，丢给我，对那两个气势汹汹的民兵说：我是他们的爷爷，你们朝我身上各打 10 拳，这事就算了，可以吗？两个民兵看王龇牙，龇牙点头。祖父就握住双拳、蹲下马步，往身上运气。第一个上来，数 1、2、3……打完 10 下，握着手腕退后。第二个上来，数到 9，突然变阵，飞起一脚，朝祖父的裆下踢，祖父瞬间夹腿转体，对方扑通一声倒在地上……事毕，他穿好衣服，背上药箱，左右牵着哥哥和我回家。

当时夕阳迎面，让我懂得了凯旋的意思。

忽然有一天，湾子里的人讲，祖父身边冒出了一个奇怪的青年男子，肩背药箱，且说且笑，跟着祖父行走在乡间。我们估计是他的新徒弟，因为夏伯伯和另外两个徒弟也曾轮流跟随他出诊见习。

但是不是。那天放学后，我去兽医站侦察情况，祖父不在，正打算离开，夏伯伯的儿子华子不知从哪间屋里冒出来喊我。我问：华子哥，爷爷呢？华子说：爷爷出诊了。华子从小没有爷爷，随我把祖父叫爷爷。我又问：是带着那个新徒弟吗？华子撇嘴一噘：什么新徒弟哟，是爷爷在街上捡的一个苕气（傻子）。我以为华子替夏伯伯嫉妒，也撇一下嘴：你诬蔑。华子冷笑：还不信呢，马干部都批评爷爷了。恰在此时，马干部从旁边走过，回头应道：华子说得没错，你爷爷应该批评。说着，出了兽医站。

我很生气，不是因为祖父捡了一个苕气，是祖父捡了一个苕气遭到批评。马干部出去后，我不说话，也不想在兽医站待了，可走到门口，被一阵暴雨拦住，华子过来拉我转去。这时，兽医站没有问诊抓药的人，夏伯伯和祖父的二徒弟、幺徒弟就一起围着我说话。

二徒弟劝我不急，他来跟爷爷讲，带个苕气在身边不庄重，影响身份，让爷爷把苕气甩掉。（我心想：你放屁，有苕气在，我爷爷有人说话，你晓不晓得？）幺徒弟也让我放心，说爷爷身边跟个苕气，不光影响爷爷的身份，好像我们跟过爷爷的人也是苕气了，要是爷爷摆脱不掉，他来收拾这个家伙。（我在心里愤道：你敢！你让爷爷不舒服，我就让爷爷把你扫出师门。）倒是夏伯伯摇着头笑了笑：你们两个呀，还是不懂事，不晓得爱惜师父——师父不说话不是不想说话，有苕气跟着师父，师父随心所欲地说说话，可以混个点；再者，师父六十多岁的人了，我们不能天天陪着他，苕气帮他背箱子，他老人家可以轻松一些——以后你们不要瞎扯了，马干部那里我去讲。

正说着，兽医站大门口陡然暗了，众人看去，祖父站在门外的檐下，身边并立一个嬉笑的男子，肩背药箱，手举雨伞遮在祖父的头顶。祖父帮这男子收了伞，进屋，这男子跟随进来。夏伯伯迎上前，从他肩上接过药箱。看上去，他不下三十岁，青皮头、肿泡眼，朝天鼻、翻嘴唇，微胖的中等身材，嬉笑一直在脸上荡漾。他怎么就盯住了我，眼珠一亮，疾步走过来，扬手在我头顶飞了一把：是二侄子吧！他笑着，身上潮湿，我闻到了一股积攒了许久的人体气息。祖父把雨伞递给幺徒弟，又给他一角钱，说：带天宝去买两个水煎包。幺徒弟不情愿地扫了众人一眼，冲着那男子嗤道：不笑了，吃煎包去。等他们一走，祖父就冲我和华子微笑，左右手各牵一个，问：饿了吗？我们点头。祖父说：好，我们下馆子。

这日回家的路上，祖父跟我讲：天宝是个遭孽的娃，他有两个哥哥，大哥为抗日牺牲，十八岁，小哥在解放战争中牺牲，十九岁；小哥牺牲后，天宝几年不说话，有一天早晨，突然看着太阳嘻嘻笑，从此就老是那样笑，笑着，不出声。我想到祖父的两个妹妹——我的两个姑奶奶——也在革命年代牺牲，不由悲伤地对祖父说：天宝跟您一样。祖父点点头，又摇头：也不一样，你的两个姑奶奶跟他的两个哥哥是两代人。沉默了片刻，接着说：天宝是双烈士家属，家中除了天宝，还有老父老母，住在珠玑南边的湾子里；天宝跟你爸同年出生，要是没有成为苕气，多半也在单位上班，现在国家给他家发抚恤金，饿不着肚子，可惜人苕气了。

我问祖父怎么捡到天宝的，祖父说，一天中午，天宝在街头的早点铺偷拿两个水煎包，店主举起锅铲追打，正好他路过，上去夺下锅铲，替天宝付了钱，以后天宝就笑嘻嘻跟随他；而且，天宝蛮乖，那天偷拿水煎包，不是自己想吃，是要孝敬父母的；问天宝为什么不花钱买，天宝说父母舍不得花钱，要把钱攒起来娶儿媳妇。

天宝像一个六七岁的孩子。

星期天的早晨，我跟着祖父去兽医站，天宝坐在兽医站门外的石墩上，见了祖父，起身迎着笑，祖父问吃了吗，天宝说吃了。祖父让我跟天宝玩，自己进屋里去做事。天宝把石墩给我坐，自己靠着墙。我问天宝念过书没有，天宝笑，说他念了9年念到三年级，老师骂他蠢。我问他打过架没有，天宝说想打没打成；我问为什么，天宝说是叔子不让打；我问叔子是谁，天宝说你爷爷唦；我问为什么想打架，天宝说那个家伙不叫叔子刘医生，叫老头子。我说你做得对，天宝说你要向我学习。玩了一会儿，我想进屋，天宝说你不能进去影响叔子的工作。中午，祖父带我和天宝去街上下馆子，要了两盘水煎包、三碗粉丝汤，我和祖父在方桌边各坐一方，天宝站着不肯坐，祖父说你不坐我不吃的，天宝就坐下。三人吃得满头大汗。

下午，祖父要出诊，天宝已候在门口。我要求同行，祖父唬我，耽误了作业挨骂他不负责的，我答应可以。上了街，天宝从祖父肩上取下药箱，头一歪，跨过脖子斜背着，一手护在药箱外，兴冲冲往前走；一下子冲到了祖父前头，觉得不对，赶紧退回来，笑嘻嘻表示歉意。我在祖父的另一侧，祖父居中，一手端烟，一手背在身后，目光向前。当时天高云淡，三人行进着，十分浩荡，街上的人无不转头观望。出了街口，横过公路，一条土路伸向碧绿的田野，村庄在田野深处。稻子黄，棉花白，南风吹拂，阳光柔和。天宝扯起嗓子唱歌：向前、向前，我们的队伍向前进！忘了形，又冲到前面去。

这天，祖父先去胜利二队的牛屋，看一头喘气的小牛犊。到了现场，天宝抓两把麦秸铺在地上，歇下药箱，打开，取听诊器，递给祖父。祖父听过小牛犊的胸和脖子，打一针，再写方剂。天宝守在祖父身边，等写好了，把方笺拿给喂牛的人，交代去珠玑兽医站抓药。

接着去胜利三队，看一匹跛脚的马。祖父牵马试步，马的左前蹄一着地腿就软，没几步，扑通跌倒在地上，眼神哀哀的。天宝看着，嬉笑顿失，竟默默落下眼泪。祖父上前托起马的病蹄，轻叩其蹄铁，腿子猛然一抖，便回头看天宝，天宝明白，把药箱递过去，正要替祖父拿住马蹄，祖父令他躲开。天宝退后蹲下，抚摸马的脸。祖父从药箱中拿起钳子，拔去蹄铁，几处钉眼渗出脓血；接着取一根细长的尖钻，用酒精消了毒，捏住钻柄，照着钉眼快速刺搅一下，脓血涌泻。马弹身一跃，未起，渐渐安定。一会儿祖父为马蹄施药包敷。马的目光柔和了，移动嘴唇碰触天宝的手，天宝复又落泪。

离开胜利三队，本该回去，天宝要求祖父带他去胜利四队看一头母猪，祖父答应。路上，天宝问：母猪怎么能一次下9只猪娃？祖父微笑：猪的肚子大。天宝说：女人的肚子也大咧？祖父说：人跟猪不同。天宝想了想：是的，我妈只有两个奶头，猪有两排。祖父说：天宝，你以后在家养猪吧。天宝摇头：不，我要跟着您。祖父说：养猪可以卖钱，猪下的猪娃也可以卖钱，有了钱，可以买水煎包，可以孝敬父母，可以结婚。天宝想了想：养牛养马也可以卖钱呀。祖父说：还是养猪吧，猪可以在家里养；我已经帮你选了一只母猪苗，再过一个月，就能送给你；我跟你大和你姆妈也说好了。天宝不说话。祖父问：怎么呢？天宝说：我还要跟着叔子学手艺。

我发现，祖父捡天宝，甚至不是夏伯伯说的那样，可以在出诊时陪他说话，让他轻松一点，而是在培养天宝。

到达胜利四队，天宝拉我直奔猪圈。猪圈里，一头白母猪侧躺在地上，一排白猪娃在它的肚子前吃奶：猪娃们个个全力以赴，彼此挤压，吱吱叽叽，热闹非凡。天宝和我见了都很兴奋。养猪的人过来跟祖父说话。天宝和我隔着栏板数猪娃有多少。天宝怎么也数不清，不是少一两只，就是多两三只。他问我是多少只，我说9只呀。他再数几遍，拍手欢呼：对的对的，9只，一只不多一只不少。

禁不住羡慕地说：今后我也养一头生9只猪娃的母猪！

一只猪娃吃饱了，向栏板这边走来，天宝打开栏板的门，笑嘻嘻迎接。不料，母猪突然跃身而起，直扑天宝，只听啊的一声大叫，天宝踉跄地退到栏板门口，左腿胫部流出了血。祖父闻声即至，把天宝搀到猪圈外的空地，进行清洗消毒。天宝疼得龇牙咧嘴，一边还笑：狗日的好凶。祖父说：母猪护娃，跟你不熟，怕你伤害猪娃。消毒后，天宝跛回猪圈，隔着栏板对母猪说：我要跟你做朋友。

祖父对天宝的腿伤不放心，带天宝回珠玑卫生所治疗。回去的路上，祖父背起天宝，小碎步踏踏地疾行。我背着药箱紧跟其后。太阳还没有落土，晚霞映红了旷野……

不久的一天，我去兽医站玩，祖父又站在兽医站后面的土场上抽烟。烟雾飘向那棵刺树的冠蓬，冠蓬上已结出橘红的荚果。天宝跟在祖父身边，摇着芭蕉扇给祖父扇风，腿上还缠有白纱布……晚霞出现，仿佛从那天的旷野里照射过来，一样的鲜艳。

父亲依旧关心祖父"向组织靠拢"的事。

他最受"冲击"的日子已过，不当干部做医生了，差不多每两个月可以回乡下休息三四天。但他是组织的人，晓得组织上有考验和考查的章程，不会急着问祖父"申请入党"的后续情况。自然，祖父也没有主动向他汇报。他们父子永远相互客气礼貌，只在心里交流共同关涉的话题。但时间过去了一年，事情总得有个说法。

而事实上，父亲压根儿不知道：去年祖父交给马干部的不是入党申请书，而是一份药方。

又是秋天。仍是去年的情形。吃完晚饭，父亲坐在原位，喊了一声大，给祖父敬烟，点火。祖父知道父亲有话要说，也留在原位，静静地抽烟，等着。不同的是，祖父像犯错的学生耷拉着头。父亲问过一些日常工作情况，咳嗽两声：大，马干部找您谈过话吗？祖父摇摇头。父亲沉默片刻，说：也正常，您应当再次递交申请书，进一步表达诚意，接受组织考验。祖父用牙缝长吸一口气：我还是觉得差距太大。父亲摆手：您的情况我晓得，跟人交流很重要。祖父抬头茫然看父亲，父亲从口袋里掏出一张纸，递过来：我已经帮您打了底稿，您抄誊一份交上。祖父无语，接过底稿起身去卧房。

当晚，祖父在卧房的幽暗中抽了几支烟，点燃煤油灯，戴上白眼镜，打开那本《活兽慈舟》的封面，将"进一步表达诚意"的申请书叠好，放在封面下，然后取出去年的那份申请书（因为他还不能"进一步"），展开，伏案抄誊，在末尾换上新一年的日期。

然而，这一次我亲眼见证了祖父的"差距"。

那是一个星期天的下午，祖父主动邀我去兽医站玩，说等下午会议一结束，他就完成我父亲交办的任务，然后让我陪他下馆子吃酒庆祝。我几乎是理解他的，忐忑地期待着。

下午的会在兽医站召开，马干部主持，公社领导作报告。办公室桌椅略做拼排，祖父和三个徒弟并坐一边，望着对面的公社领导与马干部。公社领导的报告讲得很长，从国际到国内，从各条战线到兽医战线；嗓门也大，像是面对成百上千的群众。我不断在办公室门外的走道上往返，向门里偷看。公社领导至少喝了三次茶。

忽然，会场响起一个异样的声音，呼哧呼哧，极迅速地由慢至快，由低到高，变成呼隆呼隆地挺进；与此同时，公社领导的嗓门像机器熄火一样沉落，整个办公室变得异常宁静。我的心怦怦直跳，歪在门口朝里看，果然是祖父仰面朝天地睡着了；夏伯伯扯他的袖子，他纹丝不动。时间无法停止，只听啪的一声，马干部拍桌大喊：刘老先生，你干什么！祖父醒来，没事儿一样摸一把脸，坐正身子，继续听报告。公社领导的嗓门再次响起，即刻便宏大。

我退到后门口，无比沮丧地在门槛上坐下。

公社领导的嗓门终于停止，会场响起掌声；接着马干部讲了很短的话，掌声再起；然后，马干部陪着公社领导在掌声中走出办公室，向兽医站大门口走去。

我冲进办公室，夏伯伯和另外两个徒弟开始挪动桌椅，祖父坐在原位点烟，看见我看他，起身说：走，下馆子去。

到了馆子，祖父点菜，斟酒，一直冲我微笑。上来一盘卤顺风（猪耳朵），祖父用手指捏起一根，往我嘴里放。我估计他又没有完成父亲交给他的任务，没问，也没有指出他的"差距"。

以后，我一直替他守着这个秘密。

自然也不会去父亲那里打小报告。

但是，敬爱的祖父总是出乎意料。

当公社领导的嗓音还在兽医站绕梁回荡时，祖父趁办公室没有其他人，跟他的大徒弟夏伯伯做了一次严肃的谈话。

祖父说：你应该积极向组织靠拢。夏伯伯说：叔，我离组织的差距太大咧。祖父说：可以向组织表达诚意嘛。夏伯伯说：我每天做工作就是表达诚意呀！祖父说：那是你自己想的，还需要书面表达。夏伯伯说：书面怎么表达？祖父说：写一份入党申请书交给马干部。夏伯伯说：这个呀，等我再进步一点了写吧。祖父说：胡说，表达诚意怎么能等呢？夏伯伯顿住，眨着眼睛想：师父怎么突然间这么懂得进步了？祖父催道：表达诚意，听到没有？夏伯伯连忙点头应和：是的是的，您不急，我先去给您买水煎包。起身逃走。

以后几天，祖父每天走到夏伯伯的办公桌前，用手指在桌上敲击两下，夏伯伯每次都仓皇点头。祖父见没有下文，沉不住气了，干脆自己动手，照着父亲第一次为他写的申请书底稿再誊一份，把落款的申请人换成夏伯伯。字体不是问题，夏伯伯向来模仿他的手迹，以至以假乱真的程度。祖父默念一遍誊好的稿子，噘起嘴朝落款处吹了吹，把夏伯伯名字的墨迹妥妥地风干；等到下班，马干部走出办公室，祖父起身过去，把申请书插进马干部的抽屉。

然后，祖父就让夏伯伯陪他回家。路上，夏伯伯背药箱，师徒并行。祖父把代写代交入党申请书的情况说给夏伯伯听，问他：叔没有违背你的意愿吧？夏伯伯点头：没有，我也动过心，只是觉得差距太大。祖父说：那就什么都不说了，申请书是你自己交的。夏伯伯嗯一声。祖父掏烟，给一支夏伯伯，夏伯伯赶紧给祖父点火。夏伯伯家是贫农，解放前，父母卖掉家里仅有的两亩田，供他念了四年零五个月的书，要不是解放，他那点墨水谋不到种田之外的营生；解放后，他家翻了身，组织上选他学兽医，遇上不收学钱的祖父，还有工资，他感谢共产党，也信任共产党。夏伯伯把祖父送到我家台坡口，说：叔，我就不进屋了。祖父说：好，回去吧，明天马干部可能要找你谈话的。

接下来一切按部就班。春节前，马干部把夏伯伯带去公社，参加了集体入党宣誓仪式；春节后，组织上任命夏伯伯为珠玑兽医站副站长。祖父很高兴，觉得事业已有稳妥赓续。生日那天，他以庆生的名义在馆子里订下一桌，实际是要庆贺夏伯伯的进步。兽医站全体成员都去了，马干部与他同坐上席。他放开喝酒，跟马干部讲了认识以来最长的一句话：其实你并不是一个坏人。

不久，上级给珠玑兽医站分来一个高中毕业的小伙子，希望培养成兽医。马干部把小伙子领到祖父面前，祖父问完话，觉得不错，很高兴，但希望安排小伙子拜夏伯伯为师。理由是，年轻人脑子好，有化学知识，除了学习传统中医中药，还可以和夏副站长一起钻研新东西。马干部相信祖父不是消极，同意照办。

从此，站里有马干部和大徒弟夏副站长牵头，二徒弟和幺徒弟各自独立应诊，大徒弟的徒弟每天抄抄写写、识药、背汤头歌诀、跟师父出诊、抢着干杂活……祖父落得清闲，也省了听人说不三不四的话，除去会诊疑难杂症，一般坐在办公桌前看书，有时干脆推开书，丢下白眼镜，专心抽烟，半闭着眼睛。

有人仍然只信老黄历，把牛马牵到兽医站后面的土场，要求刘老先生亲眼瞄一瞄；祖父都体谅，起身跟出去，陪牛马的主人站在刺树下抽烟，听其唠叨，一边看着徒弟在土场中央给牛或马做检查。因为祖父在场，徒弟免不了把写好的处方拿来让他过目，祖父不用接过处方笺，由徒弟摊在面前，过目一瞬，什么也不说，目光闪开，徒弟明白祖父准了，照处方去抓药。徒弟的处方也不是从来没有瑕疵，比如有时某味药的剂量少了一钱两钱，但毕竟功效大体不损，祖父不会当着牛马的主人指出，免得影响徒弟的威信和名声，只在事后交代。这是祖父的私念和狡黠。如此他便安逸而踏实。

祖父待在家里的时间也多了，有时太阳还没偏西就背着药箱登上台坡，而且开始每月固定休息两天。祖父的变化是祖母的麻烦：只要祖父关在房里，祖母就得为他站岗放哨。隔壁的杨家婆过来找祖母说话，刚招呼一声，祖母立马在嘴上摆手，杨家婆就眨眼点头，用一根指头指屋子，表示明白了，换成假嗓子说两句，主动提出明天再来。重点是防备母鸡。鸡窝在屋檐下，母鸡下了蛋喜欢"咯哒咯哒"地宣扬，祖母得备一把米，在母鸡下完蛋出窝的那一刻，及时把米撒到禾场远处，用米堵住母鸡的嗓门。至于家中没上学的孙女和孙子，还有祖父养的狗、猫、兔和八哥，在祖父进房门时，迅速进行隔离：先把自由乱窜的兔子关进兔屋，再把八哥笼提到灶房挂起，然后在禾场的树荫下放一把椅子和一条板凳，将小孙女和小孙子、狗和猫全部招呼过去，引导他（它）们人畜互逗，并且东按葫芦西按瓢地弹压，维持安定局面。哥、我和三弟放学回来，祖母像杨家婆一样用指头朝屋里指，我们便知道不可以喧嚷。

因为祖父正在房里看书。

祖父看书是要唱读的。我见过他唱读，偷看过他的书。他的房里有一扇木齿窗户，窗下是一张褐色书桌；他看书的时候戴白眼镜，一只胳膊斜支在桌面，手上的书迎着窗口的光亮，眼镜片上的白光一闪一闪。此时他不在人间，在书里。唱读脱离了他的原声，言语中夹杂着呜呜嗯嗯，悠扬婉转，连贯不辍。无悲，不喜，单是一种融合的节律，像风的轻拂或水的流淌。我能听出甘草枸杞、橘皮茯苓、当归黄芪、党参白芍、红花玄胡白花蛇舌草……更多听不明白的内容诱惑我偷看他的书，但书上太多不认识的繁体字和生字，猜其大意，跟所谓生理、解剖、病理和药性有关。他的书并不多，跟兽医相关的书不超过20本，不像大学问家那样码满一屋子的书架；那些书多半是竖排版，其中有两本线装的，全被他摸出了包浆，透着他的体气，很古旧，可见沉浸不是一朝一夕。

据说，他年轻时有一次唱读至半夜，祖母端一碗鸡汤进到房里，他十分愤怒，夺了碗，把鸡汤泼在地上，祖母退回堂屋，憋着声音哭泣，听他接着唱读；到天亮，唱声停歇，他起身收拾房间，在空空的汤碗里加满开水，把散落在地上的鸡块一一捡起，一一放进碗里烫洗，一一吃掉。唱读是他的病，也是他的命。祖母因此一生与他隔阂，但一生都支持他。他有我们五个孙儿后，唯独容忍我的随时骚扰，哥哥问祖母这是为什么，祖母说：老二随他，谁都不服。自然，我也特别尊重他，谁要是冒犯了他，我必喝斥。

我来到祖父的房里，他听见动静，瞥见我，停下唱读。我说：爷爷，奶奶叫你去吃。他放下书，随我走出房间。

祖父通常是独吃或先吃的，因为他要喝酒。家里有一张小方桌，几乎归他专用，有时放在堂屋一侧，有时搬到禾场中央。桌上的菜通常就两样：一盘油盐豌豆，一碗煎煮小鱼。酒一杯，约二两，从500毫升的医用吊瓶里倒出的散酒。他独自坐在桌边，静静地喝酒吃菜。夹一粒豌豆放进嘴里，腮帮动，八字胡不动；口中清理鱼刺，唇吻动，八字胡也动。兄弟妹妹和狗和猫对他的食物不感兴趣，各自在屋里屋外玩耍。三岁的妹妹从桌边经过，他哎一声，用筷子夹一片无刺的鱼肉送上去，妹妹捂着鼻子跑开。一岁的幺弟晃到他面前，他笑，照例送一片鱼肉，幺弟辣哭了。祖母过来抱走幺弟，狠狠地恶他两句。狗和猫只要接近，他干脆端起酒杯送过去，让狗或猫羞愧逃离。我怕他孤单，坐在桌子对面，看他喝酒吃菜，他不必顾忌，安然地喝着吃着，津津有味。突然搛一片鱼隔桌送到我嘴边，我张嘴接住，对他说：您吃，我不吃。最后他会吃一碗米饭。

　　祖父吃完了，进灶屋挑起一对空桶，去湾子后面的通顺河挑水。狗跟着他。来回三趟，挑满一缸……

　　一天下午，珠玑小学的跛校长找到我，说学校的猪拉稀，让我放学后请祖父来学校给猪看病。我不想等到放学，悄悄溜出学校去兽医站。跛校长是原先的校长，头发已花白，我曾看见祖父跟他站在河堤上抽烟，有人说他犯了错误，他的腿跛了，虽然没有人宣布他不再是校长，但新来的领导派他去上课，然后喂猪。我来到兽医站，祖父站在药铺柜台的端头，正要拿起电话筒，我喊了一声爷爷，他停下，等我说话，我向他转告跛校长的猪拉稀。他还没有反应，二徒弟从办公室出来，主动要求帮他去学校出诊。他摆摆手，让二徒弟不管。然后向我点头，指指电话机，拿起话筒来摇电话。电话摇通了，对方好像是县里的人，他说他想开一个什么会，说了很长时间；说完，又摇电话，又通了，对方好像是区里的人，还是说开会的事。

　　我去兽医站后门外的土场，一群麻雀从地面飞起，飞到那棵刺树上。树冠蓊郁，枝叶缝隙垂挂的荚果就要红了。我望着树冠寻找那些小刺和隐没其间的麻雀……祖父喊我，喊了两声，我惊醒似的回头答应，祖父已背着药箱站在后门口。

去学校出诊的路上，祖父看上去脸色不太明亮，可能跟打电话有关。我问：那个天宝呢？他便微笑：天宝回家养猪去了。

秋天，祖父忙着开会的事。

许多消息是华子告诉我的。华子跟我同在珠玑小学念书，每天上学放学经过兽医站，又是副站长夏伯伯的儿子，知道的不少。祖父起初想用兽医站后面的空场作为会场，夏伯伯跟马干部商量，马干部不反对祖父开会，但觉得会议的内容不合时宜，犹豫不决，祖父说就莫让他为难了。接着联系珠玑街头的牛马行，牛马行换了戴红袖章的人管事，那人甩着胳膊驱赶祖父：去去去，我这里不能让你这个会占领阵地。祖父被红袖章晃得眼花，掉头就走。最后是我家所在的五星大队第十一生产队答应提供会场。所以答应，有一个条件：三年内，祖父为十一队的牲畜医病不收诊疗钱，药品只计成本费。祖父问夏伯伯可不可以，夏伯伯说，这个属于业务问题，他是管业务的副站长，同意，万一马干部晓得后追究，他就用自己的工资补上。祖父说，要补也是我来补。

祖父把会议日期定在10月28日：一天，夏伯伯带着徒弟出诊后回兽医站，那徒弟见了祖父叫师爷，祖父听着高兴，说就用他的生日做会议日期。那徒弟胡乱欢呼：好啊好啊，10月28日，农历九月十八，星期二，好事逢双！

那是秋天的一个晴日。

　　会议在通顺河的杨树滩召开。一片绿洲停泊在时代的红标语和喇叭声中，一群穿灰蓝衣服的人安坐在宁静的绿洲。会场没有会标、锦旗和麦克风。在一棵大杨树下放一张木板条桌，条桌前坐了两个陌生人，马干部和祖父分别坐条桌的端头，夏伯伯紧挨着祖父，参会者在他们对面的树荫里呈扇形散坐。会场左首另有一张方桌，搁着开水瓶、凉水壶、把缸、瓷碗和摊在牛皮纸上的茶叶。右首不远的树林里，系了一头大水牛、一头大白猪，还有关在竹笼里的鸡；牛悠闲地甩尾，猪哼哧哼哧地拱地，竹笼里的公鸡咯咯咯地鸣叫了一声。小鸟歇在柳树的枝梢静静观看，试着叽喳和蹦跳。通顺河就在眼前：秋节复汛，河水饱满，嫩黄而清新，无声流淌。

　　我和华子逃出学校来看开会。起初，坐在堤岸远观。太阳渐渐升高，我们慢慢靠近河滩的树林。

　　会议的开法跟学校、街上和生产队不同。主持会议的不是一把手马干部，是夏伯伯；夏伯伯说了开场白，讲话的不是马干部或条桌前的那两个陌生人，而是坐在对面的人轮流发言。他们不讲别的，只说兽禽；每个人说完，都有几个人讨论；除了条桌前并坐的两位，所有人都把本子搁在膝腿上记录。华子说，他们是毛嘴区的兽医和沔阳县其他区的兽医代表，坐在条桌前的一个是县里的副股长、一个是区里的副站长——本来爷爷要求更大的干部来指导的，但来不了——总共24人。会场上有人站起来争吵，话赶话听不清，夏伯伯起身扇动两只胳膊，争吵的人坐下，交替说话。一会儿，全场爆发笑声，惊得树上的小鸟一阵窜飞。华子有点惋惜，说他爸和爷爷一样，会都开不好，当不了干部。我说，这是兽医研究会，又不是别的会。

忽然，会场后面站起一个人，走到左首的桌边，一手提水壶，一手托碗，回去给开会的人送水。华子惊叫：你看，天宝来了！

太阳当顶时，夏伯伯宣布去我家吃午饭，并且交代：因为下午还有会，中午吃肉丝面，等到晚上喝酒。又说：公家没有这笔开销，餐费是我师父掏的腰包，生产队派了两个人在师父家帮厨。全体鼓掌，随即散开。夏伯伯的徒弟留下来照看会场，我和华子过去顶替他，他说一定给我们带回两碗肉丝多的面。

下午，河堤上来了一些看开会的乡民，人渐渐增多，有人带了头，都自觉去河坡的树荫里坐下，不远不近地看着会场。

开会前，珠玑兽医站的人在会场一侧表演了四个娱乐节目：祖父的二徒弟首先出场，他打开鸡笼放出 6 只鸡，平伸双臂跟鸡叽叽咕咕说话，鸡一只接一只跳上他的手臂，一边站立 3 只，他端着鸡，环绕众人小跑一圈。接着，苕气天宝把白猪牵到围观人群的圈内，抚摸猪背，让猪侧身躺下，他哼一声猪哼一声，他吁一口气猪吁一口气，他说闭眼猪闭眼，他说摇尾猪摇尾；有人希望看到猪招手，他说招个手吧，猪甩了甩悬着的一只前腿。猪退了场，祖父的幺徒弟解开牛绳，把大水牛牵到空地，与它迎面对峙，蹲下马步运足力气，上前抓住两只牛角，浑身用劲一扭，大水牛扑通倒下——再现了祖父当年的威武。最后是夏伯伯，他让人先用黑布蒙上自己的眼睛，再从麻袋里拿出十几种药材，切下小片，分别搁在十几只碗里，他一碗一碗地取药片放入口中，嚼一嚼，说出药名，竟然无一失误。

四次表演在河滩与河坡上引起四阵掌声……

之后，滩上的人入座开会，会议由祖父主持。

华子喊：爷爷要讲话啦！赶紧拉我跑到会场边。

祖父真的讲话了。祖父说：现在，农村的畜禽很少，作为生产工具的牛马和改善生活的猪与鸡十分金贵，针对实际情况，下午探讨牛马中暑治疗、猪拉痢腹泻治疗和鸡瘟预防三个课题，探讨程序跟上午不同，老师先讲，接着答问，最后由我做小结……他一口气说了这么多话，都是平时没有说过的。而且，他的声音变了，不像是跟兽禽说话，不像是跟小孩子说话，不像是跟苕气天宝说话，也不像是唱读的声音，那声音充满中气，不快不慢、稳稳当当、宽阔清晰，略带一点儿老人嗓门的尖厉，居然把方音"油（牛）马"改为普通话的"牛马"……他的声音已经不是他的声音。恍然间，他的样子也在变，变成了一个目光照亮白眼镜的人，不像我的祖父！

县里的副股长开始讲牛马中暑治疗。他简单回顾了当年和祖父一起在县里编写兽医实用手册的光荣岁月。他是外地口音，喜欢眨眼皮，语速很慢。在他讲完并答问后，祖父提示两点：一是区别"白射"和"热射"的病征，二是及时灌服冷盐水和利用西医西药快速治疗。猪拉痢腹泻治疗由区里的副站长讲，副站长自称是当年在县里接受培训的第一批学员，算是祖父最早的学生，即刻转头冲夏伯伯笑笑：不过你是刘老先生最早的门徒。他的讲授和答问很风趣，树荫里不时哄笑。祖父针对他讲的内容进一步强调三点：一、猪的三痢（黄痢、白痢、红痢）的治疗不同；二、痢疾和腹泻的治疗不同；三、学会中西医结合治疗。第三个课题是鸡瘟预防，夏伯伯讲乡村实用的 10 种简易预防方法。华子听着摇头，说他爸没有讲出水平，有点丢人。但祖父指出：上医治未病，治病不如防病。三个课题探讨结束，会议加了一个小环节：夏伯伯的徒弟抱起一沓油印小册子分发给参会者。祖父说：这是我整理的《兽禽常见病辨析与中西医结合治疗初探》，供诸位在实践中参考，也恳请诸位把发现的问题和摸索的经验提供给我，大家共同进步。

最后，祖父讲起另外一番话：这个世界是人类的也是兽禽的，兽禽与人同为生命，兽医与人医没有高低贵贱之分，这是兽医的信念，有了这个信念，才有兽医仁心，才会把兽禽病当人病，才能永远钻研医术、一生做一个好兽医，才有正确的生物共生世界……这时，他的声音更加高亢流畅，会场的树林、眼前的河流、天上的流云和整个秋天陡然停顿下来聆听，让我越发觉得他不像我的祖父。

散会了，我和华子愣愣地望着祖父：祖父像领导一样文雅地抬抬手，带领那两个陌生人离场。其他参会者加上天宝，纷纷去赶牛、牵猪、抬鸡笼、拿板凳、扛桌子、拎茶具，往堤坡上走；看开会的乡民起了身，稍等片刻，络绎跟随。天还没有黑，队伍浩浩荡荡。一只鸡逃出了笼子，扑扑地飞向堤岸，一些人追赶，满堤的人观望，全都呵呵地笑……

然而像一场梦。这个秋天的河边的下午之后，一切复归平淡。祖父又回到了祖父：光头、虎脸、八字胡、白眼镜，不大跟人说话。

秋天即将过去，父亲如期回家休假。又是一年了，父亲没有收到祖父靠拢组织的消息，依然对他的进步放心不下。而且，父亲坚持主张正确的态度与方式：接受组织考验，不断表达诚意——申请入党。

于是，祖父第三次收到父亲为他写的入党申请书的底稿。

但这一回实在怪不得祖父。初冬飘雪的一天，祖父再次按照第一份申请书的底稿誊好一份，决定见到马干部的第一时间就呈交给他；不料，马干部当天骑自行车去区里开会，半道上与汽车相撞，只剩一口气，被送进毛嘴卫生院抢救，没法回到珠玑兽医站；而且，马干部在卫生院一躺就是 3 个月，后来人活过来了，腰一直伸不直，嘴歪得吐词不清，还得回家继续疗养。

一场大雪过后，我去珠玑兽医站，站里的其他人出诊在外，祖父独自在后门外的空场上铲雪。我拿起扫帚，帮忙打扫铲过雪的地面。祖父问冷不冷，我说不冷。祖父把手上的手套取下来给我戴着。一会儿，我感到空场上缺少了什么，抬头观望，发现那棵刺树已被积雪覆盖，不见翠绿的形影，裹在雪中的枝条稀疏伸张，挂了参差而晶亮的冰凌。我看着这棵看不见的刺树，对祖父说：爷爷，我还不晓得这棵刺树叫什么名字呢。祖父说：叫刺槐。我说：刺槐很少见的。祖父说：因为长刺。我说：它是要捍卫自己的生命和果实。祖父回头看了看我。

铲完雪，祖父拄着锹柄抽烟，望着雪中的刺槐。我问祖父在想什么，祖父说：想你爸爸，他小时候求学吃苦，长大了工作劳累，有人无聊地整他，他心里很委屈，还要惦着我的事，身体也垮了……好在你们兄弟妹妹听话，没惹他生气，爷爷恨不得把自己的身体转给你爸爸。爷爷这么说，让我禁不住掉下眼泪。

1973 年，父亲回仙桃当院长；1976 年，父亲英年早逝。

那是天塌的灾难。家人、亲友和乡亲在屋里屋外撕心裂肺地哭号，祖父孤单地站在竹林里，张着嘴无声抽噎，眼泪鼻涕淋漓地挂在嘴唇和腮帮，就像那年我看到的刺槐上的冰凌……而且我知道祖父嘴里的话：恨自己没把身体转给我父亲！

1978年春，祖父疲惫离世。珠玑兽医站在我家禾场上为他举办追悼会，全县的兽医来了一多半。那是一个雨后的阴天。马干部拄着拐杖，歪着嘴致悼词，他的话很难听清楚，但我听清了两句：刘老先生是一个全心全意为兽禽服务的人——是人民的好兽医。又因为他说这两句时特别费力，他的歪嘴和这两句话我一直记得。很多年后，形势变化，中年华子哥在武汉开了一家兽医馆。

2009年，华子哥告诉我：中国把10月28日定为兽医日或兽医节，他想起了40年前的1969年10月28日，那天的研讨会是爷爷按大徒弟的徒弟的生日定下的，不知是巧合还是天意。大徒弟就是华子哥的爸，我叫他夏伯伯。

当年，祖母说，祖父生前说过，把他的兽医书送给夏伯伯，让我捆好送去。我清点书籍时，在《活兽慈舟》的封面下，看见了六份叠放的入党申请书，其中三份是父亲为祖父写的底稿，三份是祖父按第一份底稿抄誊的；在六份入党申请书下面，有一枚刺槐的荚果——是我当年站在祖父的肩上扯下来送给他的——眼前的荚果没有臆想中的橘红的鲜活，已是灰褐的枯朽，轻轻一碰，便散成一片。

我想，这枯朽也是自然的含义吧。

然而，祖父将永远活在兽禽心中。

母亲的废墟

　　有一天，在凤凰卫视里看到，中国西北某地的大漠中，早年探出地下石油，为了开发，很快建起一座热闹的小城，若干年后，储油枯竭，小城随之败落，转眼沦为空寥的荒垣，遍地故事的遗迹。

　　由此，我忽然想起湮没于心头的老家。

　　老家是一栋老屋，停留在江汉平原中部一个小湾子的南端，坐东向西，南边与汉宜公路（后来叫318国道）相距百步，往北看得见通顺河的堤岸；那是一份"土改"时期的屋产，经上辈人几番改建，变成三间并联的凹字形瓦屋，又在屋山头搭了一间小号的灶房。屋前有长方形的白土禾场，桃树年年在台坡口开花，禾场右角码着隔年的柴火；屋后也有自家的小片土地，包括一段颓圮的堤岸，春笋连年窜生，修竹茂密，几棵高大的杨柳退守在竹林外。整个宅地接近一亩，四周由腊柳篱笆合围。

　　这样的老屋在平原上没有特色，符合集体时代，多年不见兴衰。到了新世纪，乡村经济明显好起来，老家所在的湾子整体移位，一律向着318国道建楼；村里为我家就近划出一块地，夹在左右的房舍之间，母亲向儿女们募了钱，建起一栋两层小楼。现在，小楼的户主是母亲，但母亲多数时候跟随她的二十多个儿孙（及重孙）生活在远离老家的城里。每年清明，我们轮着陪母亲回乡下，母亲免不了站在小楼上，朝着老屋的所在地凝视——那里杂树丛生，草瘦花稀，地面暴露碎砖破瓦，有一部分已被别家的墙脚占领。

　　那便是母亲的废墟。

　　母亲半生出入在老屋，是我们家唯一的农民。诚然，这不是卑下，她是一个坚持骄傲的人。我小的时候，有一年在县城仙桃陪伴父亲，父亲的同事邀我们去吃饭，那家的嬢嬢摸着我的头，问我父亲：那年，小许（我母亲姓许）去制药厂上班还没有这个老二吧？父亲点点头：是呀，老大才一岁啊。我便知道，母亲原本是在县城当工人的。但因为城乡已拉大差距，乡下很穷，农民很苦，嬢嬢为母亲感叹：小许这个人啊，当时我们拦都拦不住，她上了七天班，说往瓶子里数丸子还不如种田有技术，说走就走了。父亲笑而不应。吃完饭，嬢嬢把她儿子穿成半新的一双凉鞋送给我，我坚决不要，她往我父亲手里塞，父亲的手连忙往背后躲，父亲的同事在旁边捉住父亲的手，父亲勉强收下。回去的路上，父亲指着街边的一个院子告诉我：制药厂就在这里。我从院子门口往里看，看见两排楼房和一片水泥空场，太阳照耀空场周边的花簇，晒不到楼房里的车间……只是那车间跟母亲无关。父亲说：嬢嬢给你的凉鞋就在城里穿吧。我说：不穿，免得回家了不习惯。父亲不再说话。

我们父子都明白对方的意思：在母亲，孩子脚上的鞋子是她的颜面，而且她生来是要怜弱恤贫的，怎么可以接受同情和施舍呢？

许多年过去，到了1990年代初，母亲年近花甲，虽然不肯放弃农业，但为了照看孙子，不得不锁上老屋的门，去往仙桃。这时父亲已离世十五年。一天，她上菜市场买菜，遇见一个拎着袋子、走一步咳两声的老年妇女，迎上去询问，竟是从前的那位孃孃。她挽着孃孃回家，认了门，以后，但凡回乡下带来蔬菜和鸡蛋什么的，都要分出一份拿过去。如果孃孃生病住院，她就抽空送鱼汤，陪在床边说话。孃孃冲她凄然而笑：要是当年跟你一样回乡下种田，身体或许不至于垮成这样。母亲连忙否定：不不，还是你有远见，留在城里，起码没让孩子们受苦……也不会像我落下腰伤，有时蹲下去了，站也站不起来。孃孃果然就振作，要帮母亲在城里找最好的医生治疗。母亲接着鼓励：那你就快点好吧，好了带我去看病。

我不知道，当年父亲是否把孃孃送凉鞋的事告诉过母亲。

秋天，我从武汉回仙桃，开车送母亲去看望孃孃。半路上，母亲忽然喊停车。车停了，她落下窗玻璃，许久看着一片拆成满地砖瓦的场院，喃喃自语：这是要新建，还是卖了？我不由一怔，发现此地正是从前的那家制药厂，莫非母亲一直想象自己是这家工厂的工人……幸好母亲识字太少，认不出场院门口的牌子上写着某某房地产公司。我便含糊其词：现在是日新月异咧。

不久，母亲结束照看孙子的档期，回到乡下的老屋。

母亲一直住在老屋左首的厢房。她在那间房里生养了我们五个兄弟姊妹（四男一女）。白天，她去生产队上工挣工分，争取家中的口粮；晚上，她在房里缝衣服做鞋子，一盏煤油灯亮到半夜。

我上小学后，大约是那位嬢嬢送我凉鞋之前，母亲带我去八里外的毛嘴镇吃酒，她的一个闺友发现我的鞋尖磨破了，当众笑她：你看看，你儿子的鞋子马上要出鸡娃了（指露出脚趾）。母亲顿时脸上血红，连忙咋唬：哎呀，你不晓得咧，你儿子用手打球，我儿子是用脚踢球的，三天就踢坏一双鞋。当时我愣住了：因为小学里只有一只足球，而且一直被哥哥他们高年级的家伙霸占，我的鞋尖碰都没有碰过球皮。回家路上，母亲问：我冤枉你了吗？我摇头：没有呀。母亲疑惑片刻，转而责怪我没有告诉她鞋尖磨破的事。天黑到家，母亲默默进到自己的房里，点燃了煤油灯。次日早晨，我起床后，见母亲还没有起床，问祖母：我妈是不是病了？祖母眨眼嘟哝：瞎说，你妈昨晚纳鞋底，鸡叫时才上床。我的眼圈不由发酸，恨不得把脚上的鞋子脱了，拿在手上去学校。但我不能那样做，否则母亲会越发生气。

四十多年后，2011—2013 年，我的次子和五弟的儿子在汉口读同一所初中，妻子去汉口江边租下一间房，供两个孩子就近住宿；七十多岁的母亲不放心请人照看她的孙子，自己来陪守，每天给他们做晚饭。时间有空余，母亲就做鞋子。她晓得城里的风尚，不再做大人小孩出门穿的布鞋，改做居室内穿的布拖鞋。起初，两个小家伙放学回来，看见祖母坐在阳台门口穿针引线，并不经意；直到有一天，母亲把室内穿破的塑料拖鞋换成了布拖鞋，才引起他们对

"土气"的强烈抗议。于是，我便讲"鞋子马上要出鸡娃"的往事，告诉他们祖母从前落下心病，一生都在自我疗治，希望他们成全祖母。两个小家伙听着不吱声，从此都穿布拖鞋。次子初中毕业后，写了一篇散文《祖母的布鞋》发表在省报副刊上，让我欣慰。

但母亲不断做布拖鞋几乎成为一个问题。她的儿女和儿媳劝她歇着，不要做了，说汉正街什么布鞋都有，便宜得很。她端详着鞋样，甩头回道：有我做的好吗？谁都不敢继续冒犯她。她收集了许多纸袋和塑料袋，让我们把一袋一袋的布拖鞋拎回家。我们兄弟姊妹五家都有柜子专门存放她的布拖鞋。等到她巡回各家小住时，她会把正在穿用的布拖鞋拿到阳光下晒晒，把脏了的洗一次。趁人不注意，就拉开鞋柜门，拿起一双布拖鞋来检视，扯平压皱了的鞋面；这时，她的脸上浮起安详的微笑，像是看着家中的余粮。

母亲八十岁时，我开始两鬓花白。她生日那天我们去妹妹家聚会。我敲门进屋，母亲蹲在鞋柜边，给我递布拖鞋，我穿上后，她在鞋头按了按，试探松紧。但是，她想起身，只能站起一半，我赶紧俯身将她抱起来。我抱着她，把脸躲在她的脑后，眼泪忍不住簌簌直流。

做鞋子只是母亲辛劳的百分之一，百分之九十九是下地干活。那时农村搞集体经济，各家各户的口粮由生产队分配，分配方式一般是"人六工四"（人头占六成，工分占四成），到年底结账，先定工分和口粮的价格，再算出各家的总工分钱抵了总口粮钱是否还有结余。我家有祖母、母亲和不断出生的兄弟姊妹吃生产队的口粮，只有母亲一人出工，人头多、工分少，连年都"超支"（欠生产队的口粮钱）；祖父和父亲在外面拿工资和粮票吃饭，还得把多半的钱积攒起来，向生产队交付"超支"款；而且，即便有余钱，也买不到粮食，因为没有多余的粮票，粮票也是按人头定额的。为了保住和争取"工四"的那部分口粮，母亲一天也不敢耽误出工。

母亲个子大，身体底子好，做事不惜力，能干重活，生产队评定社员工分时，母亲和另外三名妇女跟青壮年男劳力一样，出一天工可以拿到一整个工分（别的妇女最多拿 0.95 个工分）。夏天太阳最辣的日子，母亲主动要求去半人高的棉苗林里打药水，下蒸上烤，不让"一整个工分"掉色；冬天满地结冰，妇女们歇在家里，母亲为了多挣工分，跟男劳力一起下泥塘挖藕。一次，母亲加入挑麦捆的队伍，半路歇下担子喘气，我放学时遇上了，母亲让我回家拿水给她喝，我跑回家提着水壶转来，队长正在跟她讲话，队长说你挑不动就去捆麦秸，她说少挑的一担放工后一定补上；我把水壶给她，触到她滚烫的手，大叫妈妈你发热啦，她咕哝了几口水，冲我摆手：你不管，回家写作业去。母亲像铁打的，脸黑、手黑，在生产队里是最黑的妇女；只有家人知道，夏夜乘凉，她穿着短衣短裤，身体比天上的月亮更洁白，因为看不到她的脸和手。

可是，家里只有母亲一个人出工，生产队给的"工分粮"毕竟太少。在我童年的记忆里，有几年每天都在为吃发愁。通常的解决办法是"米不够，瓜菜助"。祖母负责煮瓜菜粥，偶尔焖一次饭，米下也要垫上半锅瓜菜，而且饭熟后，立即用锅铲炒匀，免得我们兄弟几个只盛米饭不要瓜菜。那时我们吃怕了瓜菜，每次吃完饭，碗里剩下的不是萝卜就是蛾眉豆，母亲举起筷子敲打我们，我们如鸟兽散，她只好一碗一碗拿去扫在自己的碗里，冲了开水吃掉。

有一年春节前，家里熬了一钵糖浆，放在灶房的食柜里，准备做过年的麻片，祖母趁母亲不在，用筷子头蘸糖浆，让我们兄弟三人（当时还没有老四、老五）每人吸一口，她自己也吸了一口；不料，糖浆滴在柜门口和地上，母亲回家发现后进行审讯，祖母只好挺身而出，说是她吃过的，母亲听了暴跳如雷，冲着祖母大吵大闹，说出许多伤人的话，祖母很没面子，逃回房里，豁着无牙的嘴呃呃哭泣，接着两天不吃饭，要把吃掉的糖浆节省回来。这事给我打击太大，差不多小半年里，以不叫妈妈的方式表达抗议；再后来，我想叫妈妈，却怎么也叫不出来了。

前年春节前，我跟一位称呼大姐的著名作家聊天，说起我大半生叫不出妈妈的事，大姐问我怎么跟母亲交流，我说走到她身边碰一碰叫一声您，大姐当即对我进行严厉批评，叮嘱我春节期间一定要喊出妈妈来。我答应了。大年三十那天，开车去见母亲的路上，我一直在鼓励自己叫妈妈，但见了面，"妈妈"还是卡在喉咙眼，只好搀着她，抚摸她的脸庞、额头和白发。我知道，这世上大约没有人比我更疼爱母亲，而我已经落下"残疾"。

——这是我一生最大的罪过。

母亲当年放弃制药厂的工作回乡务农，除了瞧不起往瓶子里数丸子的工作，另有两个原因：一是跟父亲一样相信新时代，并且在父亲那里捡到一些集体经济无比优越的道理；二是我们刘家人丁不旺，她认同父亲和长辈的心愿，希望回到乡下多生孩子。那时她还是二十岁的"小许"，没有乡村生活经验，也不了解"人民公社"的具体情况，单是自信。不过，她一旦回到农村，即便感到太阳的毒辣和劳动的辛苦，即便深陷贫穷的泥潭，也因为自信，从来不曾颓丧。

她的想法简明而坚定：既然口粮由生产队分配，把生产队的粮食搞上去，不就可以多分口粮了吗？尽管是"人六工四"，只要粮食足够多，工分少的家庭也可以吃饱饭。所以，她一开始就是生产队的积极分子，始终"大公无私"地为生产操心。有一处田埂上立着几棵歪脖子柳树，柳树下的麦子长不好，她给柳树剃了光头，树下的麦子跟田野的麦子一样苗壮起来。河堤外有一片荒滩，她刨出一块晒席大的熟地，栽上红薯秧子，老队长说这是公家的地咧，她说红薯秧子也是公家的呀，老队长就喊人来刨地，把整个荒滩栽上红薯秧子。西南边的庄稼田地势高，沟里的水流不过去，土质沙化，麦粟干瘪，她向老队长建议：把西南边的一个荒坑扩大、挖深，积蓄雨水，再挖一道深渠连接水沟，待汛期水沟涨水，水流到水坑去，补充抽水灌溉的水源。老队长说就你馊主意多，不干；趁老队长去公社开会，她怂恿副队长组织人干了。她觉得老队长工作有问题，直言不讳地要求生产大队给小队换队长，大队党支书说，我看你当队长合适，她说，我也觉得自己合适，但当队长要经常出外开会，我娃儿多，丢不开。新队长上任后，她随时指导下种育苗、除草施肥、整枝打药、收割晾晒以及合理派工，比新队长还着急。生产队的劳动生产井井有条，粮食收成一年比一年有起色，连年受到大队表扬。

1970 年代初，种子、农药和化肥紧俏，母亲利用父亲在公社和县里的人际关系，每年为生产队弄到额外的指标，还"争取"了一台便宜的抽水机。1973 年，进口尿素不好弄，我陪母亲去县城仙桃找父亲，父亲直接带母亲和我去见他的一位局长朋友。那天，母亲有些情绪，本来应该开门见山求局长批一张纸条的，却大讲农业问题和生产建议，还对公社和县里提出许多批评意见。局长很开明，写了纸条给母亲，笑着对父亲说：老许不错，要是能看文件，当个县长都屈才。母亲也不客气：看文件不就是认字吗，有什么难的，关键是我娃儿多，丢不开。那些年，母亲在生产队的威信越来越高。

然而生产队照样连年闹粮荒。不是粮食没增产，是上交的"公粮"不断加码。1975 年，因为上年遭遇旱涝两灾，庄稼严重歉收，到了春季，青黄不接，家家面临断炊。母亲把队长和几个干部叫到家里开"黑会"，建议私分"公粮"，队长吓得发抖，说这是要坐牢的。母亲就念毛主席语录："世间一切事物中，人是第一可宝贵的"，质问队长：坐牢比饿死人还严重吗？于是当夜开仓私分"公粮"。但事后母亲也害怕暴露，与队长一起分析了谁有举报的可能性，掏出两毛钱，让队长买两包"大公鸡"香烟给老队长送去。还好，老队长抽着烟，爽快地说：我家也要活命，怎么会做二百五的事咧。不久，父亲回到乡下休假，发现母亲有心事，找母亲谈心，母亲坦白了，哭着说：我不是怕坐牢，是怕丢下娃儿们没人管，怕影响你的前途。父亲摇头苦笑，没有批评母亲。第二天，父亲独自去了一趟大队部，回来对母亲说：没事了，书记答应替你们捂着。可是，母亲仍然高兴不起来，因为她的一世英名全泡了汤。

1980年代初，哥哥、我和三弟先后大学毕业分配工作，生产队的"口粮"已不是家中的问题。没料到，当农村实行土地承包时，母亲一度很是抵触，觉得她的生产队理想还没有实现。后来各家各户包了田，种田积极性高，粮食收成好，人又自由，母亲方才晓得农村和农业还有另外的办法，大叹：过去那是抽什么疯啊！

十年后，母亲进城生活，虽然彻底脱离农业，却脱离不了乡下的老家。老家有老屋，有父亲的遗骨，有祖父祖母的坟地，有她认识的土地，有她自己的岁月，有她失落的理想……她时时惦着，隔不多久就要回老家的老屋住上几天。她依然关心农业。2001年，她从乡下回武汉，愤愤地跟我讲，现在农村的劳力都往外跑，留下的人又懒又不会种田，把大片粮田荒废了，她恨不得回老家去当村长。我逗她：要不我帮您打听打听，看六十几岁的人还可不可以提拔？她到是来劲：你回去访访，看谁比我强。有一次，我见到老家的一个干部，还真的打探过村长的任用情况。当然只是一个游念。母亲也晓得自己不可能做村长，但每天看《新闻联播》，看农业消息，了解国事动态，偶尔向我们报告谁谁谁又去农村考察了。

母亲在老家有过一块承包的责任田。

那是一片沧桑之地，在弧形湾子前面的"圆心"处，各家客户看过去，差不多距离相同。

早先，那里是白光闪闪的水凼，面积大约两三亩，水域周遭芦苇丛生，水蛇鳝鱼活跃其间。生产队几度讨论要把它改造成水田，但地势太低，犹如锅底常年积水，改不了，因为水田要平，只需一面瓜皮厚的水，待秧苗长到抽穗，水多是灾。母亲为这块地闲着可惜，多次向父亲讨主意，父亲哪里懂这个呢。

1969 年秋天，父亲从鄂西"三线建设"工地回来，给母亲带回一个好消息：过两天有个朋友会开拖拉机送来 100 棵水杉苗。父亲说：水杉可以在水中生长，而且长得直、结实，适合造屋，等长大了就是一笔财富。两天后，母亲果然在湾子的路口收到 100 棵水杉苗。恰好这年秋旱，水凼干涸得剩下几处桌面大小的水洼，便于人员进入。母亲和队长合计后，马上召人到现场，平地、扯线、画点、挖坑，把 100 棵水杉苗横竖整齐地栽上。

以后，生产队常在农闲时派人给水杉除草、修枝和喷药，水杉快速成长，不到三年，郁郁成林，一湾子人开门就可以看见一片醒目的翠绿。尤其是，水杉树下有一面积水，让水杉林的景观格外鲜活。春天，谁家还没有被"割掉资本主义尾巴"的两只麻鸭摇摇摆摆地走出湾子，去水杉林浮游。夏天，林子里水大，我们一群孩子把歇在队屋后面的小木船推来，坐在船上划行，头顶有树荫，船外是凉水，无比舒服；有人逗闹，弄翻了船，所有人落到水里，仓皇站起身，水不到肚脐眼，都哈哈笑，一起把船翻过来，再爬上船去。父亲从县城回来休假，也会带着母亲和我们兄弟妹妹来到水杉林外，站一站，走一走。父亲说：十年树木，百年树人。

可是，1975 年春，水杉林被生产队锯光了。

锯水杉林时，母亲不在家，在城里照顾生病住院的父亲。她回到生产队，感到天空白晃晃的，放眼扫去，不见水杉林，奔向白光发生地，只见水凼里浮着一面断枝残叶。母亲找到队长，戟指他的鼻尖：水杉呢？队长讪讪地笑：换了一台手扶拖拉机呀。母亲破口大骂：你这矮子，咋不换一辆县长坐的吉普车！队长把她的手臂按下来：老许，社员们太累了，手扶拖拉机可以帮助生产——下次我派手扶拖拉机送你去仙桃看望老刘（我父亲）。母亲愤道：水杉还没有成材，你这是害命！队长叹息：我也想着等水杉成材，可是，现在上边号召"学大寨"，扩大种粮面积，又提高了"公粮"指标，公社主任指着水杉林说，这是一块很好的粮田，你说我咋办？母亲说他目光短浅永远当不了大官，掉头回家，半路上不停擦眼泪。

到秋天，水凼变成泥地，现出一片横竖整齐的水杉桩。队长组织社员去泥地挖树蔸、造田，母亲没去。她把队里的两头水牛牵到堤坡上吃草，看得见人们在没有了水杉林的空地刨土，但她不看。树蔸挖出来，一部分给各家各户当柴火，一部分用手扶拖拉机送到街上卖钱，准备买农药和化肥。队长派人给我家送来两个树蔸，来人跟母亲打招呼，母亲懒得答应，来人把树蔸码在禾场的柴火边。

水凼的泥地整理平展后，明显比周边的水田低，手扶拖拉机去西南边的高地拖土来垫，拖了三天，西南边不好继续取土，只得停下。队里在这块地的周边围起田埂，种上作为肥料的草籽，次年春天，开出了一片碎碎的紫红色的花。

母亲没有向父亲投诉水杉林被锯的事。父亲一直身体不好，她不能让父亲晓得他们的风景已不复存在。父亲去世若干年后，农村分田承包，母亲只要那块长过水杉林的低洼地，队长成全了她。此时，家里已不愁吃穿，她要的不是粮食，是一个执念。

父亲于 1976 年 6 月因病去世，这是母亲一生最大的一个坎。

父亲是医生，病倒后，明白自己的情况。有一天，父亲躺在医院的病床上，母亲坐在床边，我们兄弟姊妹五个人站在病床前，父亲努力移动一只手，母亲即刻用双手将他的手捧住。父亲冲着母亲微笑：老许，该你辛苦了。母亲泪如雨下，却向父亲微笑：你放心，老刘，有我。父亲想抬手帮母亲擦眼泪，手抬不起来，母亲腾一只手自己擦泪，擦了两把，赶紧捧住父亲的手。几天后，父亲与世长辞。

父母虽然以老相称，但两人的年纪并不老，父亲 40 出头，母亲 39 岁。父亲去世后，母亲把父亲的遗骨从城里抱回乡下的老屋，请人做了一个枣红漆的柜子，摆在卧室，专门搁置父亲的遗像、遗骨和遗物。但母亲必须马上擦干眼泪，走向她的责任和承诺。

当时我们家老的老小的小：七十多岁的祖母祖父遭受老来丧子的打击，一个卧病在床，一个成天挂着眼泪鼻涕不说话；我们兄弟姊妹五个人尚未成年参加工作，正是长骨头的年龄。家里的生活来源很单一，除了祖父有退休工资，其他的全靠母亲把生产队的口粮挣回来。不久，组织上告知父亲去世后医院每月给家里发抚恤金，又说如果安排一个孩子"顶职"就减少抚恤金额，母亲选择"减少抚恤金额"。面对一家人眼下的生存和未来的生计，母亲处变不惊。有一天，全家人围着方桌喝粥，她庄严地说：天塌了，不怕，活着的人把它撑起，该休息的休息，该做事的做事，该学习的学习。然后拿起镰刀出门，走下台坡，走向太阳下的田野。

而且她是一个在意清白和刻意孤勇的人。家里虽然穷，但她不占公家的便宜，不借别人的钱，不要亲友的接济。她说，何况谁都不宽裕。她也从不要求我们兄弟姊妹分担劳动，只是必须看到我们刻苦学习。她不可能料到国家今后会恢复"高考"，只晓得"读书明理"和"人从书里乖"。她是一个严母，父亲在世时，我们中有谁贪玩或做了坏事，她会责骂，会举起杨树条追打；父亲去世后，我们如果有人不听话，犯了错，她责骂过后会哭泣一场。在她眼里，让我们吃饱长大固然是最困难的，但不是最重要的。

到 1989 年，我们四兄弟先后接连考上大学并大学毕业参加工作，妹妹在附近的卫生院做护士，祖父和祖母已先后入土为安，老家的老屋里只剩下母亲一人，守着父亲的遗像与遗骨。母亲突然感到失落，时常望着父亲的遗像舒一口气，长久静默。

我们知道，母亲的那"一口气"是因为一座山，那山的下面是由劳苦、辛酸、磨难和拼争堆积的。而我，回首往事，更多一份对母亲的愧疚：父亲去世后母亲决定由我"顶职"，我因未成年遇到年龄障碍，母亲拎着母鸡和鸡蛋进城，叩开领导家的门，弯下高大的身躯求人让她的老二"顶职"，宁愿不要一分钱抚恤金，后来是父亲生前的好友出面沟通，才得以变通解决……1979 年，我已经学会在显微镜下计数 WBC（白细胞）和 RBC（红细胞），却一边偷着考大学，母亲知道了，没说一句阻拦的话——因为我每月有 18 块钱工资，除了自己吃饱，还可以节省 5 块钱寄给念大学的哥哥；不久，高等学校录取通知来了，我竟被没有填报志愿的荆州师专录取，心里万分窝火，本打算来年再考，没想到，母亲拿着录取通知书到处报喜，一位街坊大妈说她吹牛——荆州哪来大学，她跟人家大吵了一顿，我便因此放弃再考的打算……1990年，我在地方党报做记者，已当上小干部，省里也有单位要提拔我，我突然决定"下海"去港资企业打工，母亲闻讯怕我丢掉"铁饭碗"，从仙桃追到武汉，哭着劝我回头，我不听她的，用大话哄她放心，把她送到汉阳坐上一辆回仙桃的红客车，当时，她从窗口回头看我，那牵着我的目光至今犹在我眼前……我常想，我的奋斗或许是为了不要辜负母亲的抚养与期待，可母亲的抚养与期待到头来却让我对她不顺不孝。

现在，母亲一共有九个孙儿。九个孩子都由她带过，有的已结婚生子。但是，她的儿女和孙儿大都各在一地，有在外省的，有在国外定居的；她平常巡回各地小住，只能到了春节等来一次缺三少五的聚会。每年，她必定几次回老家，在老屋里自炊自食一段时间。1996年，由于安顿父亲骨盒的木柜腐朽得厉害，母亲把父亲安葬在老屋前的树林里。五年前，父亲去世四十周年，母亲在两层小楼的后面建了一间灵堂，准备过两年择日做一个法事，把父亲和祖父祖母"请"到屋里来。她跟我们说，在父亲的旁边给她留一个位置。

母亲并非出生在农家。祖母说，母亲跟父亲结婚前白白净净，不是我们兄弟姊妹看到的手黑脸也黑。

母亲姓许讳名兆元，生于1937年。她小的时候，外公在毛嘴街上（现在是一个镇）开杂货行和榨油坊，住七柱九檩的大房，算是富裕人家，她是被人称呼许家小姐的。但外公还没有开明得让女娃念书，她跟着外婆做女红和家务。好在外婆常常带她看戏听书。

她最喜欢《杨家将》和《三侠五义》。外婆在家里温习戏文时总是忘记故事的转折，她经常停下手中的针线，帮外婆把情节补上。受到看戏听书的启蒙，她产生了钻研中国历史的兴头，于是从演义入手，渐渐串起朝代，养成个人历史观。后来她有了我们，夏日的傍晚乘凉，会给我们讲一些故事的片段。再后来，我读过翦伯赞主编的《中国史纲要》，陪她看电视，遇到朝代戏，也向她请教，她的说法大都十分具体。原来她的内心并不空缺。可惜的是，现在她老人家试着给孙儿们讲演义，小家伙们无不诧然看她，要么插科打诨，要么问奶奶你在说什么呢，她只好与时俱进地笑笑，不再干扰孙儿们的乐趣。

她六岁时看见过日本鬼子。有一天夜里，鬼子在毛嘴开火，机关枪子弹从她的被子上面扑扑地穿过，外公大喊趴着不动，她一直趴到了天亮。从此她最恨日本鬼子。鬼子走后，街上闹过一次土匪。土匪抢劫杂货行的钱和布匹，外公把她捂在门角落，她从外公胳膊下揪出头来看，土匪们背着盒子炮，不慌不忙，抢完了出门，还向瑟瑟发抖的外公摆一摆手；她挣脱外公，拿起剪刀去追，土匪们坐在马车上，回头看见九岁的她，嘿嘿直笑……这次遭劫让外公丢了大半的钱财，几乎变成穷人，后又慢慢发达，土改时，小小年纪的母亲倒是支持外公把财产交公。

解放后，母亲是人民政府的人民，遇上坏人坏事，没什么不敢斗争的。我亲眼见过她的威风。1967年，父亲被人当作小"走资派"戴高帽子游街，关在毛嘴卫生院的一间小房里写"小字"；她到街上的亲戚家煨了一罐鸡汤，带上我，给父亲送去；父亲的小房门口守着一个男青年，门搭上挂着一把锁，她让男青年开门，男青年摊开手说没有钥匙，她问钥匙呢，男青年说在"司令"手里，她问"司令"在哪里，男青年指指对面的"司令部"，她把鸡汤罐放在地上，去到"司令部"拿钥匙，"司令"冲她冷笑，她二话不说，双手提起桌子朝着"司令"掀去，转身回到小房门口，几脚踹开房门，然后，父亲喝汤，跟我说话，她单手叉腰站在门口，大声念毛主席语录，宣讲父亲的两位烈士姑母……当时，她激昂又抒情，造反派的人都被镇住了。

然而，母亲的一生也孤寂。

父亲在世时，常年在外地工作，她独自在乡下务农和生养我们，平日既无帮扶也没得商量。她与父亲是父辈在旧社会定的娃娃亲，因为开杂货行的外公和行医的祖父是武行的同门兄弟。父亲人长得好，有文化，跟师学医，母亲是满意的；她十八岁嫁给父亲，送父亲去念医学院，鼓励父亲留在城里做医生，宁愿一辈子把父亲"供着"。显然，以她的自信，这不是依附，是对父亲的成全，是夫妻义务的分工，也是对自己的树立。她在意做人的境界。

只是，时光永不会跳跃，乡村的日子缓慢而悠长。人不可能仅凭理念打发无休无止的日月。母亲的心念淤滞久了，也需要坐在门槛上看一看风吹杨柳。不知从哪一年的夏天开始，她在自家禾场上组织了月下故事会。湾子里有一个讲古的缺牙老爹，夏天乘凉时，偶尔给人讲古；母亲用大肚茶壶备好藿香凉茶，晚饭后，让人把缺牙老爹请来喝茶，听古的人就越来越多，人人自带板凳。幽明的月光下，一群斜斜的脑袋探向一张缺牙的嘴。这时，母亲坐在人群外边，悠悠地摇着芭蕉扇，静静的，目光朝向夜空，不像是听，倒像是在想。有一次，我去母亲身边，小声对她说：老家伙又把北宋讲成了唐朝。母亲拍我一扇子，让我闭嘴。如果人群里有人啪的一巴掌，是遭了夜蚊子叮咬，母亲赶紧进屋，拿来父亲为她买的风油精，让人伸出指头抹一下膏体，再抹到身上。她是不想让夏夜的故事散去。

冬天，湾子里的人们各在各家，母亲独自唱歌。那些冬夜格外黑暗，寒风在屋外呼啸，房子里极静，不知哪儿渗进了一丝风，油灯的火苗微弱摇晃；母亲坐在条桌端头纳鞋底，我趴在条桌上写作业。忽然，母亲用假嗓子低声哼起江汉民谣，音调又细又长，有一句"这天何时才亮"像是哭泣……但她的声音陡然停住，我掉头去看，是针扎了她的手指，她把指尖放在嘴里抿着。我喊了一声妈，她连忙说：快写完作业睡觉。

1967 年，乡村兴起"跳忠字舞"、唱革命歌和"背语录"的群众运动，也算一种娱乐，而且在上工的时间进行，参加者可记工分。母亲觉得新鲜，看着笑，但不肯加入。队长说不参加就没工分，她说那我去劳动，队长说人人都要先"抓革命"，否则劳动也不给工分。她说我个子大不灵活，跳舞像是搞破坏。队长说不跳舞可以唱歌呀。她说我嗓门直不会拐弯，莫把革命歌曲唱歪了。队长说那你就背毛主席语录，她暂时没应声。因为她和广大贫下中农一样不识字，"背语录"是很困难的。不过，她最不怕的就是困难。生产队组织学习，请人念语录，她坐在前面跟着念；回家了，每天晚上让哥哥教她念。很快，她背会了一百多篇毛主席语录和毛主席的"老三篇"（《纪念白求恩》《为人民服务》《愚公移山》)。

母亲最孤寂的时间大约是 1980 年代末和 1990 年代头，那时，我们兄弟姊妹全都在忙"事业"，母亲暂时没得孙儿可以带，大量时间留守在老家。有一年，我们兄妹相聚，妹妹报告：母亲在仙桃认了一个干女儿，叫喜儿，是在乡间巡演花鼓戏《站花墙》的旦角，两人亲热得很。我即刻道：那好呀，老娘有戏看嘛。但兄弟们难免有点儿妒意，有人说：老娘带了一堆亲生儿女不觉得累，还要找个"干"的来操心。一次，我去仙桃，亲眼看见母亲和那旦角喜儿挽着胳膊说说笑笑，端的是母女情深。母亲对她的干女儿说这是你二哥，她便叫我二哥，我点了一下头。她走后，我对母亲说：喜儿有什么事找我们，你告诉我，我帮她办。不料，我的小人心遭到了母亲的一顿痛斥。若干年后，喜儿所在的剧团解散，喜儿另谋生活，母亲和她的干女儿失联了。2014 年春，我结识湖北省花鼓戏院党委书记、花鼓戏表演艺术家吴培义时，请他下次演出为我备几张票，不久，培义兄在潜江市曹禺大剧院主演花鼓戏《铡美案》，我接母亲和姨妈去看演出，坐在最好的观赏位置；谢幕时，培义兄特别向观众介绍我母亲是花鼓戏的老戏迷，母亲礼貌地起身挥手，全场向母亲鼓掌致意。以后，朋友们都说我是孝子，我明白所谓孝子不过是赎罪之子。

这些年，母亲主要看电视，而且主要看新闻和戏曲，尤其是《新闻联播》；她继续关心国家大事，甚至知道历届政治局常委人员的出生年月……有时不忘提示和教育我们几句。

2020 年初，武汉爆发新冠肺炎疫情，1 月 23 日（春节前一天）全城封闭管理。我与母亲同城而不得相见。那段时间，我在家里写了一批日记，其中有以下关于母亲的文字：

农历腊月三十（2020 年 1 月 24 日）

下午，快要吃团圆饭时，给母亲打电话……母亲一年到头只等着团年相聚时检阅她的人生收获。如果不是"封城"，大家围着母亲叽叽喳喳，母亲臃肿而鲜亮地坐在长沙发正中，慢慢吃瓜子，待安静了，主动跟她的某个孙子或孙女问话；她给她的每个孙子都取了一个诨号，用诨号称呼他们；她对孙女们很客气，像是尊重来宾一样。母亲八十有三，今年陡然衰老。想到今年不能让她在子孙的簇拥中慢慢吃瓜子，心头不由一酸。我跟她讲电话，她忽然问朗结巴（指我的次子）今年要高考了吧，我大惊，说朗朗您带过的——今年大学毕业呢，眼泪禁不住涌了出来……但我却笑，逗她：要是朗朗今年考到美国去了，以后带您去美国玩。她说好喔。老家的经验：让老人惦着一个盼望。

农历正月初八（2020 年 2 月 1 日）

窗外是寂静的，白亮的天光消解清冷。只要不看微信上的疫情消息，任何时候都可以听到鸟在某处鸣叫……想起家中贮存的菜品不多了，热心帮忙采购的小区保安到了晌午未来，妻子微信联系也没回应，我且去院子外的大柳树下看看。大柳树下有一片乡下晒席大小的菜地，是前年母亲住在我这里时开垦的。后来交由家政阿姨收种。但其实有些荒废，加上这寒冬季节，远望已是绿色零落……不料，母亲的余荫和爱养还在，凝结在这冬寒里的微弱的绿色中。我居然拔扯了七株蒜苗、两蔸青菜！我带着蒜苗和青菜回家，在水龙头下冲洗。掰去青菜的外衣，内叶脆脆的一碰就裂，极为嫩幼；蒜苗带着根须，去除枯皮，手在蔸与茎的结合部用劲一扭，如切面断开，手上留有黏稠的蒜液……我小时候跟随母亲干过庄稼活，几十年后，复得感觉。

农历正月十五之前的一天，家住汉口的三弟给我打电话，说到过年期间大家未能去汉阳与母亲相聚，心里很不是滋味——前天他利用督查"医废"处理的工作之便，绕去汉阳喊了一声母亲，不敢上楼（怕带去病毒），母亲在楼上打开窗户答应的……母亲让他叮嘱各家各户，好生待在家里，躲过疫情。这是她在电话里不知说过多少遍的话。

不过，我将母亲的话转告小家的各位后，独自违背了母亲的叮嘱：从 2 月下旬起，我和青年作家蔡家园于"封城"期间逆行采访 45 天，合作写成长篇报告文学《生命之证——武汉"封城"抗疫 76 天全景报告》（见 2020 年 10 月《中国作家》）。我知道，这样的违背不是对母亲的背叛，反倒是对母亲的忠诚：她老人家抚育儿女的期待中从来都包含大义，若是她，如果年轻，如果能写作，必定更为勇毅。当然，我并没有向母亲告知我的"逆行"。疫情消退，我去看望母亲，说到采访写作的事，不料，她说——晓得咧。我故意问她，您晓得了不担心我吗？她看着我，没应，苍老的神情犹如天空的广大与宁静。

　　稿子写到这里，我把文本发给兄弟妹妹们看，结果没人觉得写得好，比如：忽略了许多感人的故事，没写出母亲的功绩，不该用"废墟"做标题，最大的问题是过于苍凉，等等。我明白他们的意思，但一概不能改变。我说：你们可以写你们心中的母亲，反正我写的也是我们的母亲。

　　因为，他们没有像我一样见过这世上的雅丹地貌，那令人惊讶的景观其实是伟大自然的废墟；天文望远镜里的无数星球都属于自然，都有广大的废墟；或者，宇宙便是一个无始无终无边无际的废墟场——那是宇宙生命的自然；生命与消亡同在，废墟是时间的记号与辉煌；而我，不过是从充满废墟的宇宙中看见了我们的母亲，只有她，才以一生的废墟呈现了巨大的风景！

父亲是一个客人

　　老屋南边有一棵高过屋脊的柳树，父亲回来时，枝头的喜鹊会鸣叫。父亲在外地工作，是家人的一个期盼。

　　如果父亲回来，可以和我们朝夕相处两三天，但这样的日子稀少而不确定。父亲的母亲——我们的祖母——常年坐在禾场的桃树下打瞌睡，听到喜鹊的叫声，赶紧向南张望。并不是每一次喜鹊的鸣叫都是父亲回来了，祖母的张望大多落空。万一看见父亲的身影，却不会一个人冲去迎接，而是转身朝着堂屋大门嗫嗫地奔跑，一边呼喊我母亲的名字，报告我父亲回来的消息。于是堂屋里兵荒马乱，哥哥、我和三弟随着母亲拥到禾场上去。

　　父亲上了禾场的台阶，牵着祖母的手，叫过姆妈，转头与母亲相看微笑。我们兄弟仨争先恐后地喊大大，哥哥上前接下父亲手里的帆布提包。我瞟了一眼提包鼓起的状况，晓得里面有好吃的东西，但不会在父亲面前抢夺。父亲低身抱起三弟，给他擦鼻涕；忽然发现祖父站在堂屋门口朝这边看，赶紧喊幺爷，父子俩对视片刻。

最初的岁月里，我们兄弟姊妹中还没有老四和老五。

进了堂屋，父亲先将一包软食送到祖母房里，回头给母亲和我们兄弟每人分一袋饼干，一盒永光牌香烟由我递到祖父手里。我们兄弟仨盯着对方的袋子吃自己的饼干，母亲拿着饼干袋不吃，一直与父亲相看微笑。祖父点了烟，往大门外走，父亲知道祖父是要去两里外的珠玑街上割肉，招呼祖父歇着，祖父说去去就回，已跨过门槛。

哥哥嘴里含着饼干跟父亲说，他想要一本《唐诗三百首》，父亲听了显然喜悦，说下次回来给他带一本。我有些不高兴，冲着三弟咋呼：你这么小，把你的饼干分一点我。三弟哭叫起来，母亲吆喝各吃各的。父亲蹲下身，给三弟喂饼干，三弟不哭了，说他最喜欢大大。这时，屋里突然发出一声清脆的抽泣，大家循声回头，看见祖母坐在房门的门槛上，分明豁着无牙的嘴微笑，却是满脸泪水。

我知道祖母为什么哭，永远说不清祖母为什么哭。

父亲把祖父——他的父亲——喊作幺爷，这在乡下大有讲究：一是"过继"，或曰"过嗣"，如果生父有一个早逝或者无儿无女的兄长，生父得把自己的长子或长女过入兄长名下，以立户门，既然是兄长的孩子了，生父便是幺爷、小爷什么的；二是"保命"，遇上子女与生父的生辰八字相克，用"幺爷"或其他类似的称呼解脱父子（女）关系，求得生命安全。我打小就知道祖父有一个夭殇的兄长，也听祖母说过父亲与祖父的生辰不对付，但我向来怀疑"过继"的效用，单是觉得人世的生命太脆弱，世人对生命的呵护太微茫，所以宁愿相信其灵验——不然呢？

父亲于 1935 年出生在江汉平原。平原上没有山，一望无际地凋敝，不见起色。或许正因为此，才有父亲讳名远山。这让我判定给父亲起名的祖父是一个有向往的人，当年，他多半是在行医途中看见了一片飘离平原的云朵。父亲另有一个名字叫家富，"家"是刘姓的辈分，"富"无疑是好愿望，不过，这个名字一直被父亲禁用，名存而实无。父亲在书籍上留名、在信函上落款、在处方上签字、在文件上盖印，一律使用讳名"刘远山"。在他的意念里，"远山"比"家富"要好，或许值得想象。我不知道，这是不是父亲一生都是"客人"的缘由和依据。

再有，在我们老家一带，只有我们兄弟姊妹把父亲喊大大，这个称呼也似乎坐实了父亲是外来的。

从前，祖母喜欢望着她的从前跟我们讲，父亲打小喜欢念书，记性又好，是一个神童，先生说这孩子的心孔太明亮，要好生喂养；家里穷，祖母攒了大米给父亲吃。父亲下学回来，祖母把煨在灶膛的一罐白米饭拿到灶台，舀在蓝花瓷碗里，又揭开锅盖取出一碗温热的蛋花汤，然后抽了筷子，一手一碗端到小方桌，把筷子递给父亲，因为筷子只有一双，父亲不接，要祖母同他一起吃。祖母说姆妈吃了，我儿吃，姆妈看着你。父亲就犹豫地接过筷子，埋头去吃，慢慢地，额上冒出滋滋的细汗，祖母感到自己身上开始长劲头。

祖母说着，目光绵柔而闪亮，接着又说，父亲浓眉大眼，生得白净，好清秀的，不像是祖父和她生的孩子，不该落在穷家小户。她叹息一声，于从前收回目光，看着我们兄弟姊妹顿了顿：你们几个，老大和老五的眼睛眉毛像大大的，老三的脸型最像。我问：我呢？祖母笑着：你和老四哪儿都像哪儿都不像。我们愣愣地安静，心里为父亲骄傲，但毕竟也沮丧，觉得父亲跟我们划清了界限。

不久，我们在母亲房间的桌屉里看见一张父亲的照片，照片里的父亲二十出头，白衬衣，背带裤，黑皮鞋，跷腿坐在古亭下，头发三七分，长方脸型，五官标致，正望着遥远的山峰微笑……那样的风雅，还真不像我们几个乡下孩子的父亲。多年后，我们读书进城，拍了无数 pose 照，偶尔可以从某张照片里找到父亲的气象。

那张照片是父亲读武汉医学院分院照的。父亲少年时，在老家的珠玑卫生所跟师学医，因为聪慧和文化底子好，不到三年就在老师的监审下开处方（老师加签自己的名字）；同时，父亲经常为新社会站岗放哨，又有两个姑姑是革命烈士，倍受组织重视；1953 年，他被调到县人民医院学习，兼做团干，去了县城仙桃。两年后，他作为"调干生"报考大学，组织上希望他攻读政治，他选择学医。在他，大约医学才是"远山"上的具体目标。

我开始知事的时候，父亲在遥远的仙桃做医生。有一次，哥哥说父亲是西医内科医生，我晓得西医跟中医不同，西医打针吃丸子，中医喝草药汤，只跟他讨论过内科与外科的区别。哥哥说，内科看身体里面的病，外科看身体表面上的病。我觉得含糊，探问：脑壳疼是内科还是外科？哥哥说：那要看是脑壳里面疼还是表面疼。我说：里面和表面都疼？哥哥说：你是一个苕气，里面和表面都疼，那就内科和外科一起看哟——没听说过会诊？然后我又问：是内科医生狠（厉害）还是外科医生狠呢？哥哥说：这还用问，肯定是内科，身体里面的病看不见，治疗起来最需要水平。

哥哥是我小时候的百科全书，书上的话应该信。而且还有一只母鸡为证。那只母鸡是一个麻脸男子用灰布衣服包着捉到家里来的。麻脸说，他是本地老乡，他和他老婆一个打嚏一个打嗝，不是一般的打嚏打嗝，是一年到头没几天不打；他们在附近的珠玑卫生所看过病，在十里外的毛嘴卫生院看过病，久治不愈，只好搭长途客车去县城仙桃的人民医院看病，结果很快看好了——给他们看病的医生就是刘医生，他必须答谢。母亲替他高兴，但不肯收下他的母鸡，他一转身，把母鸡塞进我家鸡笼，机灵地跑掉。母亲抓起母鸡去追赶，没追上，去附近的湾子打听，见到的几张麻脸都不是送母鸡的人，天黑时只好拎着母鸡回家。之后，母亲每天要出工，实在没空也没必要为一只母鸡到处去找麻脸。

那是一只金黄的母鸡，母亲朝禾场的桃树下撒一把米，它便跟原来的鸡群伙在一起了。但它走在鸡群外边，金黄得打眼。三天后，它开始下蛋，一天一只。我们几乎每天喝蛋花汤，蛋花中有金黄母鸡下的蛋。我感到父亲的"内科水平"很真实。父亲回来休假，母亲指着那只母鸡向父亲报告情况，那只母鸡像是认得父亲，歪着小脑袋往父亲面前走，父亲笑了，却对母亲说：下不为例。

因为麻脸和母鸡，时常有附近湾子的人来家里求父亲看病。来人明知父亲不在家，只是来打一个招呼的。他们通常不等母亲开口，就把一小袋糯米或者一篓鸡蛋往桌上放，讪讪地说：我想跟刘医生讲，是您让我找刘医生的。母亲每次都抓住对方的袖子，诚恳解释：刘医生看病一视同仁，如果是家乡人，他会更加热情，但要是送礼，就是侮辱医生，反倒惹他生气。来人最终把东西带走，按母亲说的去县城找父亲，看过病，回来见人就夸刘医生好。有此宣传，以后几乎没人再来家里"打招呼"了。

不过，本湾子的人晓得父亲何时回家休假，一旦父亲回来，马上有人上门找他看病。起初，他没有诊断器具，只能望闻问切；后来干脆把体温表、听诊器和血压仪带回家来。春天里桃花开，父亲在桃树下摆一张条桌和一张竹床，坐在条桌前给乡亲们看病。有些病光用器具也难以诊断，还得在病人背上敲敲捶捶，让病人在竹床上躺下后按压肚子。不时有一瓣两瓣的桃花飘落在父亲和病人身上。

有一回，看病的人排队等候，人都站到了大门口。祖母就走到禾场上嘟哝：这哪是回家休息哟，是回来开诊所咧。话传到了队长的耳朵，队长专门开会，跟湾子里的人讲：刘医生是看大病的，以后拉稀咳嗽这号小病不要麻烦刘医生。来看病的人便少了起来。但父亲对看过的病人放心不下，如果某次休假时没人找他，他就主动去湾子里找病人。他记得七八个慢性病患者的病情，要看看他们的治疗效果，给他们讲"三分治七分养"和"病去如抽丝"。

那时，我们难得见到父亲，父亲回家后又总是给人看病，我们兄弟姊妹只好粘在他身边，看他给人看病；偏偏他看病时十分专注严肃，忘了是我们的父亲。我们正看着，他头也不回地摆手说：小孩子们离远一点。我们抿着嘴笑，依然喜悦。

可是，有一次，父亲的"水平"几乎遭遇挫折。

那天中午，湾子里传来一个男子的哭叫，父亲侧耳听了听，赶紧出门，我和哥哥跟随而去。到了发生哭叫的那户人家，见那男子蜷缩在地，双手捂着肚子，一家人已吓得六神无主。父亲上前蹲下，大声问病情，那男子只知道喊疼，父亲按了按他的肚子，起身吩咐他的家人：马上送毛嘴卫生院，找外科杨医生，就说是我让你们找他的。有家人问是什么病，父亲说：急性阑尾炎，我没办法，必须动手术。

这一刻，父亲的"我没办法"让我感到天光一暗。

病人送走后，父亲回家，我依然站在那户人家的台坡下不动，哥哥过来拉我走，我跟他扯皮：你不是说内科看身体里面的病、外科看表面的病吗？哥哥支支吾吾：是呀，父亲看出他的肚子里发了阑尾炎。我嘲道：父亲说"我没办法"，要他们去找外科医生。哥哥说：你是觉得内科没有外科厉害？我嗔他：你说呢？突然，我们发现父亲停在面前，正看着我们微笑，我和哥哥不由站住了。父亲就走过来，一手搭哥哥的肩，一手牵了我，带我们回家。半路上，父亲说：内科与外科的区别主要不是内与外，是内科不做手术、外科做手术，内科和外科都有高明的医生。——原来如此。

这时，母亲站在台坡口迎接我们。台坡上的桃树挂满青果。

我忽然觉得快乐：即使内科有时没有外科狠，但父亲牵着我的手。

父亲是 1965 年从仙桃调到毛嘴的。这是一桩好事：首先，父亲不是从上边贬谪到下边，是组织上培养他，提拔他担任毛嘴区卫生协会主任，兼卫生院院长，父亲才三十岁，前程光明；其次，毛嘴离家只有七八里路，父亲可以随时骑自行车回家。

但我们高兴得太早，父亲到毛嘴后很快将我们的高兴打了一半折扣。因为，他要张罗全区卫生工作，要管理卫生院，星期天还要去内科门诊室给病人看病，他比在仙桃时忙得多，回家休假的次数和天数反而更少。一次，哥哥带我去毛嘴，在卫生院住院部找到父亲，他穿着白大褂，正背对着我们跟另外几个白大褂讲话，听见我们齐声喊大大，吃惊地回头，问你们怎么来了，一边掏出五毛钱交给哥哥，让我们去街上买包子吃，吃完回家。我们站着不动，等他摸摸我们的头。他大约明白了，抬起手笑笑，说我还没洗手咧。我们无比失落地离开，走到楼梯口，他又叫唤我们，我们停下，他走过来叮嘱：公路上小心汽车，走树行外边的小路。

第二年，父亲参与组织和指导了两场全区抗疫战斗。

第一场是年初防治血吸虫病。血吸虫病的毒源是血吸虫，血吸虫寄生在水中的钉螺里，防治的首要任务是消灭血吸虫，策略是全区范围内统一行动，往水里施撒灭螺药剂（药剂不够，砍柳树枝叶泡在水中），或者把水田和水洼地改造成旱田（让钉螺无法生存）……父亲在前线，我们已经有几个月没看见他了。有一天，生产大队的章书记陪同几个穿白大褂的人巡回各小队检查灭螺工作，湾子里的人发现穿白大褂的人中有一个是父亲。

下半年，全国暴发流行性脑膜炎，毛嘴区卫生系统立刻组织新的抗疫战斗。此次疫情不同，做法是"三原则"：管控传染源（包括救治病人），切断传播途径（实行人员隔离），保护易感人群（主要是孩子）。一天傍晚，父亲在大门外叫唤母亲的名字，母亲迎到门口，让父亲进屋，父亲扶着自行车，连连摇头，隔着门槛跟母亲说完话，推车走了。当晚，母亲交代我们暂时不要上学，也不要离开家，白天打开门窗通风透气，早、中、晚用盐水漱口。次日，我走到禾场上四下观望，看见湾子出口的柳树下布了岗哨：生产队长和另一个人拿着木棍站在那里；有外来的人被驱逐；本湾子的人则仰头张口，接了茶壶嘴倒出的盐水，漱几下，吐出，再往田里去……树上的两只黑喜鹊一动不动。

可是，疫情退去，父亲在毛嘴病倒了。

母亲带我去毛嘴照看父亲，父亲靠在卧室的床头，面色灰黄，看着我们无力地苦笑。一会儿，母亲跟父亲说话，我去外面玩。医院办公室的走廊里贴了一溜大字报，很新鲜，我走拢去看，虽然认不全所有的字，但看得出都是揭露坏人坏事，忽然我发现一张大字报的标题中有父亲的名字，往下看，眼前一下就黑了……回到父亲的卧室，父亲见我沮丧，笑道：怎么啦，看过大字报？莫怕，你大大只有四桩小事情，上不了纲也上不了线。

然后，父亲主动给母亲讲他的"四桩小事情"：第一桩，骂过一个给女病人看病的男医生禽兽不如；第二桩，批评一个卫生所的中医是巫医；第三桩，是一件陈年旧事，父亲和几个同学一起下馆子，大家都抢，父亲说他把涎水喷到了猪肝汤里，众人只好放弃猪肝汤，让给父亲一人喝——其实，父亲是开玩笑，并没有喷涎；第四桩，卫生院的一个年轻医生给一个乡下老头看病，那老头头痛发烧，吃药打针后，明明退了烧，但老头还是每天来门诊部看病，说他的病没有好，一想到脑壳疼脑壳就疼起来，父亲知道了，让年轻医生出去一下，自己亲自接诊，那老头说他发病的原因是走夜路被鬼摸了头，父亲庄重地点头，说，这就对了，你回去等到半夜烧些纸钱，连烧三个晚上，病一定会好——三天后，那老头给医院送一面"医者仁心"的锦旗。

母亲和我都听得忍不住笑。

不料，"四桩小事情"还是上纲上线了：父亲的病还没有痊愈，医院里有人议论他是中国最小的"走资派"。

之后，父亲有一段时间被关在小屋里"写小字"（写检讨书），门口有人看守。母亲担心父亲的身体，去给父亲送鸡汤，看守不让母亲进门，母亲以革命群众身份大闹一场，问题得到解决。而且母亲通情达理，与看守达成了"不常来"的口头协议。父亲的情况倒还好。他没有反党反社会主义言行，不算大问题，只是觉得被"提拔"成"走资派"很委屈，但想想区委金书记，解放前的老革命，那天游街时戴着尖帽子走在最前头，便看出大势所趋，心里渐渐平服，每晚可以睡着三四个小时。他向母亲交代两件事：一是想办法给老金（金书记）送降压药，告诉他药不能停；二是转告哥哥和我，要相信党拥护革命，在学校不要乱说话，他本人虽然没有犯大错误，但思想确实不够纯洁，需要学习提高。

对于生活在乡下的哥哥和我，父亲原本是搁在外面的念想，现在成了"走资派"，带给我们的打击也像一种异地的强加。

幸亏毛嘴是一个在中国地图上连记号都没有的小地方，小农背景悠远，民众淳朴而投机，良善而草莽，干起革命来免不了按下葫芦浮起瓢。那个给父亲贴大字报的人刚得风光，转眼就倒灶。他的问题是"男女作风"，纸包不住火。他被送往小屋子"写小字"时，经过父亲的小屋子，隔窗一瞥，赶紧闪开目光。而且事情进一步反转。一天，两个农民男子抬着一个老太婆来到卫生院，那老太婆喝下农药快要断气，门诊的年轻医生没经验，急得哭；有人呼喊父亲帮忙抢救，看守打开门，父亲跑去，洗胃，输液，老太婆活了过来。没想到，这老太婆正是给父亲贴大字报的人的母亲。那人得到消息，懊悔号啕，以后写检讨，把贴大字报的事儿也检讨了进去。只不过，他的检讨不仅没有让人撤销父亲的"走资派"帽子，反而给他自己带来了"革命立场不坚定"的新问题。

几个月后，父亲被释放，去卫生院门诊部上班。但有一个问题：大会上已宣布撤销他的行政职务，又让他在卫生院进进出出，不利于新班子开展工作。于是，上边颇费心思地对父亲的工作做了新的安排：把人事关系留在卫生院，不让他本人在卫生院上班。大约从1968年初到1972年底，父亲先后工作了四个地方：一是去徐鸳（那时徐鸳属于毛嘴区管辖）卫生所做医生；二是参加"三线建设"，去鄂西修筑焦枝铁路，担任副营长；三是由县里借调到袁市电排站（靠近县城仙桃）工地，担任支队长；四是回到毛嘴区深江卫生所（靠近潜江县）做医生，代理所长。

在"漂泊"的日子，父亲常给家里写信。

收到父亲的信，全家人聚在油灯下，听哥哥念给大家听。父亲一般在信里先讲工作情况，说他吃得好、睡得好、人长胖了，然后谈到祖母的咳嗽和母亲的腰伤，鼓励祖父向兽医站领导递交入党申请书，叮嘱哥哥、我和三弟在学校好好学习争取进步，帮助照看四妹和五弟。哥哥负责回信，他把写好的信念一遍，祖父祖母和母亲都说写得好。我听出：所以写得好是因为报喜不报忧。母亲说：老二也写一封，你大大看了会高兴的。我躲到自己的房里去写，写一个梦见父亲的梦。哥哥让我把信念一念，我不干，让我把信给他装进信封，我也不干，反而要他把信封和他写的信给我，我来装信封口。封口的米粒还没干结实，我把信放到枕头下压着，等待第二天交由祖父带到珠玑街上去邮寄。

不久，我梦见父亲看着我写给他的梦。

那几年，父亲每年也能回家，一年最少一次，最多三次。他一回来，全家人就过节。只是没有一次看出他长胖了。家人都知道：父亲心里云遮雾罩，身体时好时坏。母亲杀了一只老母鸡，炖好粉丝鸡汤，盛一钵搁到方桌上给大家吃，单独端一碗给父亲；父亲把碗里的鸡肉给我们兄弟姊妹每人夹一块，把粉丝和汤汁分一半给祖母（祖母缺牙，咬不动鸡肉）；碗里的鸡块已所剩无几，父亲再夹一块递给母亲，母亲推挡，鸡块掉在地上，父亲捡起，拿去灶房冲了水，回来自己吃，重新夹一块给母亲，母亲接了，吃着吃着，抽泣起来。

父亲在家时，家人不能都陪着他。白天，祖父要去珠玑兽医站上班，母亲要去生产队出工，我们三兄弟要去学校上政治课，父亲留在家里，和祖母一起带着四妹五弟玩。四妹五弟睡觉了，祖母去禾场上打盹儿，父亲坐在堂屋门口看书。除了医学书，还看一本白皮的《鲁迅作品选》和一本封面有图案的《艳阳天》。哥哥爱好文学，让父亲把《艳阳天》送给他，父亲说书是公家的，你可以看，看多少是多少，我回去要带走的。哥哥拿了《艳阳天》，去他和我共用的房间看，半夜，他歪在床头，不知怎么地让煤油灯点燃了蚊帐，他奋力扑火，我被惊醒，看见火光乱舞，吓得大喊大叫，父亲母亲冲进房里来，哥哥已抱着蚊帐捂熄火苗，一脸黑炭地愣着。

父亲从焦枝铁路工地回来那次，休假时间较长，差不多有上十天。期间，他的一些老同事和朋友零星地来家里看他，金书记托他的夫人来过，在沔阳县卫生局工作的李叔叔专程从仙桃来跟他见面。他们在一起抽烟，有时喝白开水，有时喝茶，相互转告国际国内的消息，谈笑风生，偶尔低声议论秘闻。

生产大队的章支书是父亲小时候的窗友，我们叫他章伯伯，当时也下台了。章伯伯来过一次后，第二次带来两个下台的区干部和一副"上大人"纸牌，要陪父亲玩牌。父亲说，那就进房里去玩。章伯伯问为什么，父亲说社员都在劳动，我们玩牌被人看见了影响不好。于是四人一起动手，在房里摆好桌椅。父亲仍不放心，吩咐我在大门口给他们放哨，如果有人上台坡，马上咳嗽一声。不一会儿，房里发生争吵，我过去透过门缝朝里看，四个人的脸上都挂着白纸条。又过了一会儿，房里又发生争吵，我再去看，他们的脸上没有纸条，已转为赌烟，有一个人的烟输完了，其他人逼他再挂纸条。太阳落土时，母亲放工回来，我故意大咳一声，去给他们报信，推开门，看见父亲躺在床上，其他三人脸上干干净净地站在床边，我说是我妈回来了咧，父亲弹身而起，四人顿时哈哈大笑。

最开心的是，父亲带着我们兄弟姊妹走出屋子，去田野的小路上散步。曾经，我们的时光里有麦苗青青菜花飘香、稻子黄熟棉花银白、望不到边际的皑皑大雪。父亲爱看湾子前面的那片水杉林，虽然那些水杉是公家的财产，但它们是母亲的一个心愿，之前的水杉苗是父亲托人从外地送来的。水杉棵棵青葱，水中的水杉林仿若天外飞来的一片景致。有一次，我们带父亲走上通顺河堤，一直走到珠玑小学那里，他站在堤岸，向着小学许久凝望，然后一个一个地抚摸我们的头。我们觉得他真好。哥哥和我还教他认识了一棵树和一种花——他居然不曾见过家乡的冬青和荠菜——他是知识渊博的人，我们因为教给他知识，心里格外美满。

1973 年初，形势好转，父亲调回仙桃，担任工农兵医院第一副院长，时年三十八岁。先他到任的院长是六年前任沔阳县卫生局局长的万伯伯，万伯伯点名要他做副手。万伯伯跟他商量：轮到我们大干一番了，要全面整顿医院，把耽误的时间抢回来。但万伯伯年纪大、身体过于虚弱，让父亲顶在前面负责日常管理。

当时医院没有空余的住房，父亲去医院下属的菜园卫生院跟一名药剂师商量后，把一张木床加在他的单身宿舍。我曾和父亲一起睡过那张床。清晨，父亲穿着蓝色卡其布中山服和藏青色布鞋，提着黑色人造革文件包，在街口买两根油条或两个花卷，边走边吃，提前半小时到达医院。然后，去门诊部巡查科室，去住院部查看病历。问题太多，矛盾重重。整顿的目的是改善医德医风和提高医疗水平。他不断找人谈话，也不断有人找他反映情况。他能说会道，什么理论工具都有，多数人被他说得抹泪而去，不服的人离开时也无话可说。下班了，他坐在办公室一根接一根地抽烟。

半年后，医院里开始流传父亲的金句：药材科问题成堆，科长浑浑噩噩情况不明，问他在干什么，他说我们政治学习的成绩显著，父亲回他——"你这是雷打痴了往树上指"；医院病房一个做过腹部手术的病人一直喊肚子疼，父亲主持会诊后，派另一名外科医生打开伤口检查，原来是一块纱布掉到肚子里，父亲责问前面做手术的那名医生——"你是跟乡下挖藕的人学的外科吗？"后勤科没有科长，代理负责人是一个靠贴大字报和横行霸道起家的男子，医院开始整顿后，该男子突然递交一份入党申请书，父亲找他谈心，希望他在工作中努力，他说我现在就不比别人差呀，父亲干脆直言——"倒退三十年你可以加入国民党"。

父亲敢于批评和要求别人，关键是自身过硬。他坚持星期天去门诊内科上班，以自己的诊疗做表率。那时不兴专家号，因为父亲坐诊，内科门诊的星期天成了病人排队最长的日子。父亲特别同情乡下来的病人。有一次，父亲出办公室下楼，走到楼梯拐角，被一个陌生的中年男子拦住，对方自称是刘院长的表兄，要求父亲带他去见刘院长，父亲愣了一下，问他找刘院长做什么，他说他胸口疼，在乡下医不好，想到县城来通过表弟找名医治疗。父亲没有自报身份出他的洋相，只说，刘院长开会去了，我是他的助手，我来帮你看病……然后带这人去挂了号，先上门诊室跟医生说明情况，再把"表兄"领进去看病。这人看完病，仍一个劲地拿"表兄"说事，医生只好告诉他：带你来看病的就是你"表弟"。

整顿医院是父亲事业上的"黄金时期"，他孜孜不倦。

但医院里没有人知道，父亲一直背着另一个沉重包袱：他乡下的家庭。我们家因为只有母亲一个人在生产队挣工分，"工分口粮"很少，而我们五兄妹接连疯长，个个饭量大，天天吃不饱；又因为家里人多，"人头口粮"导致连年"超支"（欠生产队的口粮钱），1974年过了一半，上年的"超支"款还没有还清。父亲每次回家，都要带回一点积攒的粮票和钱。

在母亲的抽屉里，有一本红皮小书，封套里插着父亲年轻时的照片，封面下临时夹放父亲交给母亲的粮票和钱。照片上父亲依然穿背带裤和黑皮鞋，可现实里，他永远是一身蓝布中山服和一双黑布鞋。近两年，父亲的中山服渐然灰白，袖子上多出一块蓝补丁；他抽的烟已由四毛六的"永光"改成二毛六的"游泳"；他还不到四十岁，鬓角已冒出白发：一身的风度只剩整洁了。

父亲特别担心家人患病。

他要求我们讲卫生：勤洗澡，用盐水漱口，少吃生冷，不吃变味的食物。他带回一瓶来苏儿，指导我们如何稀释、如何杀菌消毒。我们家在乡村常年飘散一股"文明"的医学气味。他还在家里备了蓝药水、红药水、土霉素、黄连素以及棉球和胶布。蓝药水抹毒疮，红药水用于外伤，土霉素和黄连素治拉稀或痢疾。他给祖母买的治肺病的药，交由哥哥按时按量给祖母服用。

　　我上初中前经常感冒发烧，最不让大人省心。而我偏有不可思议的"自卫"心理，除了父亲，谁给我打针我都不信任，都要大哭大闹地反抗。所以，一旦我病得要打针，母亲要么去珠玑摇电话通知父亲回乡下，要么把我送到父亲身边。父亲给我打了针，我的病好得快。在我的记忆里，父亲似乎理解我的乖张，从来不曾责备。

　　父亲曾两次把我从死亡线上拉回来——

　　一次是读初二那年，有一天肚子剧疼，我基本可以断定跟湾子里的那个男子一样：得了急性阑尾炎。哥哥去珠玑给父亲打电话，母亲用板车拉我去毛嘴卫生院；我进诊室不久，父亲从外地赶到。诊断结果如我所料。当晚手术。手术进行到一半，我的伤口正在汩汩流血，整个卫生院陡然停电，护士打开一只手电筒，亮光不够，医生顿时慌乱无措。危急之际，父亲灵机一动，冲出卫生院，砸开附近一家商店的门，抓了五只手电筒跑回来……我苏醒后，医生站在病床前对我说：小崽子，要不是你爸，就没你了。我问：我大大呢？他逗我：你大抢人家的手电筒，被公安带走了呀。我不信。

　　另一次，我十四岁，寒假期间，跟湾子里的大人们去水利工地挖土，半月后回家，次日头痛发烧。母亲带我去珠玑卫生所看病，看完病，走出卫生所时，哥哥气喘吁吁地跑来了，老远便问医生开的什么药，我说感冒药呀，哥哥立刻大叫——药不能吃！原来他刚收到父亲的信，父亲在信里叮嘱：如果老二回家病了，千万别吃感冒药，立刻到仙桃来。于是，母亲赶紧向生产队借用手扶拖拉机，连夜将我送到仙桃，住进父亲所在的工农兵医院。第二天，诊断结果出来，我是在水利工地感染了出血热病，如果服下感冒药，掩盖症状，延误几天治疗，肯定一命呜呼……

小时候，因为有父亲，我们有那么一点儿"健康自信"。

但是，母亲的老腰伤父亲治不好。父亲带母亲去仙桃看专科，换过几次药，均不见疗效。后来父亲学会了针灸，无奈母亲一看到那细长的银针就怕，连忙摇手躲开。有一次，祖父头痛，父亲给祖父扎了针灸，让祖父现身说法，祖父顶着满头长针对母亲说：扎针时有一点点疼，像蚂蚁咬，扎上后就根本不疼了，母亲还是不接受。父亲每次回家，看着母亲屋里屋外地劳动，能做的就是搭把手，再央求一句：老许，你歇一歇吧。

可母亲怎么能歇呢？贫穷生活的格局如铁。

父亲还能帮母亲和家庭的是——支持生产队的农业生产。那时，上边逐年加征"公粮"，生产队必须连年增产。要增产，一靠良种，二靠农药，三靠化肥。化肥最重要。可这三样都得凭计划指标供应和购买，而指标的缺口向来是无底洞。父亲听过母亲的抱怨，留了心，遇上手握指标的人，就递烟，开口为生产队要点计划之外的指标；他待人友善，人缘好，又是医生和干部，在毛嘴和仙桃认识的人多，大家都尊重他，他找某同志开了口，对方总会给他写一袋两袋（良种、农药、化肥）的批条，让他交给生产队。

有一点很奇妙：父亲无论处于顺境还是逆境，只要是为生产队的事求人，多少都有收获；这让我相信父亲是一个有能量的人，并且觉得生硬的社会也没有完全丧失根本的厚道与仁慈。

生产队尝到甜头后，队长干脆把一本空白的材料纸盖了公章交给父亲，让父亲随时填写申请指标的报告；父亲通常抽出两张折成小方块，装进中山服的胸兜，把其余的放在办公桌左侧的抽屉里，紧挨着自己的一沓饭菜票。

作为回报，生产队给我家和母亲两项优待：一是上年的"超支"款可以拖到下年年底前还清；二是指标来了，安排母亲和会计一起拉着空板车去毛嘴办手续，买回化肥或其他物资——这样，母亲每年就有三五次、每次一两天脱离面朝黄土背朝天的田间劳动，让腰伤缓和一下。父亲觉得这两点很好。后来，母亲办出了经验，如果父亲的批条没来，生产队又急需化肥农药，就自己去找父亲的熟人；她说话开门见山，直接讲支援农业的道理，竟比父亲办得利落。

有一年暑假，我在仙桃陪伴父亲，父亲不知哪来的路子，为生产队买了一袋进口尿素（化肥）。到休假日，父亲找来一根扁担长的木棍，让我和他抬起这袋尿素，去长途客运站搭车；我在前，父亲在后，我感到肩上的重量很轻，回头看，尿素袋子贴在父亲的胸前，我要父亲把袋子往前推一推，父亲说快走——莫误了班车。上车时，木棍碰着一个乡下壮汉的膀子，他冲着父亲吼叫，父亲向他赔礼，他仍不罢休；我浑身的血往头上涌，心里已经决定：如果你这蛮子敢碰我父亲，我一定扑上去咬死你。后来，司机出面调解了事态。那司机居然认识父亲。

父亲关心我们兄弟姊妹五人成长：不单是吃，还有学习。他常年不在家，对我们的看护和管教交由母亲执行，母亲比他严厉，他不用过多提示。我们未成年时，哥哥勤奋好学，我沉迷于胡思乱想，三弟乖巧听话，四妹和五弟活泼可爱；最让父亲欣慰的是哥哥，最让父亲不安的是我。也有例外。有一次，全家老少聚在一起，哥哥贩卖他的知识，所有人都喜悦地望着他，我不服，奋起反击，接连向他提出刁钻古怪的问题，哥哥渐渐难以自圆其说。这时，我看见，父亲转过头去冲着母亲点头微笑。于是，父亲走后我大发神经，每天照着父亲和语文老师的字体练毛笔字，等父亲下次回来，堂屋里贴了我的几幅书法"作品"，他背着手观看，看完向全家人宣布：以后家里的春联由老二写。（不过，我后来因为觉悟了这种"幼稚"，一生都没再练书法。）

更尖锐的问题开始摆在父亲面前：我们高中毕业后怎么办？

那时是"九年制"教育（从小学到高中一共九年），高中毕业后没有考大学一说，出路就是务农。父亲早做准备，找重新"上台"的大队党支书章伯伯打招呼，让他在农村为我们谋点能发挥知识作用的事情做。哥哥高中毕业不久，被安排到大队民办小学教书，虽说是"后门"，但也只有他当之无愧。接下来是我。我从小最大的理想是一个人关在屋子里解数学难题。但这是不现实的。有一次父亲从仙桃回来，带我去屋后的竹林谈心，对我说：你不急，等你年满十七岁后，我找人让你去当兵。我许久不吱声。几只小鸟在竹林外的柳树上叽喳，父亲仰头去看。我说：我就在家里陪妈妈种田。父亲低下头来看我，我又说：您每次回来，帮我带些草稿纸就行了。父亲抬手搭在我肩上，说：儿子，希望总会有的，进屋去吃饭。

1975年底，形势又有变化，上边要求工农兵医院派一名院领导去"驻队"（住在生产队指导政治和生产运动），一把手万伯伯身体不好，另一名副院长有严重腿疾，只能由父亲上阵。冬天的寒风吹得街面尘渣飞扬，父亲骑着自行车，车架上夹一只行李袋，前往仙桃近郊的菜园大队。

不久，父亲病了。

父亲喃喃自问：怎么会病呢，在郊区"驻队"比在医院"整顿"轻松得多呀？但是，他忘了：几天前，他去大队部给医院打电话询问"整顿"情况，电话那头的消息气得他摔过话筒；第二天，他便感到身体不适。他没有胃口，怕油，吃不下饭菜，硬着头皮吃下东西就胀气、打嗝，浑身越来越乏力。他知道这是肝病复发。但是，他没有请假休息。因为"驻队"是政治任务，临阵脱逃容易让人产生误会；再说，医院也没有适合的人顶替。他自己给自己开了药，托人买来，坚持在菜园大队开会做报告、下田检查生产。

房东大娘是个好心人，给父亲熬粥，弄来开胃咸菜，父亲勉强吃一点。但过了十多天，父亲的病情不见好转，面色更加灰暗，房东大娘急了，要去医院和县里反映父亲的情况，父亲赶紧将她拉住，阻止她的好意——因为，如果让组织上觉得他"走群众路线"逃避政治就不好了。

不得已，父亲只好给家里写信，通知母亲去照顾他。母亲来到菜园，劝父亲回医院治疗，父亲跟母亲说，他的病关键在于养，眼下医院也在搞运动，回去怎么养呢？于是折中，既不回医院，也不工作，跟菜园大队负责人打了招呼，留在房东家养病。母亲让父亲躺着休息，给父亲做饭、喂药、洗衣、洗脸、洗手、洗脚，殷殷地望着父亲，在心里祈求疾病放过父亲。一个星期后，父亲的病情开

始好转，身体略有起色。因为乡下还有一家子人，父亲催促母亲赶
紧回家。母亲回来，整个人瘦了一圈，像是自己得过一场大病。

春节要到了，这一年我们兄弟姊妹特别盼望见到父亲。

父亲出现在家门口，一副憔悴疲惫的样子。我们齐声喊大大，
他笑着点头答应，很没有力气。我们茫然心疼地看着他。祖母摸过
父亲的手，回房里去哭泣。春节期间，即使是白天，父亲也需要躺
下休息一会儿；这时，全家人就互相用手指戳对方，用眼睛说话，
不许发声吵着父亲。正月初六，父亲要回仙桃，他像是预感到这是
他和我们在一起的最后一个春节，走出大门后，又折回来，拥抱祖
母，叫唤祖父，一个一个地亲吻我们兄弟姊妹的额头……母亲提着
行李，送父亲去搭车，两人走下台坡时，屋里一片嘤嘤的哭声。

父亲直接回到菜园，继续开展"驻队"工作。家人看不见，每
天都挂念着。1976年3月的一天上午，母亲在生产队的田里给麦苗
浇水，大队党支书章伯伯派人来报信：父亲病重，让母亲带着哥哥
和我速去仙桃。母亲听了，身子摇晃一下，脚拿不动，报信的人将
她搀扶回家。章伯伯派来的拖拉机等在家门口，母亲一边往车厢上
爬，一边吆喝哥哥和我上车。天黑时，我们到达工农兵医院，由人
领去父亲的病房。父亲躺在床上，盖着白被单，睁眼看见我们，想
坐起来，我们冲过去，母亲抱住父亲。父亲坐正了，看着我们，异
常平静地说：他的肝病已转为肝癌。眼神里竟带着歉疚的微笑。

我们不信，顿时以哭泣拒绝这个恶魔……

然而恶魔已是主宰，我们除了分秒不离地看守父亲，别无他法。

来看望父亲的人越来越多，医院派人守在病房门口，记下来人

姓名，劝其回去。上级领导和医生同行是可以进入病房的。领导跟父亲握手，安慰父亲，父亲努力微笑并谢谢。若是医生，父亲就请母亲、哥哥和我去走廊，让他和医生说话。一会儿，医生出来，对我们讲，不要太悲观，不是没有希望的。我们毫不怀疑希望：尽管父亲的病情不断在希望中恶化，但我们因了父亲的病情恶化越发坚韧地希望着。只是，我们忘了父亲是医生，他深知他的病是绝症，他不过是不想让我们过早地陷入极度的悲伤。

县卫生局和医院的领导跟父亲商量，提出把他转到专治肝病的武汉第七医院，父亲请组织上不要为他浪费钱，领导发脾气，不由分说地定了下来。转院前一天，父亲忽然记起什么，要求看看记录看望者的花名册，看过后，苦笑着叹息：这个时候了，他怎么没来呢？母亲问是谁，父亲摇头；问什么事，父亲也摇头。趁母亲去宿舍收拾行李，父亲告诉哥哥和我：那人借了他十五元钱，现在不来看他，就不会还钱了。我们请父亲说出那人的名字，父亲摇摇头，闭上眼。我和哥哥明白：父亲不说出那人的名字，是担心母亲日后找他算账……

父亲转到武汉第七医院后，不再避着我们跟医护人员讨论自己的病情。他对医生说，他的病已是晚期，目前没有特效药，不用试图延长生命，只需对症处置，合理使用杜冷丁，让他减少疼痛。他给医生讲他的病史，希望医生有兴趣结合他的病历进行研究，为防治肝癌提供经验……医生们知道他是医生，对他十分尊重。一个小护士给他扎静脉针，几次扎不进去，急得哭；他安慰小护士，说他的生命快要到站，可以做扎针试验，小护士越发哭得厉害，他便接过针来，给小护士做扎针示范，果然利落地入针见血……小护士惊异地看着他。

父亲的态度并不能让我们接受现实，我们的希望仍在挣扎。

终于有一天早晨，绝望中露出希望的光芒：一位老中医跟父亲交谈时，说到新采的白花蛇舌草对晚期患者有效，全国已有两桩扭转症状直至康复的病例。老中医离开病房时，哥哥和我立刻跟出去，向他打听白花蛇舌草长什么样、哪儿可以找到，他带我们去办公室，翻开一本药书，指给我们看一株草，说它长在山地。

太阳照耀武汉。哥哥和我出了医院，直奔武昌东面的小荒山（那时，武汉城区还没有到达那里）。荒山上没有路，杂草稀疏；哥哥和我篦地寻觅，走走爬爬，过了一坡又上另一坡，天光开始阴阴晴晴。直到太阳偏西，终于发现一座陡壁上生长着三株青色的白花蛇舌草，哥哥扶我爬上去，托着我，我将三株白花蛇舌草连根拔起。下来时，我滑倒在地，右手出了血。哥哥接过白花蛇舌草。我们又饿又累，且在坡地坐下，斜望着西边就要沉落的太阳。

一会儿，哥哥抽泣起来，我也抽泣；接着，两人就哭，越哭越厉害，直到放声号哭……

6月中旬，父亲用微弱的声音对母亲说：他要回去。

工农兵医院派救护车将父亲接回仙桃，住进他转院前的病房。

父亲薄薄地躺在病床上。母亲坐在床边左右抓着父亲的手，我们兄弟姊妹五个并排站在床前，三弟、四妹和五弟呜呜地哭。父亲偏过头来，跟我们说话，声音微弱而含糊，母亲替他翻译：大大说，老三、老四和老五不要哭，要向大哥二哥学习，要坚强，要听话，以后要好好学习争取进步。三个弟妹止不住哭泣，哥哥和我也哭了起来。

两三天后，父亲的生命体征几近消失。但父亲突然精神振奋地对母亲说，他想去他过去工作过的地方看看。母亲赶紧带着哥哥和我去跟万伯伯汇报，万伯伯听了，沉默抽烟，一会儿擦着眼泪问：他这个状况怎么能见人呢？母亲说：我晓得，他就想看看那里的树木和光景。万伯伯点头：我们一定帮远山同志实现这个心愿。

6月20日清早，一辆借来的解放牌卡车停在医院门口，哥哥和我先上到车厢，医院的两名干部把父亲托起递给我们，我们接住父亲。车厢里放了被子和椅子，父亲不要坐也不要躺，由哥哥和我左右搀扶，靠着车头的挡板。母亲和急救医生上了驾驶室，卡车启动。

车行驶在仙桃街上。父亲想招手，手拿不起来，哥哥托起父亲的胳膊，父亲向人民医院挥手，向卫生局和县政府挥手，向街道、行人和树木挥手，向仙桃挥手——他努力伸直干枯而弯曲的手指，一下一下微小地摆动——街边无数低垂的柳条仿如飘零的泪行。出仙桃，由汉宜公路向西，很快看见袁市电排站。1971年，父亲带领民工参与了电排站的修建。车缓行，父亲望向绿树掩映的电站与河渠，忘了挥手，即刻挥手。之后，卡车快速离去，道旁的梧桐刷刷地向后倒退，梧桐外的灰色村庄和绿色田野纷至沓来。

珠玑到了。珠玑是父亲儿时念书和少年时跟师学医的地方。车速慢下来，慢如行人。父亲看珠玑街面的房子，看行人，看尚未散去的晨烟，看见了几棵老柳树，离开时，赶紧挥手。珠玑西边两里是老家兜斗湾，两里的路上留有父亲从前的足迹，车继续慢行。

到了湾子端头的路边，车停下。母亲从驾驶室出来，爬上车厢，替换我，侧拥父亲，陪父亲看老家。老家是苍翠的。湾子在苍翠的树丛中。南端第一家是我们家的老屋，离公路只有百米。此时，祖父祖母留守在老屋里，晓得父亲病重；但我们事先已有商量，不能让父亲面对他的父母。公路边那棵柳树上的两只喜鹊诧然愣怔，不敢发出鸣叫。母亲抬手指向湾子，告诉哪家是哪家。一切都被树丛遮掩了，在混合而浓郁的苍翠中，分不出杨树、柳树、桃树、椿树和苦楝树……父亲切切地看着它们，目光在那片已然消失的水杉林的地带凝滞了一下。湾子北边有一道绿色，东西绵延，那是通顺河堤，往东不远是珠玑小学。田野上也有树，照例认不出树种。旱地的麦子割了棉苗已高过膝盖，水田的旱秧就要抽穗。绿色生意无边无际。有人走出来湾子，司机赶紧开车驶离。父亲让母亲把他的胳膊高高托起，他一下一下地向老家挥手告别……整个湾子的绿色一起向他奔涌，他似乎想要微笑，却情不自禁地眨动眼帘——可他心中有泪，眼里已无泪水，流不出来……

车行七里，到达毛嘴。穿街而过，父亲向街道挥手。1967年，父亲戴着尖帽子，被人牵到这条街上游过街。经过毛嘴卫生院，父亲向卫生院挥手；经过区政府大门，父亲向区政府院子挥手。往日的岁月只在此时的瞬刻。离开毛嘴，转道向北，驶向徐鸳。1968年，父亲下放到徐鸳卫生所工作过。徐鸳之后，折回汉宜公路，向西行驶到靠近潜江县的深江卫生所。1971年，父亲结束了修建袁市电排站的工作，来到这里担任代理所长……

还有三处，路途遥远，急救医生坚决不允许父亲去了。其中沙市和武汉是父亲年轻时求学的地方；焦枝铁路工地已不复存在，留下焦枝铁路，1969 年父亲在那里担任搬运石头的副营长……那里除了父亲，没有家人去过。父亲曾经说，那里有山，是他名字中的一个字。

终于没有防住那一幕：卡车沿道返回仙桃时，途经兜斗湾老家，公路一侧站着几百米长的队伍，乡亲们扬起手臂，高声呼喊，喊声中带有父亲的名字或姓，带着大哥、兄弟、孩儿、叔叔、伯伯、医生、院长、主任之类的某个称谓，祈愿全部相同——保重啊……保重！父亲向乡亲们挥手。卡车必须停下。突然，我们看见姑姑和姑父挽着祖父祖母冲进人群，到了卡车边，祖母发出一声撕裂心肺的大叫："儿——啊！"父亲倾到车厢挡板上，张口喊姆妈、喊幺爷，喊不出声来，却不停地喊；他想扑下去，哥哥和我挽拥着他。母亲只好下车，请姑姑和姑父赶紧把祖父祖母抱回家，不要让父亲难受。卡车开动了，徐徐前行，撕扯着喊声和哭声；路边的乡亲高举一片手臂，父亲伸出胳膊，拼力伸出去，直到人影和老家消失在视线外……

下午三点，父亲回到工农兵医院的病房躺下，用最后的力气跟母亲说：老许，该你辛苦了。从此静穆。母亲抓着父亲的双手，越抓越牢，但三天后，父亲的生命还是从母亲的手中失去了……时1976 年 6 月 25 日，父亲虚四十二岁。

在一片哀号中，哥哥抱着父亲遗骨回家，母亲把父亲安顿在卧房的木柜里。

此后，至少有两年时间，那哀号搁在茫茫时空的近处，我们稍一恍惚，便能听到，便是一派天黑地暗。

又过几年，父亲时常在那哀号中出现，他看着我们，我们也能看见他：就在茫茫时空的近处。而此时，我们兄弟姊妹为了生计、为了生活、为了梦想，已先后离开老家，落脚在新时代的各地。

一直以来，我们每年都相约回老家祭奠父亲。一旦家人相见，特别容易看见父亲：他行走在珠玑、仙桃、沙市、武汉、毛嘴，徐鸳、焦枝铁路工地、袁市电排站工地、深江，再次行走在仙桃，行走在仙桃的菜园大队……他早已把背带裤和黑皮鞋换成蓝布中山服和黑布鞋，把三七分的头发改成小平头，他一直讲究整洁，他的手指夹着烟，他看医书也看小说，他把可以做到的好给予别人，他既能容忍又坚持原则，他才华横溢却低调谦逊，他永远保有一种与大众格格不入的英俊……他的确就是我们的父亲！

然而，他依然是常年在外地工作的外人，依然是难得"来到"家中的客人。

三仙记

一直记得三位已故的上辈人，虽然他们不曾和我长期生活在一起。他们活着时，对我，眼中全是放射光芒的喜爱，从来没有半点厌烦的表情，是很亲的亲人；但岁月艰辛，他们安分而不能守己，为了生活，各执一种异术，各自活出了超凡的仙气。在贫穷年代，他们让我感知一个时代的人性和人的可能性，并为之悲伤。他们是我的外公、外婆和姑姑。

外　公

外公六十多岁时，高大而瘦，蹲下身来冲着我笑。

到了九十七岁，他已不胜天光，身体弯成了曲尺，但依然揪起头来冲着我笑。

　　跟祖父一样，外公是旧社会过来的人。母亲说，解放前，外公在毛嘴街上开杂货铺，另有一间榨油坊，养着十几号雇工，是被人称呼许先生的，解放不久，他索性把街上的产业全部交给公家，只留下一条酱色扁担，用它挑起一担行李，领着全家老小回到了年轻时的出发地——许家台。许家台就是后来的珠玑公社粮城大队第一生产队。

　　初回许家台，外公仗着那条扁担，挑土、挑水、挑柴、挑砖、挑粪、挑谷，挑起日月，重燃烟火。我母亲是家中的长女，当时十三四岁，除了替小脚外婆分担家务，也在外公的指挥下去田间薅草割麦。只是，外公从不让她碰那条扁担。有一次，外公坐在门槛上打瞌睡，我母亲用那条扁担挑起两只水桶出门，不小心撞上门框，咚的一声，外公醒了，大喊站住，起身从我母亲肩上夺下担子，黑着脸说：以后不要动它。母亲明白外公是心疼自己年幼体弱，但那条扁担从此在家中跟外公一样凛然。

　　那条扁担的确很不一般。它不是竹子的、不是杨树的、不是平原上任何木料的，是一条外来的岩桑木。外公年轻时，有一回挑生意过汉江码头，在一个陕西人的肩上看见它，花了一担麦子才换到自己手上。它特别结实，可挑三百多斤的担子；而且柔性好，挑起来担子后两端一弹一跳，既符合步伐，也让肩头一步一腾空——外公说，走十里路，只挑了五里行程。它帮助外公挑出一间杂货铺、一间榨油坊，把家挑到了毛嘴街上。原先，它的表面是青灰的，后来被外公的汗水在阳光下染成酱色。外公做了许先生后，照例用它和雇工们比着挑东西；所有雇工都想得到它，外公只让榨油坊的工头用过一次。

有那条扁担，外公便有信念。

1950 年代后期，外公家在许家台的烟火渐渐兴旺：草房变瓦房，小屋改大屋；房前菜园屋后树林，狗趴在门口，鸡鸭鹅早出晚归；小姨和幺舅出生；我母亲热闹出嫁；大舅成家分灶，另盖一间瓦房；二舅即将初中毕业……外公进屋放下那条扁担，上桌端起白米饭。到 1959 年，即使家里吃光了粮食、吃光了鸡鸭鹅、吃光了树皮，即使有钱也买不到吃的了，外公也没有慌乱，凭借那条扁担，一边再生产，一边挑起担子去野外砍柴、挖草、捉鱼、摸蚌，硬是没让外婆饿死，硬是把一家人的日子接续起来……三年后，桌上又有白米饭。

外公的问题是，他不可能不怀念在毛嘴街上被人称呼过先生的光景，不可能满足于生活中只有烟火，他希望烟火之后，还有肉吃，有酒喝，有好衣裳穿，有戏看有麻将搓……那才叫生活。

可一切都要钱，庄稼地只管给粮食，在那个年代，哪怕是金子扁担也没法在农田里挑出钱来。当年，外公从毛嘴街上挑回的担子里面确有一些金银细软，但那是留着遇上大事换钱的，平常日子，得平常弄钱。怎么弄呢？外公见许家台有人用两枚铜钱押宝赌博，在家研究数日，去赌，赢了一桌人的钱，发现一条生钱之道；不料，当晚有个输钱的男子找上门来，拿着空瓢借盐。外公愣怔片刻，赶紧把他输掉的钱退还给他，即此金盆洗手，放弃了押宝。

之后，外公抱着那条扁担在通顺河边思索了一个夏天，起身挑起两袋谷子，北行河南，不日换回一只黄猴；接下来，关上大门和猴子在堂屋里排演节目，夜以继日。半月后，开门，一边肩上蹲着猴子，一边肩上挂着铁圈圈和皮鞭，踏上了不用扁担的征途。

家里没有人知道他在哪儿耍猴，也没见过那只猴子向人伸手收钱的情景。反正外公每次回家，总会在堂屋的方桌上放下一件纸包的东西，不是猪肉就是糕点什么的，最值钱的是一块米色咔叽布。但有一回，外公早晨出门，不到中午就回了家，外婆见他苦着脸，问咋的，外公说，被人冤枉了——他在毛嘴街上那间杂货铺前表演，屋里出来一个干部批评他，讲什么在那儿耍猴讨钱，是对当年把杂货铺交公有情绪。外婆提醒下次换个地方，外公说晓得。

不到半年，外公的猴子把毛嘴、珠玑、徐鸯等附近集镇的钱收得差不多了。新情况是戏演三遍无人看：继续耍猴，效益越来越差。外公就琢磨开发节目。他去屋后的水沟边转了几天，从树杈上捉回一条比扁担还长的蟒蛇，给蟒蛇吃老鼠肉，训练蟒蛇在他赤光的上身绕行、甩头、吐信，蟒蛇全都听从。以后，外公出门，除了猴子，再加蟒蛇，节目变得丰富；而且，那时的人没什么娱乐，有猴和蛇的表演可看也很快活。所以，外公的生意一直马马虎虎地持续。

1967 年，城里的革命运动蔓延到了乡下，外公每到一处耍猴玩蛇，都有戴红袖标的人驱赶，只能撤退，把猴与蛇养在家里。暑假的一天，母亲带哥哥和我去外公家，外公见到我们高兴，蹲下身在我们耳边说悄悄话，然后支开母亲，为我们专场耍猴玩蛇，演完，猴子上来找我们收钱，被外公责骂回去。我们度过了愉快的一天。

这年春节，受到批斗的父亲回家过年，神情阴郁，哥哥和我为了让父亲开心，给他讲外公的猴与蛇，不料，父亲很生气，批评外公的猴蛇生意是资本主义，让母亲赶紧去一趟外公家。外公向来尊重既是医生又当干部的女婿，且得知女婿遇上麻烦，表示一定放弃生意，绝不拖后腿；只让我母亲回来问问我父亲，他跟猴子和蛇有感情，舍不得丢弃，能不能让它们养在家中自然死去。父亲竟然笑了。

可是，外公准备专心务农时，那条岩桑木扁担不见了。

外公在家中找扁担找得快要发疯，二舅支支吾吾交代：他送公粮去公社粮站，忘记把扁担带回来。外公咬牙忍住火气，命令二舅马上拿回扁担，二舅出去小半天，空手而归。外公问扁担呢，二舅说扁担已被人拿走。外公大骂混账。二舅嘟哝：一条扁担用得着这么凶吗？外公扬手要打，二舅逃躲，父子二人绕着堂屋里的方桌转圈；后来二舅怕外公太累，就抱头站住迎接巴掌，外公扬起手，试打几次，终于打不下去。其实，二舅是觉得外公年岁大，藏了那条扁担。

外公在床上躺了三天。三天后的早晨，起床去找队长，要求去南边十里外的湖区为生产队养鸭子，队长同意。下午，外公在屋后的林中砍下一根手腕粗的桑树枝，削光，截成扁担的长度；等到天黑，挑起被子行李和蟒蛇，牵着猴子，出门往南边走了。

隔年夏天，哥哥和我去许家台，想见外公，外婆做了火烧馍，派幺舅带领我们去"南边"。幺舅跟着二舅去过的。我们一人拿一个碗口大的火烧馍，过木桥，走大路，穿田埂，顺着河沟行，太阳偏西放大时，看见一个戴斗笠的人，坐在河岔口的岸边，守着一架扳罾——正是外公！我们叫喊外公，向他奔跑，他起身迎来，摸过我们的头，转去收拢扳罾，从河水里拎起鱼篓，带我们上一条小木船，划向河道环绕的一片绿洲。我们把绿洲叫作小岛。

小岛上杂树稀疏，有一条外公走出来的路，通向中央高地的一间草棚。朝草棚走去，附近的水汊里拥挤着一群麻鸭，一条高大的黑狗小跑过来，在哥哥和我的腿上嗅，外公说：好了，认得了，回去。黑狗回到麻鸭那里。草棚前有一片空场。草棚门虚掩，推门进去，里面倒是宽敞，有木床、木桌、木椅、灶台、锅碗，那根桑树棍子斜撑在门边。我们刚坐到木床上，猴子不知从什么地方跳到面前，外公说：敬礼。猴子立正，给我们敬礼。突然，蟒蛇从门边吱吱地爬过来，我们吓得跷起双脚，外公赶紧嘘一声，蟒蛇退了回去。然后，外公点火做饭，让我们等着喝鱼汤。

接下来，我们每天跟着外公放鸭、捡鸭蛋、划船、扳罾，有时么舅带着哥哥和我在岛上乱逛。但外公叮嘱，他不在场的时候我们不能下水，并让猴子和黑狗盯着我们。有一次，外公站在岸上看我们三个游泳，我的腿被河心的水草绊住，游不动了，猴子急忙尖叫，外公扑入水中，将我托起，我看见黑狗也在身边。我喜欢黑狗和猴子，有点害怕蟒蛇，老是躲着它。么舅说，本来外公是让猴子和蟒蛇自由回到荒野的，但它们不肯离开，外公跟它们说的时候，猴子流泪，蟒蛇全身缠着外公的一条腿。我想起它们跟着外公演出的日子。

一天夜里，忽然风雨大作，闪电近得可以点燃草棚，炸雷随时要把草棚掀到十万八千里之外。我们在床上吓得不行，哥哥和我往外公左右胳肢窝钻，么舅抱着外公的腿，外公起身搂着我们。这时，猴子跳到床上，叽叽地哼吟，表示它在；一道闪电划过，我看见黑狗像武士一样守卫在门边，蟒蛇在床前高高地举着头……后来，不知什么时候，我们睡着了。次日晚起，天已放晴，我们走出草棚，天上青云流走，黑狗、猴子和蟒蛇在草棚门口望着我们。

很快到了外婆规定的去"南边"玩七天的时限。我们跟猴子互相敬礼，摩挲蟒蛇清凉的脊背，依依不舍地离开小岛，外公划船渡我们过河，派黑狗护送我们回到外婆身边……

这是我和外公相处时间最长的一次。以后，由于上学，由于进城，由于考大学……我很少回乡下看望外公，外公再见到我时喜爱中带着尊重。有一次，我给他点烟，他居然连声说谢谢。许多关于外公的消息，都是母亲转告的。因为不喜欢儿媳和孙子们的态度，外婆走了后，外公开始一个人点灶生火。

2002年夏天，一位表弟给我打电话，让我看看他手里的一只明青花瓷碗，我正好开车出差在宜昌，便答应回武汉途经毛嘴时与他见面。在一家小餐馆，表弟拿出青花瓷碗，宣称绝对是正宗明代青花瓷，别人开价8万元，给我只要4万元。我问为什么，他笑而不语。我问他是不是蒙我，他一下子急了：你可以拿去问爹爹（外公），这是我从他柜子里翻出来的！原来是偷窃。我便苦笑，明确回应：我不能帮你销赃，你自己看着办吧。之后简单吃完饭，与他分手。

从小餐馆出来，去路边上车，车前歇着一辆装废品的板车，旁边有一个身子折成90度的老人，歪起头叫我的小名，我定睛辨认，竟是外公朝着我笑。

我扶住外公，问他怎么在这儿，他说，他想碰见我，果真就碰见了。我想到表弟手里的明青花瓷碗，觉得他心里有事，因问：天才他们对您好吧？他迟疑一下，即刻笑着点头：都好都好。我掏出一沓钱给他，他坚决不要，指指板车，说我有钱咧，连忙吩咐我帮他买一瓶矿泉水。我买了矿泉水回来，拧开盖，递给他，他喝着，催我上车，我一定要等他先走，他拉着板车离开。忽然，车上掉下一根木棍，我跑过去捡起，原来是一根藤条拐杖，便追到前面，交给了他。

次年，外公去世，享年九十八岁。

外　婆

外婆是旧社会地主家的千金，但她嫁给外公时，也是旧社会，没有地主的说法。她知道新社会批判地主，可她不是地主，她的地主父亲已被"镇压"，母亲过世了，她和外公是中农成分。

她老来照样白净体面，有一些旧社会的习惯改不掉，比如爱整洁，身上的褂子裤子，脚上的袜子鞋子，即便打了补丁，也不能有褶皱和污痕。头发平平展展地向后梳，绾成一个髻，卡着银簪，面上抹一点清油，亮而不腻。她是戴着袖套、系了围裙做家务的。

她像一个影子，不声不响，很少说话，从不大声说话。这跟她娘家是地主成分无关，有外公的气势，没人拿此说事。她的耳朵有点儿背，在安静的环境里听得见，换了嘈杂场合，她也不会要求别人扯起嗓子对她喊话，喊不喊随便你，她看着你的表情，许多表情之外的话她并不关心。她心里惦着亲人，想着柴米油盐。做完自己的活儿，倒是喜欢看着家里大人小孩为"表情之外"的事争论和争吵，只要不吵架或打架，好像那是她无声"惦着"的收获。

外婆随外公从毛嘴街上迁到许家台后，活动空间只在自家的屋里屋外、屋前的河边、屋后的菜园、屋东边的队屋。偶尔去田野，湾子端头的小狗拿她当陌生人吠叫。她去的最远的地方不到两里，在通顺河南岸的文庙湾。她姓文，文庙湾有她的娘家。

其实，她的娘家已经没有嫡亲的人，叔伯家也只剩一个哑巴侄儿，解放初十二三岁，跟大舅的年龄差不多。哑巴是外婆堂兄文老三的亲侄子，文老三与外婆同祖父，年轻时一表人才，文武双全，跟随不听话的国军"一二八"师师长王敬斋，在平原上抗日，做到副官，后来战死了，没人拿他当烈士，外婆却一直认为他是英雄。哑巴是文家后裔，富家子，除了吃和啊啊叫喊，啥事不会干，解放后虽然由公家"五保"，但生活乱七八糟，外婆隔些时就得去看看。

那年哑巴已是二十出头的大人。有一次，外婆半夜里坐起，对外公说，不好了哑巴出事了，要去一趟文庙，外公以为外婆刚从梦中醒来，劝外婆安心躺下，但外婆躺下睡不着，等外公发出鼾声，她悄悄起身穿衣，出了门，往文庙湾猛跑。

果然，推开哑巴家的门，屋里一股臭气扑鼻，哑巴正有气无力地哼唧；点燃灯，哑巴趴在床上，地下一摊呕吐和排泄的脏物……外婆顾不了许多，大声叫唤哑巴的名字，把他拽到背上背起，吹灯，磕磕碰碰地出门槛，往许家台奔。但外婆是小脚，身子也瘦小，背上的哑巴人高马大，她很快只能半背半拖地前行，走几步，靠着路边的树干歇一会儿。通顺河上的木桥太长，拖到半中间，外婆腿一软，身子落下去，哑巴压在身上，一动不动。幸好外公赶来，移开哑巴，扶起外婆，把哑巴拉扯到了自己背上。

哑巴躺在外婆家，有外婆照顾，服过外公的土方，两天后开始喝粥，接着喝鸡汤；又过两天，咿咿啊啊地说笑，自己下床了。哑巴痊愈后，不提回文庙湾的话，外婆外公也不催他。但哑巴也不闲歇，脚跟脚手跟手粘在外婆身边，抢着做事。外婆晓得他做事不行，让他去玩，他不干。有一次，他从外婆手里夺了碗去洗，把碗摔成两半，外婆笑着，他却哭泣了。外婆去二舅房里找出一本书，跟他打手势，让他像二舅一样念书，他接过书，提一把椅子去大门口坐下，不分倒顺地端着啊啊啊地念诵，外婆给他竖起大拇指。后来，外公把那只破碗锔合起来，拿给哑巴看，哑巴开心得蹦跳，啊啊大叫，从此只用这只锔合的碗吃饭。

大舅曾经跟我说，外婆最不放心不在她身边的亲人和孩子，好像离开了她，就得不到世上最好的疼爱。

我母亲出嫁前夕，外婆每天欢欢喜喜，可眼圈明显红肿。她是半夜独自哭过，又不想让自己的心情牵绊我母亲。家里为我母亲准备了体面的嫁妆，在当时的乡下是好过多数女子的，连金簪、金耳环、银手镯也都齐全；但临到我母亲出阁，外婆拿起她的手，把一枚铜顶针放在她的手心，帮她把手捏拢，忍不住就哭了。

这枚顶针母亲认得，她打小跟外婆学女红就戴在右手中指上。第一次用这枚顶针纳鞋底，有一下没顶正，针尾滑落，扎着手指，冒出血来，外婆捏住她手指的伤口，自己疼得流泪。我母亲出嫁后，差不多每晚做针线活，每晚都想起在外婆身边做女红的日子。但我母亲晓得外婆不是这种用小心思的人，必有他意。是什么意思呢？她一直在寻思，一直没有放下针线活。

我上小学时，曾经听到母亲跟湾子里的同年妇女说起这件事。她们一边做针线，一边分析，觉得外婆在我母亲出嫁时送一枚顶针，是怀念、是提示、是鼓励、是希望，但她们突然停住，彼此相看，觉得分明还不止于这些。其实，她们当时根本无法挖掘那最深的意思，因为她们是局中人，她们的情思正在针线上行走，她们的焦急和喜悦跟针线一样无法停顿——只有当她们到了将要放下针线的年纪，才会恍然明白，那针线中的爱是自己的福：线有多长，福有多长。

作为母亲和外婆，爱是外婆的宗教。

我小的时候，差不多隔半年，母亲会带着哥哥和我去许家台看外婆；到了五六岁，母亲有时让哥哥与我结伴而去。看外婆是我们的期待，也是外婆的规定。从我们家到外婆家不远，沿通顺河堤向西走四五里，经过那座外婆曾经跌倒过的木桥就到了。

我们喊一声家家，外婆嗻嗻嗻地冲到堂屋，左右搂着我们，眨眼就把我们脸上亲吻湿了。接下来，外婆没有别的事，只有我们。她先给我们做红糖荷包鸡蛋，一人一碗，一碗五个，然后看着我们吃，看着我们微笑。腊肉、腌鱼和谷壳皮蛋是早就准备好的，到了正餐，方桌上摆出荤素七八碗，全家老小围桌而坐，哥哥和我坐一方，外婆站在旁边帮我们夹菜。吃完正餐，还有糕点、香瓜和新做的火烧馍。午后阳光明耀，外婆走到门外的禾场上，手搭在额头，向湾子两端张望，忽然扬起胳膊招手，一会儿，过来一个挑担子扯麻糖的人，外婆让他敲下一块，拿回来，交给哥哥，由他敲给我和几个表姐弟吃。最小的表弟说，真喜欢哥哥和我来他们家，我们一来，天天有好吃的。

有一年，表姐突然觉悟了，背地里骂外婆：这个死老婆子，亲外孙疏内孙，脑子不清白。她的话被小表弟告诉了外婆，怄得外婆几天卧床不起。一天晚上，外公把全家大小十几口人召集到堂屋里，向他们一五一十摆事实，论亲疏，质问：两个外孙每年来几次，每次有几天，你们一年 365 天在家里，由奶奶伺候，比不上他们呀？你们不讲良心、不讲情分，什么时候能有满足？

外公的话也是给儿媳们敲警钟，因为外婆对我母亲和父亲一向特别疼爱，尤其是我父亲，外婆跟外公一样，对他的疼爱向来带着尊重。父亲在仙桃工作时，离得远，很少去外婆家；如果父亲去了，外婆给他单独做菜，让他单独吃，免得小孩子们在桌上瞎闹。她知道我父亲身体不好，不让他帮忙做事，吃完饭，告诉他，房里铺了一张干净的床，可以歇息。她每年烧香磕头，求菩萨保佑我父亲。

外婆有头晕胃痛的毛病，珠玑和毛嘴的医生都看过，药一直没有断，就是治不好。我父亲调到毛嘴卫生院工作后，有一年春节去外婆家拜年，见到外婆的神色，主动给外婆切脉问诊，开了健胃补血的中西药方子，亲自买药配药；外婆服过几天药，毫无根据地说有效，而且以后两年真的没有发病。1976 年，我父亲英年去世，外婆的眼泪几年没有干。有一年，外婆旧病复发，幺舅照着原来的方子买西药抓中药，但外婆服过后毫无起色，跟幺舅扯皮，说她吃的药不是我父亲的方子……外公叹息：这是舍不得大女婿呀！

1983 年的秋天，我陪母亲回乡下看望外公外婆，外婆变得更加瘦小了，我抓着她的手，低下身，对着她的耳门大声说话，她不停地点头，不再亲吻我，我明白为什么，为她的苍老心酸。

在外婆的卧房，我看见她的床头搁着一副还没上漆的黄棺材，问幺舅：这是怎么回事？幺舅伤感地一笑：就当是寿材吧。我觉得幺舅的回答语焉不详，单独问母亲，母亲说，这副棺材是外婆拿出私房钱来，让外公从外地买回杉木打的，外婆看着儿孙们都忙，生活不容易，怕万一哪天她走了，连一口好棺材都来不及打，她躺在地下自己不安生事小，儿孙们心里不好过——杉木不像本地的树木，脱水后，很坚固，能抗潮湿，腐朽得慢。我问外婆哪来的钱，母亲说，外婆从毛嘴街上回到乡下时，手上有一小盒金银首饰，多半平时急用换了钱，留下这么一点给自己——也是为后人好。

我便明白了幺舅的"悲伤一笑"：尽管这副棺材不是儿孙为外婆添年增寿打的寿材，但毕竟气派，可以"就当是寿材"。

几年后，外婆去世。我从城里赶回乡，外婆已入棺落土。母亲抹着眼泪告诉我：外婆走后脸上一直在微笑。我能想象外婆的样子——她是不想让她爱过的亲人为她难过。

我去外婆的坟头烧纸。身边的幺舅说：那天，哑巴舅爷哭得天昏地暗。我拍拍幺舅的肩：大家的哭法不一样咧。

姑　姑

姑姑有一颗金牙，她因此喜欢笑。

可是，那颗金牙镶在左边虎牙的位置，她笑的时候必须尽量低调地翻起嘴唇，而这样的操作不能流畅，使她的笑平添了一种慌乱的讲究，很是怪异。我不喜欢她这样笑，常常替她不安。

我母亲跟姑姑的关系不大好，说姑姑是故意敲坏了牙齿后镶的金牙，接着就要介绍案情经过。我赶紧说：妈，你不要这样说姑姑好吗？母亲便笑，打住了。母亲主要是反感她的小姑子不着四六。

而今，有个李雪琴的母亲说世界的中心在铁岭，姑姑跟这位杰出的后来者的观点不一样，认定世界的中心在珠玑。不是因为她出生在珠玑，嫁给了珠玑最好的青年瓦匠，而是因为另外两人：一个是她父亲，我祖父；一个是她哥哥，我父亲。我祖父先做人医后做兽医，我父亲既当医生又当院长，都是方圆数十里的名人。此外，她还有两位在大革命时期先后英勇牺牲的烈士姑姑，要是没有牺牲，那是什么级别呀！所以，她在珠玑是有背景的女子，理应出人头地。她的丈夫（我的姑父）每次外出做瓦工，都得给她带回二两白酒——这死鬼，不就是一个拿瓦刀的粗汉吗？

姑姑的缺点是没有文化。这不能怪罪我祖父（她父亲），要怪只能怪旧社会。她比我父亲小三岁，出生于1938年，旧社会主张女子无才便是德，她打小耽误了上学。不过，她自己虽然没念书，但她向往念书，是看别人到念书最多的人：每当我祖父唱读和我父亲背诵时，她就偷看和偷听。有一次吃饭，她问我祖父："党胜"是不是共产党必胜？祖父觉得奇怪：有"党胜"这个词吗？她说：我听您的汤头歌诀里有"党胜"。祖父大笑：那不是"党胜"，是党参啊。又一回，我父亲放学回家，半路上被她拦住，她问：哥，"二月春

风是尖刀"的下句是什么？父亲知道她念的是贺知章的"二月春风
似剪刀"，但遭此突袭，脑子里一下堵住，答不上来。她便拉着我
父亲的胳膊哈哈大笑，高喊我赢了我赢了。当时她还没有扎眼的金
牙。父亲问：你赢了什么？她说：这句诗没有下一句哕！父亲便笑，
觉得他的妹妹很贼。

　　姑姑不满十八岁嫁到别家大湾，结婚三天回门，偷了娘家的一
只小木箱。她是用了心计的：白天，趁人不注意，把木箱拿到屋后
的柴垛下藏住；傍晚，吃完晚饭，光明正大道别；天黑，掉头转来，
悄悄取走木箱。那只小木箱是祖传的，起初装书，后来祖父拿它做
出诊的药箱；箱子最长的一边不到两尺，扁方形，暗黄色，外有包
浆，内衬细布，透着本地没有的樟木淡香，两侧挂帆布背带，正面
的红色十字依稀可见；1956 年，祖父换了咖啡色人造革的正规出诊
箱，把木箱放在书柜顶上，作为纪念之物。可木箱突然不见，家中
悬着窃案，人人忧心。几个月后，瓦匠姑父主动来投案，向祖父交代：
木箱是姑姑顺走了，姑姑的本义是从娘家带走一点学问——姑姑对
他说，这事必须做，可做了又太丑，所以派他来娘家坦白，他要是
不来，就跟他离婚。家里人听了都笑，从此不提小木箱的事。

　　但姑姑终于没有成为有修养的人。我开始记事时，她大约快
三十岁了，还像一个疯丫头。有一次，她来到我家，冲着祖父嘿嘿
笑，要抢祖父的钱，祖父没法责骂她，也没法推搡她，单是晃着胳
膊阻拦和招架，她突然从背后搂住祖父的脖子，解开荷包，掏出钱
夹，抽了一张五毛的票子，然后塞回钱夹，笑嘻嘻地逃走。

　　不过，姑姑不是为自己抢夺这五毛钱。她逃走小半天后，又折

转回来，将新买的两本小人书交到我哥哥手上。哥哥拿着小人书愣住，对她说：您拿回去给表弟他们看呀！她的头像拨浪鼓一样摇：不不，不给他们浪费。当时她已有三个孩子，老大是儿子，年龄比我大，比我哥哥小；在两边的孩子中，她偏爱舅侄儿女，最喜欢的是我哥哥，她觉得哥哥聪明好学，长得漂亮，像我父亲（她哥哥）小的时候。她叫唤我哥哥的乳名林儿，伸手摸他的头，喜欢得眼珠晶亮；而且从不改变态度，直到我哥哥年过五十，依然那样叫唤，那样眼珠晶亮，单是不再摸头。我从来不曾嫉妒，一是因为自知不如哥哥，二是因为她的金牙；上年纪后，我格外理解她。

话又说回来，在乡下，在姑姑年轻的时候，在她活动的范围，她毕竟是最有学问和见识的女子，并且一直在努力争取有所作为。她指导乡亲们挖半夏卖给药铺、在牛还没有长大时穿牛鼻子、大人小孩每天用盐水漱口、避免胡萝卜和白萝卜混在一起吃、被毒蛇咬伤后立马按住伤口，等等，基本上是周围几个湾子的口头"百度"。她赢得了全体文盲的信赖，一旦笑起来，金牙就在乡村的天空放光。

不幸的是，有几次姑姑差一点闯下大祸。别家大湾有一头水牛厌食腹泻，她认为是食物中毒，建议洗胃灌肠，结果水牛被洗灌得不吃不喝，泻无可泻，眼看就要一命呜呼；生产队长把做兽医的祖父接过去，祖父诊断水牛得了霉菌性胃肠炎，却不好意思指出食物中毒属于误诊，倒是招呼姑姑打下手，给水牛喂药，做静脉滴注，两天后，水牛的病情得以好转。又一次，我父亲带领医生去乡间巡诊，到了别家大湾，遇上一个哭喊肚子疼的小男孩，家长对我父亲说：已经请您家妹妹来看过，是肠炎，正在吃药。父亲看了药，是姑姑不久前吃过的黄连素，但探查病情后，让家长立刻把孩子送往毛嘴卫生院抢救：原来小男孩患急性阑尾炎，已误诊拖延，必须马上做手术。

事情到了这个地步，祖父和父亲把姑姑叫到家里来，对她进行严肃批评。祖父说，那头水牛再拖一天就会死掉。父亲说，那个小男孩再拖半天阑尾就会破裂。姑姑无辜地歪着头，眨眨眼，扯起嘴唇，露出金牙一嗤：你们吓唬我呀？祖父气得捶胸顿足，父亲无奈地摇头咂舌。我母亲憋不住了，吼道：你再这样胡闹，不仅自己要坐牢，还会连累你老子（我祖父）和你哥哥，晓得不？姑姑这才低下头，很不耐烦地说：我戒了、戒了，好吗？

姑姑戒了给牲口和人看病的爱好后，一度沮丧寂寞。

怎么办？总不能从此混同于一个普通老百姓吧？不久，她学着给人合生辰八字。这事只需说出人造的天理，不会有眼前风险，她大胆而秘密地执业，居然可以不断收受烟酒礼品。她被鼓舞了，接下来钻研抽签算命，择机策划两桩成功案例，产生口碑效应，业务很快络绎不绝。那些年，姑姑在"地下"忙碌，名声大噪，影响与功德不逊于他的父亲和哥哥。当时我上小学，非常反感姑姑的封建迷信。据说别家大湾的队长找她谈过几次话。但是，姑姑已然得道，只能大行不顾细谨了。她继续精进，开始操练更加抒情写意、更有仪式感的下马巫术。她在自家屋里腾出一间房，独自关门烧香请神，花七七四十九天练心，终于神性附体，可以封神行事。

而且她似乎遇上一个转机：有一天，队长上她家的台阶，不慎跌倒，一只胳膊的肘子脱臼，疼得大声惨叫，她迎过去搀扶队长，顺势拿住队长的胳膊，一扭一扯，竟然把队长的胳膊接上了；队长摸摸肘子，不由破涕而笑：哎呀，你还真懂医术，不如行医吧？姑姑一听"不如行医"，发现队长其实狡猾，亮出金牙一笑：算了，龙有龙道，虾有虾路。那意思很明显：队长莫费心了，你的回头草不可能引诱我放弃理想。

可是，1966 年以后，姑姑的理想破灭了。

失去理想使她变得十分暴躁：她跟隔壁的老头为屋基吵架，朝人家腿上踢了两脚；她跟贫下中农争抢农具，骂人家是狗不啃的南瓜；她抓着队长领口说事，伸手抓破了队长的脸。1967 年，我父亲被撤了院长职务，也不能做医生，被关在小屋里写"小字"；姑姑知道后，这还了得，提起菜刀冲进卫生院，站在楼上，舞得刀光闪闪，大喊：老子是贫下中农，老子的两个姑姑是革命烈士，老子的哥哥是共产党员革命医生，谁要是整老子的哥哥，老子坚决剁了他！经她一闹，我父亲还真没吃什么身体上的大亏。第二年，我祖父在兽医站进了"学习班"，姑姑再次披挂上阵。但这回她改了方法。她给自己画了花脸，去"学习班"门口跳大神、唱歌、念咒、画符、烧纸，且巫且疯，昏天暗地，吵得"学习班"没法学习，干部只好对我祖父说：你女儿神经了，回去照看她吧。

以后姑姑彻底沉默，差不多十几年没有露出金牙。有人说她的金牙已经脱落。再后来，我父亲、祖父和祖母先后去世，每年清明我从外地回老家扫墓，总看到三座墓碑前各插一束鲜花，地上有残剩的香扦和纸钱的灰烬，乡邻告诉我：是你姑姑来过。有一年，我碰上了姑姑，她欢喜地看着我，人老了，很瘦小，但我发现她的金牙还在。母亲和姑姑早已修好，彼此也有来往。母亲说，姑姑穷，儿媳和孙儿都嫌弃她，姑父已死，她的日子过得不好，又开始当马脚到处下马。

大约 1997 年清明，姑姑守在墓地，等着我们回乡下和她一起扫墓。我们做完清扫、点香、烧纸、磕头、作揖、放鞭的仪程，就要在硝香中离去，姑姑突然叫住我，冲我讪讪地笑，请我为表哥和表弟在城里拿几桩建筑工程的业务。我不由愣住。当时，我"下海"在一家外资企业供职，既不是老板、也不是官员，怎么会有拿工程业务的本事呢？我只能含糊回应：尽量帮忙联系，基本肯定办不到。但姑姑固执地笑着：你放在心上，肯定办得到的。在她的眼里，我是她父亲的孙子、他哥哥的儿子，又在城里穿西装，大概除了北京的干部和本省的省长，应该没有办不到的事。我无法向她解释，请她去毛嘴街上吃一顿便饭，她连忙摇手，说去不了，家里的孙儿还等着做饭咧，然后朝我殷切地笑笑，拐上了岔道。那一刻，她的金牙停留在眼前，让我感到无比心酸。后来，我一直没有忘记她的交代，但终于只为表哥表弟联系了两三桩"三包"的业务，主要是瓦工活。

然而，这也是姑姑实现理想的最好年代。

她因为老，因为金牙，因为老脸上涂染红色，因为背着那只扁方形的樟木箱子，她的巫术开始大放异彩。她有时坐堂施法，有时出门画符。请她的人很多，她常常推辞，请她的人宁愿添加礼金。她全心全意帮助人们实现祈求，不仅老有所为，而且自给有余。有一单业务让她创下了新的辉煌：当地一个土豪的母亲身患绝症，医生断言最多还能活三个月，土豪是孝子，上门请姑姑出马，表示，他母亲在三个月之后，每多活一个月就付给姑姑两千元酬劳；姑姑答应下来，定期前往住地，画上花脸、念咒、请神、画符、舞剑、唱歌……结果，土豪的母亲很配合，竟多活了六个月又十八天，土豪将这十八天按一个月算，一共向姑姑支付了七个月的酬劳。姑姑把她的辉煌业绩讲给我母亲听，我母亲哭笑不得，含泪为她高兴。

只是，姑姑毕竟年纪大了，不应该太拼。几年后的一个夏天，母亲电话通知我：你姑姑死了。而且，姑姑属于非正常死亡：她外出下马后回家，中途去河坡上歇息，不知何故，身边的木箱翻滚到河里，她起身去捞，倒头栽下，溺水而亡。

我回到乡下悼念姑姑，站在她的墓前，向着她生前走过的地域张望，恍然看见她的金牙在平原的上空金光闪闪……

第三辑 ——○

我自己

无边的童年

从前，平原上的童年无遮无拦。

初开的眼睛生长在混沌的心头。

忽然发现春天被隐匿在旷野深处的布谷叫醒。许多事物接踵而至：燕子来到体面的屋檐下呢喃；黄鹂的鸣啭跟麻雀的叽喳截然不同；阳雀子喜欢嘎呀呀地飞到禾场边；野鸽子只在蓊郁林丛的巢窠咕咕絮语；八哥候在路边跟老实人搭话；画眉像缺嘴婆一样嘟哝；喜鹊站在最高的柳树上报道消息；乌鸦哇的一声在半个天空划过一阵黑暗；丝麻雀在篱笆缝隙跳跃时大雁在天空摆出人字归来……哦，还有似鸟非鸟的知了和没有翅膀的青蛙，那是整个夏天的呐喊或沉吟。

一只灰猫瞅着篱笆上的丝麻雀，终于明白敏捷的跳跃不及灵动的飞蹿。老鼠不敢爬树，因为闻到了黄鼠狼的气息。黄鼠狼即使爬到树上，也飞不起来。米缸对面有一道猫爪伸不进去的墙缝，一只灰老鼠在墙缝里贼头贼脑。黄鼠狼白天回到荒坡的老树下的洞穴去睡觉。狗是忠诚而荒谬的，吃过了偷食，打过了看家，讨好地笑。见过一只雄健的棕色猎狗。狗吠即烟火……鸡也鸣，鸭也鸣，猪哼驴马叫，水牛在水塘里打滚，黄牛在草滩上瞭望。广阔田野的农人是一些零散的黑点儿，分明有劳作，可远远望去，一动不动。

满满的时空仍是太空了。

蝴蝶飞来，蛾蟆飞来，苍蝇蚊子飞来；有虫蹦跶，有豸蠕行，有蛇蝎逶迤；干脆到处皆有微小的蚂蚁爬走……可其实不然，到处皆有的是细菌和病毒，它们看不见，他们的种类和数量无限多，他们任意寄宿在生物体上——包括老鼠、蚂蚁和花朵。

做医生的父亲说：细菌和病毒的出现并不比人类更晚，它们原本不是故意要与人类作对的，人类几乎可以与它们和睦相处，但因为不小心或不明白的冒犯，它们给人类带来的伤害无比惨烈，所以，目前的医学文明直接把细菌和病毒视为人类的天敌。这不是一个吓唬童年的问题，却让童年无尽地想象人类的过往与未来。好在眼下它们没来，一切暂且不是童年的现实的尖锐。

那时，平原的太阳很灵醒，有红或白清晰的样子，有火热与温暖的表达；月亮照耀屋后夜猫子无声的脚步，听得见婴儿的啼哭——所以日子也叫岁月，所以岁月温软悠长；星星像梦，梦也就像星星一样多，去到北斗，去到银河，就搁在那里，不必拿回来……记得白云一直在蓝天飘移，即使一度乌云翻滚；一道闪电亮得眼眸发疼，一声炸雷劈开河堤的老树，暴雨最终没有把老屋的青瓦击碎；

风是四季的态度，从四面八方来向着四面八方去……看起来，树的枝叶永远在空中摇曳，但树的根在地下，树的位置永远没变。

幸好有树。树到处都有，一丛一丛地绿，一岁一次地枯，或者枯荣独立，最高的是杨柳，最矮的是腊条。平原上的树木参差地高出平坦大地。所有生命都在树下出入或栖息。是的，守着米缸的那只老鼠也不例外，因为乡间的房舍也在树下。花草躲开了树荫，不等于脱离树木，如果没有树丛的捍卫、荫庇与改良，平原将丧失物种、流失土地，花蕊便少了自然传粉的媒介，百草便没有肥沃稳固的根土，来日免不了萍飘蓬转。

我的童年也在平原的树下。

从记事起，他们就一直当着我的面讲述那桩我不知道的事，已经讲了一百次、一千次，必定还会讲下去。

他们是我的祖母、母亲和哥哥，后来加入了三弟。那桩事是我不及三岁时落水被救。一条叫杨树沟的水沟，穿过我们的兜斗湾，有一天，哥哥带我去沟边玩，树阴下的水中有一群小鱼，我觉得跟小鱼在一起有趣，咕咚一声扑进沟里；年幼的哥哥吓坏了，大声呼救，正在附近采集知了壳的缺嘴婆跑来，将我从水中抓起，冲到岸上，放在一棵杨树下，拍打我的背，让我吐水，我终于大哭。

他们一般在家庭聚会时讲起这桩事，比如夏日乘凉或除夕之夜。

讲完了，还会加上后怕的感慨：要是没人及时来救老二，就没有老二了！他们已经从我三岁讲到了六十岁。似乎我越有繁复漫长的人生越值得他们讲述这桩事。他们作为我的至亲，并不需要打赏或感谢，可他们为什么乐此不疲？我一直真切地感觉：他们是因了我的生命，便为生命的风险而惊异，为生命的存续而欣慰，为生命这个事实而激动——为自己的亲人拥有此在之生命而喜悦。我认真地听他们讲，随后跟他们一起愉快地欢笑。而今我的笑纹连接两鬓的斑白。

不过，这桩事到底算不上童年故事。尽管他们早已把故事的画面植入我的脑屏，但事实上，它不是我自己的自知与记忆。童年的分界固然模糊，我想，在正常情况下，童年至少应该从记忆萌发开始，哪怕各人的记忆起点不同。

对我而言，记忆的端头大约是寻找把春天叫醒的布谷。

那年我快四岁，学会了"布谷"声，每天早晨跟看不见的布谷一呼一应。布谷的叫声越来越近，哥哥答应带我去寻找布谷。那天，布谷已经到了屋后。我们学着猫的样子，在屋后的竹林里找，在水沟旁的杨树上找；我"布谷"了一声，布谷回应，几乎就在身边，但应声短促，或许是警惕。后来我们在蚕豆苗的田边蹲下身来观察。田头有几棵矮小的木槿，目光扫去，枝杈间有一团灰褐色，乍看如泥，细看是鸟，斑鸠一般大小，黑鼓鼓的圆眼睛正盯着我们。它一直不叫，我再次试着"布谷"一下，它却拍翅飞逃。之后，整个上午没再听到屋后的布谷声。我们相信这只飞逃的鸟就是布谷。

然而，我遭遇了大自然的第一次打击：这"灰褐"和"黑鼓鼓"的布谷竟不如一只泥坑的土鸡漂亮——春天这么鲜艳，布谷何以如此丑陋？我由衷而莫名地感到失落。从此，童年不再跟布谷唱和。直到成年后，我明白即便呼唤绿色的春天也需要"灰褐"的隐匿，方才理解大自然。但我已错过童年的布谷。

是知了和青蛙替代了布谷。

无数知了在杨树的高处嘶喊，无数青蛙在杨树沟的水畔鸣叫。杨树的青枝随风飘荡，路边繁花绚丽，田野碧波翻滚，蜻蜓飞行蝴蝶飞舞……知了的嘶喊和青蛙的鸣叫持续着，像心声，像催促，像热爱，像迷恋，也像焦急与凄惶，但那是光明的合奏，不管不顾，倾尽全力，占据了整个夏天的白昼与黑夜。知了和青蛙那么弱小，嘶鸣却那么强烈。它们是生之歌喊，一刻也不停歇地扇动童年。

我五岁上学。上学的路已被知了和青蛙的合奏覆盖。我耐不住一步一步行走，只想奔跑与飞翔。

没有料到，教室、老师和整个小学也被这知了和青蛙的合奏覆盖了。老师的话从合奏中传来即刻被合奏带走，像浪花儿消散。我突然有些慌乱。"老师老师，你在说什么呢，我没听清……我听不清我妈会骂我的，你把知了赶走、把青蛙赶走，好吗？"话在喉咙里，终于说不出口。老师是一个矮胖的老师，低下头，从眼镜框的上边看我。

直到秋天，蛙声消退，知了的嘶喊开始衰弱……

在知了的最后一声低吟中，杨树飘下第一片黄叶。

当时，我放学回家，走在通顺河堤上，那片黄叶在空中晃眼地旋转，许久不肯下落，我停住，看着它降临在脚前的地面。没几天，堤岸上落叶奔涌，透过落叶的缝隙望出去，田头、路边和湾子前后的树木亦是黄影缤纷。金黄的流淌笼罩了平原的上空。忽然间，一群人举着白幡，抬着黑棺，哭嚎着，从湾子里出来……那是送葬。那死去的人就在金黄的流淌中。这金黄的流淌因为死亡让我的童年一怔。

仓皇回家，看见祖母坐倚在禾场的柴垛上一动不动。柴垛外有一棵桃树，柴垛已灰乌，桃树光秃了。祖母的棉袄灰暗如柴垛，脸庞和两手的枯黄已融入脚下的泥土。我停在台阶上大哭：奶奶你不死！祖母醒来，连忙回应：我儿不哭，奶奶没死咧。我依然哭：您会死的。祖母说：不会，奶奶要活一千岁。我反驳：您活一千岁还是要死的。祖母没法子了，只好起身过来将我搂在怀里。

一连几天，我坐在通顺河的堤坡上，任黄叶飘落到身上，不肯回家。我在想：祖母和祖父死了，接着是父母，再接着是哥和我……死了便什么都没有了！世上的人也一样，也会像黄叶一样飘落，也是死了便什么都没有了！既然是要死的，活着有什么意思？于是，死，伴着金黄的落叶在我脑子里流淌。世界无比黑暗。我忘了回家。家中名叫乌子的黄狗来舔我的手，带我回去。

从此，我差不多有半年懒得跟人说话。

没人能拯救我。

有一次，教室隐隐晃动，窗玻璃吱吱作响，矮胖的老师惊呼地震来了，吆喝同学往操场上逃跑。我站起身，没有动。忽然，老师大喊我的名字，冲上来，抓住我的胳膊往门外拉。到了操场，他暴躁地朝我吼道：你想死呀！我无辜地望着他，心里有点想笑。操场上没有吓死的同学看过来，即刻就笑了。有人喊：他是一个迷气（呆子）。我本该愤怒，但我知道跟他们说不明白。

真正的问题是，现在我又晓得承载生命的地球也不牢实了⋯⋯

这个狗屁的世界，不如跟它搞点破坏。我把窗户的风钩卸掉，把窗户打开，风一吹，啪的一声脆响；我把讲桌上的一盒白粉笔倒在地上，老师来上课，要花好半天捡粉笔，同学们不必马上听讲；我把铅笔的尖头对着前排同学的脸旁，叫唤他的名字，他猛地回头，铅笔头扎中他的脸，课堂上响起一声惨叫⋯⋯有时我被同学检举，老师点名罚站，我满不在乎地起立，老师嘲讽地问：你究竟是一个迷气、还是一个天生的调皮佬？我每次都想回答：我是故意的。

或许，这种冒险或刺激对于死亡竟是有效的对冲。

我准备将破坏进行到底，不断在教室里制造响动和热闹。那时我有一支可以挂在胸兜的圆珠笔，整个小学无人不知。有一天上课，圆珠笔不见了，我起身寻找，弄得桌椅哐啷直响，老师喊我停下，我不听，继续拍口袋翻屁子。忽然，我盯着同桌看，他眨动眼皮问：你是不是怀疑我？我说：是，你把鞋子脱掉。他不脱，我蹲下身拔下他的鞋子，果然，圆珠笔躺在鞋窝里。我把圆珠笔和鞋子举起来，全班同学顿时一片惊呼。不料，同桌居然呃呃地大哭。老师喊我去教室前面罚站，我问为什么，老师说你把同学弄哭了，我说我也想哭呢⋯⋯老师抬起手想打我，没敢打，大约因为我父亲跟他是朋友。

我的座位被移到了讲台一侧。老师往黑板上写字，我在老师背后比画他的水桶腰，或者虚空地连续拳击，同学们抿着嘴笑。有一次，我把老师展开的备课本给他合上，老师转回身来，翻了好半天翻不到原来的页面，同学们忍不住笑，笑出了声，老师以为他的脸上沾了粉笔灰，停下翻备课本，用左右手背擦脸，我说没有擦准，起身去帮他擦，他把脸递给我，我的手指蘸过粉笔灰，在他脸上东擦西擦，把一张干净脸擦成了白花脸……教室里哄堂大笑。

坏孩子看中了我，邀我一起玩。他们都大我两三岁，见多识广，领着我去校外搞破坏。我们折断湾子后面新生的竹笋，去别人家菜园里拔萝卜，一竿子打落一地未熟的青枣……每隔几天，总有一个妇女站在自家的台坡上咒骂我们"小抽筋的"。然而，我从未打过湾子西头那棵枣树的枣，那是一棵年岁很大的枣树，我的一位烈士姑奶奶从前牺牲在那棵枣树下，那树上有她的血。

他们还带我捉鱼掏鸟窝，去通顺河游泳。男孩子游泳全都赤身裸体。听说上边湾子的一个小男孩在河里淹死了，人人感到恐慌，而且担心死了没穿衣服，很丑。我在想，那小孩死后知道自己死了吗？不久，他们让我看鸡、狗、牛"做丑事"，他们都嘻嘻哈哈，我假装不看地看；但他们派我去拍一个五年级女生的屁股，我坚决不干；有一个家伙冲出去拍了，我骂他流氓，他捏着拳头要打我，我提醒他我有哥哥，他说他吓唬我的。另一桩坏事我当时就觉得不妥：我们跟踪一对"狗男女"，那对男女走到树林深处停下，男的正要解开女人的裤带，我们中有人扑通一下摔倒，惊飞树上的鸟，那对男女像鸟儿一样散开……这桩事到了成年，尤其后悔。

然后开仗，跟大孩子开仗。大孩子的头目是我哥哥。他们说他们是"革命派"，我们一帮小孩子不服。"战场"在河堤上，河堤内外一边一派。他们人少，我们人多。双方以堤岸为界，以树林为掩护，互掷土疙瘩。我有一副哥哥帮我做的弹弓，口袋里常备小石子。"土"

烟弥漫之际，我匍匐前行到堤岸侦察，发现对方虽然每个人都用一棵树遮挡，但露出的身体并不少。打谁呢？瞬间，我觉得万一打中哥哥才不至于扯皮，便拉开弹弓，大喊"看我的"，放手射出石子。居然一发中的，哥哥"哎呀"一声，捂着眼睛蹲下身去。

仗没法继续了。

傍晚，母亲托湾子里的大人把我领回家。我不吃饭，祖母把饭碗塞到我手上。哥哥头上缠着白绷带，血印在左眼眉角，眼珠露在绷带外；他不理我，也没打我，去房里点灯看书。夜已深，他喊我睡觉，我进到房里，站在他面前。他问：为什么打我？我支吾：你为什么不躲？他苦笑：我以为你不会打我的。我不语。

当夜，我不停做梦。梦见我牵着眼瞎的哥哥去上学……梦见那颗石子打在树干上……梦见哥哥撒了我一脸的土灰，我哭，他跑过来帮我擦脸……早晨，哥哥摇醒我，催我起床。

以后许多日子，我沉浸在忏悔中。

接着是父亲"犯了错误"。

父亲是西医医生，是组织上培养的年轻干部，常年在外地工作。春天里，父亲回家休假，情绪低落，对母亲说，如果他在工作中犯了错误，他会努力改正，家里人要坚决相信党和组织。话说得很虚空，留下一团阴云。父亲是完美的人，怎么会犯错误呢？

不久的一天，在毛嘴街上，我亲眼看见"犯了错误"的父亲戴着一顶一米多高的宝塔型的白色尖帽子——和另外八个"尖帽子"一起，被人牵着游街批斗。我要冲过去，被母亲抓住；我呼喊父亲，母亲捂住我的嘴。游街结束,围观的人散去,我抱着街边的一棵小树放声嚎啕,母亲含泪陪在我身旁……几年后,我去毛嘴念高中,在街上见过那棵树,它是一棵普通的柳树,已经长大,高出了街边的房子。

父亲一度被隔在一间小屋子"写小字"(写检讨)。母亲定期带我去给父亲送食品衣物。可我想着经常见到父亲。小屋的背面连接围墙,有一扇朝向河岸的窗户,窗户下边由木板钉死,顶上开着一尺见方的窗口,窗外有一棵枝杈众多的高树(记不得是柳树还是杨树了)。我隔几天就爬到树上,压着嗓子喊父亲,把牛皮纸包的包子或馍馍扔进小屋;父亲举起胳膊来跟我挥手,同样压着嗓子跟我说话,要我小心别摔着了。后来,我每次都要带去一团米饭,放在枝丫上,等我走后,可以引来麻雀抢食和玩耍,让父亲不太寂寞……

我不知道,当年我是否意识到这突如其来的生活帮我抵挡了心头的死亡之念,事实是,我心里时刻惦着父亲。

同年秋天,生产队来了一个接受锻炼的吴姓男子,生得白、瘦、高,穿白衬衣,看上去比父亲年轻一些,讲普通话。队长跟我母亲商量后,让吴姓男子借住我家拖宅,一日三餐在我家吃饭,跟社员们一起出工。他话不多,讲礼貌,知道我父亲和我们家庭的情况后,对我家大人都格外尊敬。放工回来吃完饭,他一般坐在拖宅门口和竹林里看书,主要看马克思、恩格斯和毛主席的书。

有一次,他问起哥哥的学习情况,让哥哥有问题随时问他。哥哥热爱学习,遇上不识的字和不懂的词就问,他总是张口即答,清楚明白。他跟哥哥讲,看一篇文章,要学会划分层次、概括段落大义和提炼中心思想。母亲是警惕的，在门外偷听了两次，虽然不懂，但没有发觉什么反动观点，便由得哥哥向他请教。他还教哥哥写作文，讲过"凤头、猪肚、豹尾"的意思。他说，语文好，今后可以教书、做记者、当作家；又说，有一本书叫《浮士德》，能读懂《浮士德》就是博士了……我很少看见哥哥那样兴奋地瞪大眼睛听人讲话。

他的到来和他本人像一个谜，我一直不明白他为什么要接受锻炼，又觉得他其实心不在焉。有一次，他提到我父亲，嘴上哑巴一下，欲言又止。他显得胆小怕事。我虽然不会像哥哥那样以为他很了不起，但莫名地同情他，有时提醒哥哥让他歇着。

后来，他明显有些消沉。哥哥问：吴老师是不是想家？他说：我的家在河南，但我在武汉工作。哥哥建议：您给家里人写信呀。他淡淡地笑。一天早晨，哥哥出门上学，他追到台坡上，把一封信交给哥哥，让哥哥放学后去珠玑街上投进邮箱，哥哥自然乐意效劳。不料，哥哥还没走出湾子，队长从身后抓住哥哥，让哥哥把吴老师的信拿出来给他看看，哥哥说看别人的私信是不应该的，挣脱队长跑掉。这事让母亲挨了队长的一顿教训。

次年夏天，吴老师结束生产队的锻炼回武汉，哥哥和我送他出湾子，上汉宜公路，去珠玑小街搭长途汽车。走过湾子的地界，他让我们转去，不然他还得送我们回家。我们只好停下。他一边走，一边回头向我们挥手，越来越小，忽然就被路边的梧桐树遮掉了……那一刻，我感到他是一个孤单的忧伤。

差不多在哥哥与吴老师打得火热时，我们更小的孩子有了"巴扎嘿"。

"巴扎嘿"漂亮、洋气，穿花裙子，能歌善舞。她唱《北京的金山上》，有一句"哎，巴扎嘿"，不是唱，是念，伴着一个蹬腿跷脚的动作，特别带劲。大人小孩都不叫她的名字，叫她"巴扎嘿"。老师派她教我们唱歌跳舞，她大方面对全班同学，认真又严肃，像一个小先生。谁都喜欢"巴扎嘿"。但我的心里杂乱，对歌舞没有兴趣，排练时站在最后一排，嘴不动，身子也不动，故意斜着目光不看她。也不知她看没看见我，反正她没有对我进行批评。

她是随她母亲从北京回来的，住在湾子里的亲戚家，临时插班上学，与我同班。我母亲似乎知道她们家的一些事情。她母亲与我父亲是小时候的同窗，此次回来，先上我家看望我母亲，听我母亲讲了我父亲的情况，再去我父亲的单位，结果没见着人。我母亲让我们兄弟把她母亲叫阿姨。她自然也听说过我家。

除了唱歌跳舞，"巴扎嘿"也跟我们一起玩；因为她，每个孩子都变得积极。一天放学之后，湾子里的七八个小学生去公路边捡"传单"：一辆喊口号的卡车驶过，"传单"漫空飞舞，公路边一派混乱的扑抢。"巴扎嘿"运气好，厚厚一沓"传单"不左不右落在她的面前。可是，她刚捡起"传单"，所有小家伙都向她冲过来，领头的正是她亲戚家的孩子黑牛；她转头看见了站在远处的我，朝我奔跑，我还愣着，她将"传单"塞到我胸前……我接过"传单"，喜悦突如其来，又不知道怎么回应她，使劲把"传单"撒向空中，然后看着又一轮扑抢嘿嘿地笑——我看见她也笑了，无比开心的样子。

黑牛很生气，从此不带"巴扎嘿"玩。我跟"巴扎嘿"说：没关系，有我。我们一起上学下学，从冬天走到春天。

五月，想起湾子西南林丛里的几棵桑椹树，桑椹的果穗应该已经熟得乌紫油润。中午，放学回家吃过饭，我和"巴扎嘿"去采摘桑椹果。桑椹树不高，果穗压低了枝条。几只阳雀子看见我们，跳到旁边的树梢，喳喳地欢迎。我们一边采摘桑椹一边吃。"巴扎嘿"说：桑椹不酸，比葡萄好吃。我说：我没吃过葡萄。"巴扎嘿"说：以后你去北京我买给你吃呀。我不说话，有点希望她不要回北京。

可是我们下午去学校迟到了。

教室里很安静，老师和全班同学一起转头朝我们看过来，我们停在教室门口。老师问：你们的嘴巴怎么回事？我们互看对方，这才发现彼此的嘴唇是乌紫的，但我们低下头绝不交代；忘了是怎么回到座位的。下课后，黑牛在教室里大声说：有的人肯定亲过嘴。所有人都笑，即刻就喊：亲嘴……亲嘴。我看见"巴扎嘿"快要哭的脸色，跳到讲台上暴吼：谁再喊一声，我哥哥明天割掉他的舌头！教室里顿时安静，但"巴扎嘿"还是呜呜地哭了。

"巴扎嘿"哭过，也不在乎，照样跟我玩。河堤内的高滩上有一排木子树。木子树的树干不高，有凸起的疙瘩便于攀爬；树冠的枝叶繁密，形成一个巨大的圆球。我和"巴扎嘿"来到河滩，看中了一棵木子树，爬上去，选择两根平枝，相对坐下，身体周围都有斜出的枝杈护拦。"巴扎嘿"说这是我们的"绿巢"。

我们在绿巢里吃馍、吃桃、吃烧红薯。"巴扎嘿"讲北京，讲火车，讲飞机。她让我讲，我讲三岁前差点在水沟里淹死的故事。

她听了，说幸亏你没淹死，我不明白她的意思，她说你要是淹死了我们就没有绿巢。我忽然问：喜欢不是亲额头和脸吗？为什么他们说我们亲嘴？她便笑：亲嘴比亲额头和脸更亲呀。我说：那我们亲嘴吧？她连忙摇头：不行，大人才亲嘴咧。树顶上有两只鸽子在咕咕低语，我不再说话，仰起头，微闭眼睛，透过枝叶，看阳光在鸽子白色的翅膀上闪烁……树下的河水咕隆了一声。

因为绿巢，这个秋天的落叶便是真正的金黄。

有一天，"巴扎嘿"跟着我去看我父亲。她爬到小屋子外面的那棵树上，向着窗口喊刘伯伯，说她是谁的女儿；我父亲向她挥手，托她向她母亲和父亲问好……她说，我还会来看您的。

可是，第二年春天，吴老师走后没多久，"巴扎嘿"也要随母亲回北京。她们走的那天，很多人送行。黑牛没去，我去了。他们走出湾子，上汉宜公路，去珠玑小街搭长途汽车。分手后，她们一边走一边回头挥手——我知道，"巴扎嘿"看着我。她们越走越小，忽然间就被路边的梧桐树遮掉了……

隐退的死亡复又浮上心头。

死亡是无影的表情。蛙鸣消歇，知了的嘶吼也消歇了。满眼落叶飘扬，金黄的影子跳着消亡的舞蹈。又一架黑棺材在金黄的流淌中走向湾子外的荒野。人是要死的，一切生命都是要死的，只有无边金黄的流淌才配得上这悲怆。我去河滩上探看那棵木子树，它的落叶是圆形的殷红，像一颗颗心，把心撒了一地。

我坐在堤坡上，深望这空虚的世界。黄狗乌子看着我，因我的茫然而茫然。时间是死的冗长。希望有一声巨响，或者被一颗石子击中眉骨……死亡吞噬活着欢欣，偏偏需要活着的印证与反抗。

春天又来，绿色又来，我迫不及待地爬上那棵木子树。绿巢的气息依旧，我独自在上年的位置坐下，仰靠那些熟悉的枝杈。头顶没有鸽子的动静，阳光照进无声的巢窝。河水静流，堤岸上传来行人的脚步。我睡着了。全都是美梦。醒来，眼角黏糊。我明白"巴扎嘿"永远消逝了……一段时光已在无边的死亡中夭殇。

天黑下来，我不想下树回家。叫唤我名字的声音从湾子里传来，是母亲的呼喊；我听见了，也不下去。一会儿，许多大人提着马灯、打着手电筒离开湾子，来到河堤和河边寻找；在散乱移动的光亮中，我听见祖母的嚎哭，她一边哭一边喊我回家……我忍不住呃呃地抽泣，很想起身下树，仍是咬牙未动。我知道这反抗对于死亡无效，但如果我不对死亡做出反抗我将死去。

是黄狗乌子找到了我，是哥哥把我从木子树上接回了家。

堂屋的方桌中央燃着一盏油灯。祖母抱着我，哥哥和弟弟妹妹围在我身边，祖父站在房门口抽烟。母亲去父亲工作的外地找我，还没有回来。湾子里的几个大人轮番对我进行批评：你这孩子，有什么事这么想不开的？闹这么一出，是想急死你爷爷奶奶、急死你妈妈、急死你爸爸——你爸爸妈妈还不晓得你回来了！你还不如你家乌子，乌子晓得回家，晓得把你找回来……祖父拨开众人，牵我去房间，什么也不说，剥开一颗糖果，放进我嘴里。

但我的问题并没有解决。我再度不跟人说话。

而后饥荒来临——饥荒阻击了我心中的死亡。

这年，因为上年遭遇旱涝灾害，生产队的庄稼歉收，年底上交"公粮"后，各家的"口粮"只够吃小半年。本来，我家有祖父和父亲拿国家工资，如果年景正常，桌上有荤，兜里有零食，在乡下是过好日子的人家；可是，遇上荒年，单靠母亲一人在生产队挣工分，家里分得的粮食按人头平均比谁家都少，成了最惨的家庭；祖父和父亲每月节省粮票给家里买米，不够一家人吃三天饱饭。

母亲除了劳动，能做的就是节食：自己少吃一点，让我们兄弟妹妹多吃一口。她端着半碗稀粥，边吃边等，到最后，用开水把我们碗里落下的米粒和菜碗里的残汁冲到一个碗里，咕咚几下喝掉。母亲个子大，刚生了五弟，看着瘦得只剩一副骨架。我们争着把碗里的粥分给母亲，母亲很生气，不要我们向她表孝心。可母亲晕倒了。她扛着锄头出门，倒在台坡口。我们兄弟妹妹四个大叫妈妈妈妈，呼啦地冲上去，哥哥试了试母亲的鼻孔，把母亲托成坐姿，让我扶稳，我赶紧跪下身子，用肩扛住母亲；三弟和四妹在身后推着我的肩，哭喊妈妈不死。哥哥回到屋里，往一只空空的糖罐子冲了半罐水，拿来给母亲喝，母亲一口气喝完，索性靠在我肩上闭眼小憩；一会儿，母亲醒来，竟笑了笑：歇一下真舒服。就抓了锄头把起身，下台坡，朝田野走去。

饥饿须臾不停地攻击，向我们步步紧逼。

我们的肚子咕咕叫，一个劲地想吃。不必吃肉吃鱼吃鸡蛋，有白米饭就好。每个人都可以吃一座山。从学校回来，我们满眼绿光。最要紧的是歇着或躺着，留点儿力气给心跳。

湾子里的人开始向大自然打食。女人们提着篮子，从房前屋后到田头地角，再到荒坡野林，由近及远，拔走荠菜、荫菜、茼蒿、鱼腥草、马齿苋、败酱草，采摘杨树新芽、香椿嫩苞、槐树花叶，几乎把绿色扫荡一空；男人们分别手持叉子、网子、木棍、铁锹、火铳等工具，捕鱼、捉鸟、打蛇、逮黄鼠狼、抓野猫子、杀狗獾子，凡是能动的活物，见者必诛……大自然不能给人充足的粮食，饥饿疯狂讨伐大自然，整个湾子忽然间白茫茫真干净。

我终于没能逃避饥饿的中伤。

有一天，黑牛带我们三个同学去珠玑，说好给每人买一个水煎包吃。经过公社小院时，我们看见一个窗台上有一只灰猫，身子在窗齿外，嘴上咬着一只卤鸡，那卤鸡油光水亮，隔在窗齿里面，怎么也拖不出来。我们冲过去，赶走灰猫，黑牛拿住卤鸡腿，用力一拽，卤鸡被我们占有了。我们不用去买水煎包，掉头往北边的通顺河奔跑，决定一边"打鼓泅"（游泳）一边吃卤鸡。到了河边，全体脱光衣服下到河里，围在一起分卤鸡。黑牛在"巴扎嘿"走后跟我关系最好，扯下一只鸡腿给我，又说腿上的肉太多了，拔去一块。我退到旁边啃鸡腿，觉得卤鸡是世上最好的味道。突然，我听到一声"咪吆"，掉头看，是那只灰猫追来了，正站在岸边看着我们，它还是一只未成年的猫，中等个子，样子很悲伤。它看见我看它，又"咪吆"一声，极纤细绵长的声调，是在乞求。我赶紧朝鸡腿狠狠地啃一口，把鸡腿扔到岸上，它衔住鸡腿，居然抬头顿了顿，向我致意，然后转身往河滩的树林里去……它伤着了我，这一幕就这样永远铭刻在心头。

不知从何时起，逃离的欲念在心里蠢蠢萌动。也不明白逃离什么，逃向哪里。

冬天来了。年年冬天都下雪。可是，这一年，在一个极其平常的早晨，我忽然间发现了雪。

是，的确是忽然间。分明又像是得了感应，这天早晨是我第一个打开堂屋大门的。门外满眼雪白，万物不知去向，没有饥饿的人影。雪正下着，纷沓飘落的雪亦是不可遏制地流淌，浑然密织天地——那样的热烈正如我的心情。怎么可能呢？我由衷地感念：雪原本不属于我的，雪是它自身，是大自然的事物——但所幸大自然有雪，有下雪的景象，让我在人世间的呼吸有了一道出口。我冲到禾场上，仰面伸开双臂，迎拥漫天飞雪，眼泪哗哗地奔泻……几十年后，在武汉住宅的院子，我的次子望着一场大雪惊叹：好美啊！随之热泪盈眶。那时他三岁，那时的很久很久之前我九岁。我知道我们父子二人的眼泪不同，却一直咂摸这不同中的相同。

次日雪霁。朗空下大地尽白，树和房子成了雪中的猜想。

我不想去学校，因为教室里不会有雪。我站在禾场边沿眺望，白皑皑的平原没有尽头，没有过往的事物。旷野在召唤。湾子里有人走动，有人在自家门口扫雪。现实的生计急于从白雪中走出来。而我不知道旷野的召唤意味着什么。

中午喝过粥，我从食柜里取出一个乒乓球拍子大的炕馍，掰下一半，装进口袋，把另一半放回原位，转头对祖母说：我和乌子去抓野兔。就吹一声口哨，带着黄狗乌子出门了。

冬季的平原格外空旷，田野里低矮的麦苗和蚕豆苗隐没在积雪之下，沟坎已被抹平，路径是任意的。湾子北边有通顺河，不知河面是否结了厚冰。我和乌子向南进发。穿过汉宜公路，进入广阔地带。乌子依据我行走的方向冲到前面去，不时慢下来侦查。它晓得我们出来要干什么，我和它是见过兔子的，而且兔子在雪地上跑不快。不过猎物也不光是兔子。忽然，乌子箭一般射出，前方扑哧一声，蹿起两只褐色小鸟，空中沙沙地飘落雪末。

继续侦查前行。雪光晃眼，雪地如幻。有一种白雪遮盖了世上所有气息之后的气息，很清晰，很清爽，又或许根本就没有了任何气息。但怎么就令人舒服呢？我和乌子吐出的白气即刻就消散，我们不断地吐出白气。一点儿也不冷，因为不知道冷。湾子远去，只剩一片略微凸起的白影。我们已进入旷野深处。乌子回到我面前，挂着红舌头看我，像是对自己狩猎无果有点儿不好意思。我说：没关系，抓不到兔子也开心——你不开心呀？

湾子的反方向出现了七八棵笔挺的树，是林立在一座高台上的白杨。白杨本来灰白，加上稀疏的枝杈裹着雪，看上去是白树。那高台不曾去过，名叫白杨台。好吧，去看看白杨台的白杨。快到了，大约还有两百米，乌子放慢脚步，在雪地来回嗅着。我且停下来等它。忽然，我看见一个灰色的小家伙，蹲在十米外的低凹处，一对发亮的黄眼珠骨碌地看我——正是一只兔子。我还没有来得及反应，乌子从我身后扑来，兔子转身跳飞而逃，直奔白杨台。

白杨台那边，乌子失去了目标，嗯嗯唧唧地绕台寻觅。我随后赶到，帮助侦查。在高台的一面陡壁前，乌子停下，举头观望，嗯嗯地对我说：兔子就在附近。我站在乌子身边，顺着雪地的爪痕查找，发现高过头顶的陡壁上有一个碗口大的洞口，在黑幽幽的洞里，果然又见那对发亮的黄眼珠，依旧骨碌着。可是，我突然明白了，即刻离开此地，一边招呼乌子随我而去。走出百米，乌子不甘心，仍是掉头跑回白杨台。我看见它绕台转了一圈，从缓坡走到台上，在白杨之间穿行。我不能回去，必须带走乌子，便大声喊：乌子——走啦！乌子朝白杨林吠了几声，很不情愿地回来。

我便逗乌子玩耍：掷一团雪砸中它，它追扑我，雪花在我们之间唰唰飞溅；我故意扑通倒在雪地，它过来围着我转圈，嗯嗯地叫唤。我起身与乌子前行。遇到一条小水沟，我在沟岸坐下，从口袋里掏出半个炕馍，一坨一坨地掰给乌子吃。乌子吃了一半，走开，剩下的留给我；我想起那只被我有意放生的兔子，喊回乌子，命令它把炕馍吃完。接着，我下到水边，踏破冰凌，捧水给乌子喝，不料，脚一滑，一条腿落入水中，乌子赶紧咬住我的棉袖，我已经不是三岁时候的我，轻松地从水中抽起腿子。水冷得刺骨，我咯咯直笑。乌子过来，舔我棉裤和鞋子上的水。

天色暗下来，应该回家了。

我选择避开来时的路线往回走，因为白杨台洞口的那对发亮的黄眼珠一直在我眼前晃动。我带着乌子向东边划了一道长长的弧线。夜幕降临，旷野陡然黑暗。乌子走在我身边，我们听着脚下踩雪的嚓嚓声。一会儿，雪地渐然生光，眼前幽幽地明亮起来。幽明中，雪地静穆，旷野无限，雪夜仿如大自然的一份收藏。公路上传来祖父呼喊的声音，我还没有收拾心情，让乌子去报信，乌子汪汪地叫着，向祖父那边奔跑……

雪去了，现实重现。

人的一生，包括童年，最好的雪只有一场。

现实是老面孔，我常常躲着它。想起白、瘦、高的吴老师，想起能歌善舞的"巴扎嘿"……他们已先后离去，消失在汉宜公路东头的方向。也会想起行医的祖父和父亲：祖父从前从汉宜公路东头回到老家，现在每天出门往公路东头走，走不出两里外的珠玑；父亲向来听从组织，几年往东，几年往西。总之，他们和他们都去了外面。

汉宜公路是通向外面的必经之道。往东，我去过珠玑和仙桃；往西，我去过毛嘴。因为祖父和父亲在那里工作。珠玑比兜斗湾大，有打铁铺；毛嘴比珠玑大，有供销社；仙桃比毛嘴大，有工人俱乐部。那里的人吃得好，穿得好，很了不起。我已经知道，汉宜公路的东端是武汉、西端是宜昌，由武汉和宜昌可以去往四面八方。

早先，汉宜公路是粗石头土路，路的两旁种杨树；后来路面铺上细匀的石子，杨树换成了法国梧桐。大人们习惯简称梧桐，我坚持带上"法国"。法国是更远的外面。喜欢公路上有法国梧桐。祖父和父亲外出和回家都走公路。我家离公路最近，仅百米之距，我心里一直下意识地把它看作自家的路和自己的路。

我常去公路上流连，看拖拉机和汽车。它们奔向外面，速度快极了。汽油的气味比柴油好闻；轰鸣与喇叭代表工业；尘灰漫卷是速度的象征；哪个车屁股的黑烟更浓说明哪个车的油门更大……尽管有关死亡的念头不时沉渣泛起，但公路上的车辆随时把我带向远方。许多年后，我读西西弗斯的故事，老是想起这公路上的流连。

有一次，一辆卡车的车厢里弹出一个方正的包袱，落在公路中央，我把它拖到路边，打开看，是一床棉被。我一直在路边守着这包袱，等待卡车转来。天已黑，还没有卡车停在我面前，我把包袱扛到生产队队屋，交给仓库保管。当夜，这床棉被成了仓库保管守夜的床上用品。令人生气的是，湾子里有个嗡鼻子说：如果包袱里是肉包子，这小子肯定不会交公。母亲指着嗡鼻子的鼻子，跟他吵了一架。

生产队有男女四个知青。一个漂亮的张姓知青姐姐看出了我的向往，跟我母亲打过招呼，带我去汉宜公路拦车，顺利爬上一辆卡车的车厢。傍晚，我看到了武汉的街道、路灯、车辆和行人。张姐姐领我回她的家，吃武昌鱼、喝排骨汤，睡两层床的上边。次日，牵着我去乘公车。公车上有一种至少混合了汽油味、食用油味和香皂味的气息，透着城市的味道。我站在公车的气味中张望，公车在楼房毗连的街面穿行。我们在长江大桥的桥头下车，向着大桥步行。张姐姐指引我看长江，看汉江，看见黄鹤楼，看武汉三镇的远景……一切都是真实而具体的，却一时难以跟梦境亲和。两天后，我带着武汉的气味回到乡下。从此，只要提到和想及武汉，我的鼻尖就飘绕它的气味。

我在汉宜公路的一棵法国梧桐上刻下一行字：

"武汉的大桥上——巴扎嘿！"

但是，隔壁湾子的光头男知青是一个王八蛋：他设计用麻绳套住我家黄狗乌子的脖子，活活将它勒死，准备在知青点扒皮下锅。

母亲得到情报，提着菜刀火速赶去，可那光头朝母亲孩子似的笑，母亲只好放下刀，给他讲乌子的故事，直到他呜呜地哭泣。母亲把乌子背回来，在屋山头挖坑掩埋了乌子。当晚，我和哥哥商量，组织一群小将，把那个王八蛋痛打一顿，但被母亲弹压在萌芽中。我怀念乌子，去它的坟头栽下一截鲜活的杨树枝。

次年，杨树枝发青时，那个光头王八蛋居然来到了我家。他把一张武汉地图交给我母亲，说他已被招工，马上就要回城，希望哥哥和我长大后，去武汉找他，他会把我们当兄弟。母亲把这张武汉地图给哥哥看，我夺过来，将它撕成碎片……母亲和哥哥的目光随着碎片落到地上，我看着母亲和哥哥，看着时光之外。

半个世纪过去，我几乎遗忘了光头知青。

现在，我是平淡地坐在武汉的寓所回忆与怀想。

我想说的是童年的悲怆：在树下，关于死亡，以及那些茫然欢悦而凄苦的岁月。据说罗素四岁就思考死亡，所有人迟早都会想到死亡问题；但我实在不知道他人是怎么消化悲怆的。当年，我揣着死亡的忧念，看所有人不知死活的欢忧，殊不知，他人也许看见我在所有人之中荒腔走板地折腾。死亡是人类永恒的隐秘，不与人道；死亡不关时代，是大自然的定律。但到底还是跟时代有着牵连，在借助突如其来的生活拯救悲怆时，生活中那些动人的美好又加重了悲怆——让悲怆也变得不舍。人生永是麻烦与迷恋。

我一直在反抗死亡的悲怆。我的所有情感、思绪和努力，都可以在童年找到答案……

两棵树的西瓜

　　这几年，南云每年开车来武汉给我送西瓜。

　　西瓜是大路货，不贵，好买，南云给我送西瓜他乐意，我也乐意。

　　南云一直生活在家乡毛嘴镇一带，毛嘴也是我的老家。从毛嘴到武汉，开车走高速路一个小时进城，进了城到我办公的地方再用一小时。我跟南云在毛嘴一同上过两年高中。南云读书不行，没有考出来。我离开毛嘴后，跟南云几十年没有联系。偶尔听人说，南云后来在毛嘴和仙桃混得不错，贩服装、开餐馆、当建筑工头、做粮油贸易，样样抢先，发了财，开宝马车，住大房子。这些我都相信：南云虽然读书不行，可脑子里的点子并不少。

　　不过，南云给我送西瓜跟他发了财没关系，跟他和我同上高中也没关系，只跟西瓜有关。前年夏天，一个西瓜肚皮的中年男子抱着两个大西瓜走进我办公室，笑嘻嘻地招呼：老刘，两棵树的西瓜。这话像接头暗号，我一听便认出他是南云。从前，念高中的时候，我跟南云偷过一次两棵树的西瓜。

我们上高中那会儿还没有恢复考试，高中按指标招生，半考半推荐。毛嘴中学招生面向全毛嘴区（当时的行政称呼）的初中生，我和南云来自区内不同的地方。进校第一天，我俩就相互注意到对方，因为俩人都穿斑马纹的海军衫。当年，穿这样的海军衫不是一般乡下孩子可以实现的梦想。很快，我俩了解了彼此：他家住毛嘴街上，属于商品粮户口；我虽然来自八里外的纯粹农村，但祖父和父亲曾是城镇的名医，特别是我父亲，1967 年被人戴上高帽子押到毛嘴游街，南云还见过游街的场面，他甚至晓得我父亲的名字。总之，我俩家里的经济条件较好，身上比别的同学多了点新鲜。而且，我和南云的年龄特别小，那时从小学到高中是九年制，我上高中时 13 岁不到，他 14 岁，在这样的年纪第一次离家住读，心里不免怯怯的，所以俩人像狗儿猫儿一样靠近，黏在一起便成了朋友。成为朋友后，常常会商量干一些事情，最大的一件事就是偷两棵树的西瓜。

"两棵树"是一个地方，跟而今的"三棵树"涂料品牌风马牛不相及，跟北京市坐公交可以到达的三棵树一样属于地名，只是从未见诸文字，只在毛嘴一带口头使用。两棵树自然也是因为有两棵树而得名的，那两棵树生长在毛嘴中学西北方向不远的地方：校园西边有个开放的门，出门是一条向北的斜道，去毛嘴街上很近，不及一里的路程；斜道右首，半道处，离道路 10 多米有一片土台，半个羽毛球场的大小，土台上长两棵白杨树，相距六七米，其间搭一个草棚，住着一人，看守斜道右首边不下 30 亩的三角形西瓜地——这片西瓜地就叫两棵树。

西瓜地是公家的。公家派驻草棚看守西瓜的人是一个跛子，姓南，叫南狗（抑或是苟），年近半百，从斜道上走过的人喊他南狗伯。我问南云：你们街上姓南的蛮多吗？南云说，可能吧。南狗伯在毛嘴人中出奇地高大，那条好腿站直了，不下一米八；肤色均匀地黑——看守西瓜在夏季，他只穿一件直筒长裤——露出的上身和脸像抹过桐油的；他的眼珠又大又凸，嗓门如炮，跟人说话时挥动一根枣木拐杖，很有杀气。事实上，他的腰间扎着一根军绿色尚未褪尽的裤带，可以证明他是老军人；据说他跟日本鬼子拼过刺刀，那条跛腿就是打仗落下的后遗。按理，他这样的资历不该是看守西瓜的，但由他看守西瓜确有震慑。对此，南云似乎晓得的也不多，许多信息是从高年级同学那里流传来的。

说到看守西瓜，南狗伯显然颇有打防御战的军事素养：三角形西瓜地一面临着没有阻拦的斜道，一面是毛嘴中学的院墙，另一面是水渠；斜道这边，行人跨过两尺宽的窄沟就能进入西瓜地，他把注意力主要集中在斜道上——而且很狡猾，在西瓜藤下牵扯了细细的尼龙绳，一直拉到草棚里，接着一个小铃铛，有人绊上尼龙绳，铃铛立刻报警；院墙这边，中段的墙体穿了一个洞，如果盗贼再抽几块砖，轻易就爬进了西瓜地，他提来水泥浆和青砖把洞口封实；水渠岸坡与院墙结合的地方可以过人，他扎起一道延伸到水中的竹篱笆。此外，他的咳嗽无比响亮，只要一咳，西瓜地最远的地方也能听到，他便经常咳嗽。到了夜晚，还有一只特长的手电筒，光柱超强，那光柱突然快速扫射，有时会越过院墙，让躺在高低床上的我们看见白光一晃。

本来，作为学生，同学们偷不偷西瓜都无所谓的，但南狗伯这么渲染看守气氛，倒被激发了挑战的念头。一个坏家伙分析：南狗伯只有一条好腿，即使发现了偷瓜，也追不上，今天我就试给你们看。正要去试，有人报告一桩亲眼所见的事实：一条黄狗蹿进西瓜地，南狗伯去赶，他的一条半腿跟黄狗的四条腿跑得不相上下，后来，南狗伯像投标枪一样投出枣木拐杖，又准又狠地击中了黄狗的屁股——南狗伯驱赶黄狗分明是给路人看的。坏家伙不信邪，偏要试。当天黄昏，坏家伙出西门，见南狗伯在远处的草棚里人影晃动，三两步跨进西瓜地，正伸手摸西瓜，只听一声巨咳，南狗伯到了近前，坏家伙担心枣木拐杖打到屁股上，干脆脱了裤子蹲下，举起一只手说：拉稀。南狗伯挂着拐杖立在路上，回他：不急，慢慢拉。

如是，同学们对南狗伯的看守彻底服气了。之后心里痒痒，也只能在路过草棚时对南狗伯进行"骚扰"。说：南狗伯，天这么热，咋不捶个西瓜吃？南狗伯一嗤。又说：西瓜是给人吃的，卖一个我们吃行吗？南狗伯嗤道：你们吃了，拿什么去县里换化肥农药？还吃不吃粮食？有人想到"调虎离山"，干脆明目张胆地调戏：南狗伯，街上放电影，打仗的，去看不？打仗是南狗伯喜欢的，不会嗤之以鼻，但头一甩：看什么看，总不是我们赢。

新的斗争方式还在酝酿，毛嘴中学流行起一条歇后语：南狗伯看电影——总是我们赢。

不日，南狗伯意识到树欲静而风不止，针对"敌情"，马上采取新措施：请人写了安民告示牌，在西瓜地的三面各挂一块。明确告知：西瓜重地，埋有地雷，进入被炸，后果自负。院墙这边的牌子高出院墙，摆明了是针对学生的。

这时，我和南云几乎就要放弃偷瓜：不是不敢挑战，是被南狗伯的孜孜不倦感动了。

不料，新情况突发，我和南云必须偷一个西瓜！

因为，我和南云最喜欢的语文老师赵老师病倒了，赵老师的妻子给我们钱，让我们去街上看看能否买到西瓜，我们像鬼子扫雷一样扫遍毛嘴街，不见西瓜的影子。其实也不用扫街，那时凡是高级一点的生活品都没了，毛嘴街上没有现在这样的超市和水果店，仅剩两处地摊市场，只卖辣椒大蒜黄瓜白菜之类的餐食必需品。我们向人打听两棵树的西瓜都去了哪儿，说法跟南狗伯的意思一致：多数拖到县城去卖好价钱，少量给人"送福利"换"批条"，总之是为了多买农药化肥。我们问：难道毛嘴人不吃西瓜了？回答：有呀，等到九月底清扫瓜地，会拖来几板车瘪头西歪的。

所以我们必须偷。

做出决定后，遇到的首要问题是南狗伯埋在西瓜地里的地雷，我俩既怕死也怕残。不过，我对地雷问题有自己的看法，主动去跟政治老师说：偷瓜是人民内部矛盾，南狗老头怎么能用对付日本鬼子的手法对付人民群众呢？这是很危险的！政治老师基本同意我的观点，指出南狗伯的做法是错误的，虽然挂了告示牌，一旦有同学去偷瓜被炸死或炸残，他也是间接故意犯罪。我说：他可能是虚张声势吧？政治老师说：就怕他真的是法盲。我说：那您有义务去教育他一下。政治老师点了头：可以。但政治老师去到两棵树的西瓜地，遭到了南狗伯的大炮轰击：你不要管，我就是法盲！南云知道这事后，劝我不急，他马上去找毛嘴区武装部的一个叔叔做南狗伯的思想工作。他去了回来，消息跟我预想的一样：那个叔叔告诉他，南狗伯确实没在西瓜地里埋地雷，挂出告示是吓唬人的。

没有了地雷问题，接下来是偷的方案。南云提议声东击西：天黑之后，由我猫在水渠与院墙交会的竹篱笆那里弄出响动，把南狗伯引过去，他直入敌巢，在草棚附近偷瓜。这个方案符合游击队的一贯战术，我表示赞成。当晚八点左右，我与南云分头行动。

果然大捷：大约半小时后，南云抱着一个篮球大的西瓜，来到学校操场边的柳树下与我会合，我们一起去赵老师家……

经历了这次偷瓜战斗，我和南云的关系一度铁得要命，我们甚至约定，高中毕业后到对方家里去玩。可是，我和他都没有料到，一件跟偷瓜有关的事使我俩成了互不相看的陌路人。后来我常想：要是没有那个寒假的那幕，我们的友谊或许就会地久天长。

那是高二的寒假，我住在毛嘴医院的职工宿舍，那是医院留给父亲的一间房。父亲先从县医院下放到毛嘴医院当小领导，接着下放到毛嘴下面的深江卫生所当医生，但因为他人好医术好，医院的人尊重他，没收走他的住房。他有时也被请回来会诊。那天，我去门诊部找父亲拿宿舍钥匙，看见父亲正带着两名年轻医生给一个老太太诊病，那老太太身后站着的竟是南狗伯和南云——我看出他们是祖孙三代人，心里一震，转身冲出诊室。随之，我听到南云追来的脚步，猛地掉头，指着他喝道：你以后再也不要跟我说话！

那时，我是一个少年——少年的心只接受干净。

高中最后一个学期，我没有理睬南云，南云也做到了不跟我说话。他曾给我一封信，我不看，当着同学们的面扔在他的桌上……

往后，40多年的光阴，他是他我是我，各走各道，而且马不停蹄，少年的旧事渐小渐淡。

我也常去毛嘴，特别是上辈人安葬在老家后，每年清明都去扫墓。到了毛嘴，我自然会想起南云，可不知何故，时光装了屈光镜，让我越来越看清那桩往事，觉得南云当年憨直、天真、狡黠、求好的表现是值得怜惜的。偶尔有人谈起南云，我都用心听，甚至会打探更多的消息。我想，人性同理，南云对我的决裂大约也是如此吧。所以，前年南云见我时的那声招呼，一下子让两个老男人回到了偷瓜的岁月。

但是，相逢的热闹过后，南云说：他不是来向我道歉的，是来给我一个向他道歉的机会。为什么呢？

当年，他向我隐瞒南狗伯是他父亲，不是因为南狗伯是一个不体面的看守西瓜的跛子，论革命资历，南狗伯比我父亲老，比区革委会主任老，毛嘴区大概没有人能跟他比，他是1942年参加抗日游击队的老革命。但南狗伯铁面无私，对公家的东西是个一毛不拔的铁公鸡。他上毛嘴中学前，南狗伯对他有交代：别吹老子是你老子，省得老子不好开展工作。南云冲我一笑：再说，当时你跟我是好朋友，我爸连个西瓜都不给你吃，岂不是更不好对你解释？

我问：南狗伯的资历这么老，当个县官都有余，干吗守西瓜？

南云说：这就是你要道歉的原因——老头子比我们年轻时更纯洁。

接着，他告诉我，南狗伯是抗日英雄，解放初政府安排他在县里当干部，他不识字，觉得耽误国家的事，坚决要求回到毛嘴老家，后来他的工作关系落到了粮所；但他闲不住，建议附近生产队在两棵树的地方种西瓜，由他来看守，他是老革命，别人当然听他的。我们上高中时，他已经看守西瓜地16年了。他看守西瓜不需要工分，也不领报酬，每年只拿走两个由他亲自挑选的最大最圆的西瓜。

两个西瓜，一个给他母亲——南云的奶奶，一个给荣二宝——老地主家的二儿子。因为，他母亲需要吃西瓜，荣二宝喜欢吃西瓜。解放前，南狗伯11岁起在荣二宝家做杂工，跟小他半岁的荣二宝合得来，是好朋友。荣二宝厚道、聪明、长得清爽、很会念书，是荣家的宠儿。有一次，荣二宝吃了西瓜，喜欢上西瓜，荣家就把一块荒芜的沙土地开垦了种西瓜。西瓜地里的那两棵白杨树是荣二宝和南狗伯共同栽下的。荣二宝说，白杨跟别的树不同，长得高身子直。本来可以栽一棵或许多棵的，荣二宝只栽两棵：一棵姓荣，一棵姓南。第一年西瓜成熟时，荣二宝一连几天未见到南狗伯，去找，得知南狗伯在家照顾母亲，其母头晕，病倒在床，乡下郎中说是缺血。当天夜里，荣二宝避着家人抱来一个大西瓜，说西瓜瓤子是红的，肯定补血。南狗伯的母亲吃了西瓜，真的头不晕了。以后，每年西瓜成熟，荣二宝都会偷一个大西瓜，送给南狗伯拿回家。有一年，南狗伯的母亲吃了西瓜不顶用，还是头晕，荣二宝赶紧又偷一个送来……

1942年西瓜开始成熟，日本鬼子哟唏哟唏地来了，一下子把成熟的西瓜全抢走，田里只剩下一些幼瓜蛋子。南狗伯把事情报告给荣二宝，荣二宝决定在西瓜地里埋地雷，等着鬼子再来抢西瓜。他懂点化学，偷偷造好地雷。一个月夜，南狗伯带荣二宝去西瓜地，荣二宝让南狗伯走开，自己趴在地下装地雷，突然砰的一声，地雷爆炸，炸瞎了他的双眼……荣家老地主扬言要打死南狗伯，南狗伯逃跑，一直跑到共产党游击队那里，只做一件事——杀鬼子。那年他才15岁。

解放后，荣家是地主成分，荣二宝抬不起头。南狗伯晓得了，专门找区领导反映情况，证明荣二宝是抗日积极分子，还每月从自己的工资里抽出一部分接济荣二宝。荣二宝因为眼瞎找不到老婆，南狗伯命令妻子（南云的母亲）把妹妹嫁给荣二宝。现在，南云有个荣表弟，小他3岁，在南京做科学家。我问：是研究炸弹的吗？南云说：我问过他，他笑，不说。我想，他多半是一个守纪律的人。

比往事更远的往事让我沉默了。

南云用一声咳嗽把我唤回来，说还有咧。

那年，南云和南狗伯送奶奶去毛嘴医院看病，我父亲诊断为缺铁性贫血，开了药，然后提醒南狗伯：吃西瓜不能解决贫血问题。虽然南云的奶奶吃了药病情明显好转，但南狗伯坚决不相信吃西瓜没有作用，甚至觉得我父亲是个外行，给的药是撞上了。往后，他继续看守西瓜地，继续每年抱走两个自选的最大最圆的西瓜：一个给南云的奶奶，一个给荣二宝。

改革开放后，毛嘴改为镇，街面发展很快，两棵树的西瓜地被规划为居民区，西瓜种不成了，南狗伯没得西瓜看守，一连几天吃饭没胃口。建筑动工那天，工头竟是南云。南云在现场跑来跑去，大呼小叫，南狗伯站在斜道上，看着两棵白杨树被人放倒，拿手抹了一把眼睛。南云过来打招呼，南狗伯挖苦道：看你这个暴发户的样子！然后回到家，把院子里的花草刨了，亲自翻土种西瓜……虽然南云的奶奶已过世，南狗伯照样每年要挑选两个又大又圆的西瓜。

前年，南狗伯去世了，家里的西瓜由南云接着种。去年，荣二宝去世，他和荣老表把荣二宝葬在南狗伯墓地的旁边。两个墓是提前选定的：没有了两棵树，留下两块墓碑。

今年，南云还没有送西瓜来，他在电话里说：等毛嘴的西瓜熟了，他要替南狗伯搞个西瓜祭典，到时候希望我去参加，祭典结束后，带几个西瓜回来——当地乡俗，祭祀的食物分给后人吃，是对先人的忠诚和景仰，先人也会高兴，并以此保佑后人。

见过百里荒的山楂树

一

应邀加入百里荒采风团时，晓得有百里荒，也晓得张艺谋的那棵山楂树，但不知道他的山楂树生长在百里荒的荒坡上。

不过，坦率讲，新景观向来层出不穷，我已经有那么一点刻意疏离流行的趣味，更愿意腾出时间来体味世间的脉息。

大约八年前，在电影《山楂树之恋》里，我与那棵山楂树见过几面。印象中，电影因它而美好，它因电影而闻名。但电影没有义务照搬百里荒这个地名。另有一首苏联时期的歌，《山楂树之歌》，也很有名；不过，那是别的爱情意思，属于小清新之类。怎么说呢，山楂树在我的印象里，犹如领导会见外宾时的背景墙上的迎客松，没什么更深的意涵，一棵为爱情故事遮过荫的树而已。

然而，我去了山楂树所在的百里荒。

百里荒以荒著称，位于繁华的宜昌市夷陵区的地界，那荒，属于现代都市里的荒，很好的理念；而且，时下交通方便，来去自由，已不是望山跑死马的老情况，那荒，又是轻易可得的。

时值初秋。我在百里荒见到了那棵山楂树。

它依然是八年前的电影里的样子：青绿的冠篷，向着时空殷切伸出手臂，高度与繁密几无变化。或许，它分明就是八年之前的样子，不曾记得荫佑过的故事，向来只管赓续自己的孤独：在一片荒坡上，只身兀立，周遭空无异木。它不语，于孤独中安静地存在：阳光下，就那么素面朝天；若是雾来，任其隐没无影；若有风至，向着世界恬恬微笑。它如此，令人敬重，且生出一份心疼。

我是在同行者和游客混合的人群里看着它，它是在我们议论纷纷的现实里。它的冠篷下的荒坡留有无数脚印，草坪现出泥土，犹如普希金广场上诗人塑像前的那片热地；有一条人工坡道蜿蜒而至，行人络绎不绝，全都急巴巴地张望，期待快些来到它的近前。这便是那个成语的写照：桃李不言，下自成蹊。

可是，它依然是孤独而漠然的。

莫名地，我想到了海德堡圣山上的"哲学小路"，当初那路上只有黑格尔、歌德等人孤单的身影，那寂寞中的思绪涌动不为人知；据说日本京都大学的附近也有一条"哲学小路"，开始是西田教授们的去处；再后来，这两处都有小众的热闹。这是不用说的。我想，同样的小路，同样有行者，在不同的时间，清冷和热闹竟是两样；而我，既然同时想到它们，此中或许是有某种关联。

且说这山楂树吧。在百里荒，不是只有电影里出现过的那一棵山楂树，去荒坡上行走，偶尔也会遇见另外一棵。当地人告诉我：百里荒很大，山楂树不少，奇怪的是，没有成片成林的山楂树，好像每一棵都是突然冒出来的。原来，即便是当地人，也不谙山楂树的品性和生长原因。可是有一点很明确：它们其实一直都孤单，或许也是清冷的。至少，这是它们进入电影之前的事实。

二

我想起了那个静秋。在电影《山楂树之恋》里，她和中学的同学们来到百里荒的山村，在我眼前的这棵山楂树下，听老师介绍这里的英雄故事，准备写成"革命教材"。她是荒凉贫瘠里的清纯，她的清纯太瘦弱，以至于她在行进中落单，一个人落到队长家里，认识了同样清纯的老三，一个落寞的帅小伙。她和老三的一见钟情是不必说的，一言难尽的是那爱情萌生之后发生的美丽。

那美丽是孤单无助的、地下的，只因美丽一点一滴地坚韧发生而更见美丽。彼时，极左肆虐，他们生活在两处，他们不能因为"谈情说爱"影响个人"进步"；他们像地下党一样视而不见地同车同船同路，无法敞亮畅快地表达爱意；她的母亲已被管制得诚惶诚恐，她不可以让母亲再为她担惊受怕，但她一次又一次借故去跟他见面，她一直惊慌失措；他也决不影响她的"政治"，每每只能躲在栅栏外边看看，看她和其他人在一起打排球；他能表达的，是在半路上像雷锋一样帮她推板车，最冒失的行为是送她一只画了山楂树的脸盆；他们是自觉遵守纪律的孩子——两人牵着树枝一起过小溪，用板车遮挡着更换泳衣，同床也不越界……然而，当他得知自己身患绝症时悄然躲开了她，当她得知他将要去世时的消息时不顾一切地奔向了他！

——她奔向他，她便坏事了；她要是不奔向他，她就坏了。

如此，静秋和老三，那爱情真的生动感人，至少可以让饮食男女们在电影院里荡涤一回蒙尘的心灵。

而且，必须指出，这个电影不是虚构，很大程度复制了现实生活中的真实故事，那故事里的女主人公至今还在，与之有关的人士也还在；只是因为电影，才让老三和静秋成为了现代版的梁山伯与祝英台或者罗密欧与朱丽叶。

也便是说，在老三与静秋以及梁山伯与祝英台、罗密欧与朱丽叶成为艺术人物传播之前，故事原本是有发生的，此乃人间生活的"常态"；只不过，照电影给出的情形来看，那爱情的美丽在当时是孤单、寂寞而清冷的兀立，又恰如眼前的这棵山楂树——纵然孤单，却葆有青春的青绿、爱意的蓬勃、品格的坚贞。

那么，是不是应该向美丽的孤单致敬呢？

三

好吧，一言以蔽之，设若没有静秋和老三当年在此地的孤单，便没有此地而今的热闹。

看过山楂树的当晚，百里荒的婚庆广场有一场大型篝火晚会；

但不是婚庆仪式，是一家大型公司组织青年男女员工在此联欢。秋夜幽蓝深远，气温微寒。广场背景是一个巨大而红亮的英文单词——LOVE，广场中央燃着一蓬劈柴篝火，四面霓光绚烂，场内人头攒动；音乐响起了，歌声高亢，全体舞蹈。之后，不时穿插朗诵、小品、游戏、知识问答，全都是关于青春、奋斗、团结、友谊、爱与爱情的主题。我站在场外的一处高地观赏，感到身上沉寂已久的骨骼蠢蠢欲动。多么好啊，年轻！多么好啊，今夜！多么好啊，让我欢喜！

我知道，当青春与激情在广场上欢腾正酣时，那棵山楂树独自兀立在不远处的夜色里。这没有什么不好。而今不再是静秋和老三的年代，年轻人已然满心奔放满血绽放。我也明白并且尊重：一般的生命律动总由情爱发动，因此，这些青年男女才乐意选择了发生"山楂树之恋"的百里荒为秋游目的地。他们，或许白天已经去那棵山楂树下照过相，或许计划明天去温习那场真意犹存的旧时恋爱，总之，青春是要去那里安置生命的期许并获得人生的落实。

一对青年男女从我身旁经过。女孩子兴奋而诡秘地说：我们俩去看山楂树吧？男孩子明显犹豫：天这么黑咧，反正明天大家都要去的。我微笑摇头，为这男孩子惋惜，担心女孩子最终会离弃他。

据百里荒景区的朋友介绍，因为那棵山楂树，百里荒现在已成为青年人宣誓爱情、照婚纱照和举行婚礼的热点景区，游客量一直在增长。白发老者也来此让山楂树加持自己的爱情。最难忘的盛况是，2017年6月，世界超模大赛举行总决赛期间，30多个国家和地区的佳丽来到百里荒，走近山楂树，与数千名游客一起，见证

了一场国际版的"山楂树之恋"——"静秋"是来自迪拜的超模
Lenka，"老三"是本土小伙思涛，他俩携手向着那棵山楂树，向着
百里荒，向着全世界，高声许下"三生三世、地老天荒"的诺言。

此时，广场上传来一对男女生合唱，我掉头向着幽深的夜色望
去，恍然看见那棵静静兀立的山楂树，在繁星之下。

四

于是隐约的问题有了明晰的答案。

那对曾经潜伏的、地下的恋人，那孤单、寂寞和清冷的"山楂
树之恋"，之所以在日后赢得敬重、向往和朝拜的礼遇，根本在于
它具有超凡的品质。"三楂树之恋"的品质由三重美构筑：一是痴
之美，爱的痴是着迷，是莫名的相悦之后，便只有喜悦，便没了条
件，便舍了自己，便成为痴孩子，便是静秋和老三不见不欢不见不
甘，便是两人同一条命了；二是纯之美，爱的纯是干净，是无问利
害地投入，是不要回报地给予，是字典里没有俗念，是因爱的误会
而沮丧，是国王的马车从门前经过也不观望，是彼此小心翼翼的亲
昵，是牵着树枝过小溪，是隐蔽着更换泳衣，是同床而不越界，是
所谓"史上最干净的爱情"；三是贞之美，爱的贞跟所谓不失身不
改嫁无关，是忠于信念，是坚定不移和坚守不屈，是绝不中止爱的
奉出与到达，是宁可牺牲自己，是敢于冒天下之大不韪，是为了对
方之好而独自消失和为了见到对方而不顾一切的爆发。除此三美，
至爱何有？得此三美，夫复何求？如此三美，岂非至美？

所以，感谢静秋和老三，是他俩在孤单、寂寞和清冷中扼守人类内心深处热望而未至的美好，缔造这桩至美的故事，留下了兀立着山楂树的百里荒这片爱情圣地！

所以，在山楂树下，我竟然想到普希金塑像前的那片热地，想到海德堡圣山和京都大学附近的"哲学小路"；彼时，普希金、黑格尔、歌德、西田等人也是孤单、寂寞而清冷的，但因为他们在精神方面的扼守、缔造和遗留，便有了以后越来越多的人去那里行走和驻足，虽不至于热闹，却也纷然可喜。而未来的人们，即使不能常常亲临实地，至少也会心向往之吧。

在百里荒，景区的朋友请采风团成员题词。我写了大实话："在百里荒，我的心铺天盖地！"一位女诗人写的是："可以放弃爱情，但不可以放弃美。"我的话不着边际，姑且算作一个老同志对世间的热心肠吧。女诗人的话倒是十分贴合了"山楂树之恋"。的确，世间有一种至美一直在极高处俯瞰，是可以作为信仰的。

乘车离去，透过车窗向那棵山楂树的方向张望，我没能再次看见它。但我晓得它独自兀立在荒坡上，青青葱葱周遭别无异木，依然是向着至美伸出手臂的样子。

它是开白花结红果的。我想，那是什么季节呢？

李白不言安陆银杏

一

安陆有银杏，李白居安陆。

每想及此，你的眼前就有一片白的羽毛在金黄中飘逸。

公元725年，李白出蜀地，途经荆楚，游历金陵及扬州，两年后来到安陆，落脚寿山。倘若彼时正值秋末冬初，城西白兆山上，冲坳的银杏黄了，艳阳婉风，绵延的黄叶逶迤成云，亦如摇摇荡荡的金鳞，而李白，想必行走在银杏树下。

树丛里，光芒犹如银线，洒落银斑，碎碎地晃移，晶亮而轻盈，发出沙沙细响，流溢着亲切而又陌生的气息。李白像一片白羽，由冲口向山坳深处飘去。冲坡上偶有茅屋，一屋一屋的山民走到屋门口观望：以为那银的光线与光斑是李白的放射，直到李白拐弯消失，一切仍在闪烁、细响，并清晰地袭扰鼻翼。

没错，李白的确向来是白色的飘逸。

而且，当时李白还不是后人描画的那个腆着肚皮的白胖子，年方二十七，未婚，黑发绾在头顶，眉且清，目且秀，骨骼方正，满腹诗书，怀儒乐道，英气逼人：如此，穿着唐开元年间束腰的长服，两手反剪在背后行走，当然是很跩的。

所以那一羽白色注定要惊动安陆的金黄。

不久，李白"见招"并恋爱了。女方叫许宗璞，大户人家的千金；召见李白的是女方的祖父，退居安陆的前朝宰相许圉师。许氏宗璞怎样的美丽娴淑，没有直接描写的文字可考，后世的臆断之据有二：一是家族遗传。以许家的地位，定然代代择良女而婚，一茬一茬地遗传累积，加之锦衣玉食礼乐教化，宗璞姑娘岂能不佳？二是李白的美学。白乃诗人，美为信仰，鄙俗成癖，品位超凡，所以一见钟情，当是遇见了至美；有李白《紫藤》为证："密叶隐歌鸟，香风留美人。"至于李、许二人当年的花前月下眉目传情，或者青年李白如何在恋人面前毛手毛脚，那都是人之常情，各人尽管去想象；有一点可以肯定，李白是个急性子，当年便结婚移居白兆山南麓的桃花岩下，次年生女儿平阳，隔年又生儿子伯禽。因为爱情，大约夫妻二人也时常去到白兆山上看景，向着旷野欢笑……

而今，白兆山上有一棵古老银杏，相传是李白与夫人许氏合手栽种的，科考1280多岁，恰好跟李白在安陆的10年对得上。

二

这么说吧，你的想象中规中矩，并不奇诡：今人去安陆白兆山看银杏，多半是看李白看过的银杏，或许，说不定就看见了那个白色李白在山间看银杏咧。

看银杏在秋后。乘车出安陆城，由一条顺溜的柏油路向西北行驶 15 公里，至白兆山下，从右窗望出，可见山岩上一间小小砖房，那儿便是李白当年的居所。此地现在叫桃花岩。宋代安陆人李道儒诗曰："唯有桃花岩上月，曾闻李白读书声。"李白自道："归来桃花岩，得憩云窗眠。"只是，而今岁隔千年，时序初冬，放眼巡视，周遭空茫，既不见桃花红，也没有银杏黄，不由让人莫名沉诵："桃花流水窅然去，别有天地非人间。"

自然又不必颓伤，毕竟大片的银杏就在比邻白兆山的钱冲，那里有全国首家古银杏树国家森林公园。同车有一位"知道分子"正在讲述：之所以叫钱冲，是因冲地银杏林广，盛产白果，果仁养生，山民积白果出售，累钱草贮，遇阴雨天票面生了霉，待晴日，家家户户在台坡上晒钱，一阵风来，钱票漫天飞扬，堪比满冲银杏叶舞，故曰钱之冲。闻此浪漫生计，游客兴致陡涨，也暂时忘却了李白。

不一会儿，下车投入钱冲。

此时，纵然你的心绪还在山民的台坡上流连，目光已被一株蓬松的亮黄吸引。往深处走，黄色渐聚，眨眼间，便置身于银杏密织的冠盖之下。你身在云中不知云，单是觉得被疏朗空蒙的金黄笼罩。

你驻足抬头，看一棵银杏，看一片鸭掌形的黄叶，看它是怎样的黄和怎么就如此地黄。你当然无法明白。也无法形容。你只晓得，那叶片很规整，如鸭掌，亦如美人扇；那黄色不是染上的，是长出来的，带着一种洁爽香气的生长；它的边缘尚有浅绿，它还在向着全面的金黄生长，包括把香气也生长得金黄。

阳光透过冠顶的间隙射下来，经了风，的确如银线和银斑，碎碎的，沙沙的，晶亮且轻盈。但你不是好诗人，你被美得有些着急。你甚至也不再是肉身的人，只是一片恍惚的感觉。你真的看见李白的影子在银杏树下晃了一下……你就这么一点儿出息。

景深处，有一棵树龄3000多岁的"银杏王"，长在路边的近坡上；1280年前，想必李白来此观摩过它1720多岁的姿容。而今，此"王"高40余米，躯干须四五个成人伸展双臂方可环抱。它的样子不再清秀，很是非凡；面对它，你会想：有没有比"伟岸苍劲"更了不起的词句呢？你当然晓得，它承载着3000多个寒暑易节，那是无数的日月轮换，风霜雨雪，禽啄兽啃，雷公震荡，野火燎扰，及至1939年日寇炸弹的损伤……而这一切李白并未全然见识。它的磅礴躯干的下部已经死去一半，另一半在自己的尸骸中生长，可那尸骸并非累赘，却是它生命的陪护与支撑；它粗糙厚实的表皮一半以褐色呈现生命，一半以灰枯反映时光；它有巨大而异形的冠盖，顶部的枝叶仍在奋力向40米之外探望，低处生长的虬枝如巨蟒触地跃起，中部有许多枝条不小心地纠结却又礼貌错让；它长出的枝叶一派繁茂，因了冠盖之大而冠盖四季，竟然像地球仪，划分出叶片黄绿不同的区块……它怎么可以一边死去、一边活着？怎么如此不讲道理地生长与存在？

它是神？！

你看见树顶有三个鸟巢，树下挂着一圈祈福的红布条，许多观望者如你一样惊诧而困惑……你也看见了树干的豁口，豁口如室，其间摆一张方桌，桌上铺一方红布，红布上站一座观音——你禁不住皱起眉头：既然自己都是神了，又何必用另一个神来装潢？

三

于是冒出问题：李白当年定居安陆跟银杏有关吗？

记忆中，李白诗千首，不曾写到银杏；向同行的当地专事李白研究的文友求证，文友迟疑地回应：或许李白的佚作中写过。对于一个研究者，一个当地的研究者，这是多么哀婉的表达啊。你便冒犯地想：白兆山上的那棵千岁银杏，"相传"由李白夫妇合手栽种，大约只能算作今人弥补遗憾的指认。

事实是坚硬的。银杏跟桃花，青年诗人李白显然只对安陆的桃花有感，不仅择桃花岩而居，而且反复诗咏桃花，比如"气浮兰芳满，色涨桃花然"、"桃李待日开，繁华照当年"、"桃李今若为，当窗发光彩"，等等。然而，你对李白诗作中没有银杏倒是持开放的态度，他没有柏油路，没有私家车，他也忙呀——你不是曾嘲笑过一位青年作家不知住所楼下有面馆吗？

而且，由李白的桃花诗可以探知李白当时的人生愿景及轨迹。那首《庭前晚开花》写道："西王母桃种我家，三千阳春始一花。结实苦迟为人笑，攀折唧唧长咨嗟。"种桃栽李喻培育和举荐贤能人才。写这首诗之前，李白出安陆入长安，得见诗人兼"天子近臣"贺知章。贺为李白才华风度倾倒，称太白先生根本不是人，而是从天上贬谪到人间的神仙，立马推荐给皇上；可是，李白终究只做了一个"翰林供奉"，很不得志。不久，在返回安陆的途中，李白想到天庭中有一种三千年一开花、三千年一结果的桃树，不由寂寂喟叹，咏成此诗。

可见，青年李白对仕途不仅念兹在兹，且深感怀才不遇。这也正符合李白的人生独白。说回公元727年，李白初来安陆居寿山时，著《代寿山答孟少府移文书》，已然宣示自己"匡君济世"的政治抱负和"功成身退"的人生志趣，而桃花灿烂便是这愿景的写照。当时李白27岁的年纪不算小了，除诗才斐然，一定深研过匡济之学，不然何以怀孔明志向，"申管晏之谈，谋帝王之术"，求"君人南面"？无奈唐开元年间有科举无网络，而李白偏偏不喜欢科考，想走举荐的终南捷径，这就得全靠自己折腾了：有点像而今做咨询的人打广告，以待客户找上门来；或者类似艺人北漂，期望通过坊间周转找到舞台。事实是，李白先去金陵及扬州空转了两年才来到安陆。

李白为什么没有直接返回蜀地却转投安陆？是无颜见"江东父老"吗？而安陆吸引李白的肯定不是银杏，且不说李白此间心不在娱，更何况安陆的银杏那时尚未名扬天下。符合实际的是，安陆有同族兄弟李令问和李幼成在，方便落脚；又能得到孟少府这等闻人钦慕，可以"亲承光辉，恩胜华莩"。

此外，是否一开始就觊觎前宰相许圉师的孙女呢？反正李白自带光环，果然很快就被许圉师召见，并与其孙女"闪婚"，做了"倒插门"。或许，此举就算是为日后的仕进铺路也未失节。但是，安州（辖安陆）裴长史对此很有看法：你李白既然自称与李唐皇室同宗，怎么可以跟凭借军功起家的许氏后人结婚？再者，你李白如果拿不出李氏"谱牒"，不说你冒认皇亲，也只能视为贱民，而许氏是良家，则"良贱不婚"。瞧瞧，全是混账逻辑。李白因此大为不爽，又是著文又是写诗，狠狠地辩驳和表白了一通。

待事情消停，李白照例奔忙。以后，李白四度离开安陆，游历大江南北，直至长安，孜孜以求举荐，可惜均未如愿。

如是，李白便喝酒写诗，简直没工夫瞭望银杏了。

后来李白说他"酒隐安陆，蹉跎十年"，这"蹉跎"分明是指仕途无获。作为诗人，他在安陆10年留下诗文150多首（篇），其数量在一生的诗文中占比并不小，且多有脍炙人口的佳作；更为重要的是，这10年蹉跎出了他的诗仙品格。

从钱冲银杏公园折返，去白兆山上的李白纪念馆，你见到了那个昂首挺腹、白衣飘飘、高举酒杯、意在天际的——谪仙！

四

当晚观赏安陆市"李白故里，银杏之乡"的文艺表演。

舞台上，一个穿白服的老年胖子正举着酒杯醉诵《将进酒》，那模样和做派活脱脱是谪仙的翻版。你相信这是后人共同创作的李白意象。你听着《将进酒》，干脆去想李白另外的诗句："我本楚狂人，凤歌笑孔丘。手持绿玉杖，朝别黄鹤楼。五岳寻仙不辞远，一生好入名山游。"

或许，银杏金黄的白兆山在李白的年代还不是名山。

又，李白告别安陆时才 37 岁，依然年轻俊俏，远不是白须白服的大白胖子。而安陆 10 年，他心怀儒念，怎么可能"笑孔丘"呢？他也显然不自知：以他的仙风道骨做点"咨询"尚可，若直接上阵管理必定稀烂。但仕途蓬转，令他灰心，终于向佛乐道，借饮放怀，这才有了"将进酒"的态度；然即便如此，他也不做"竹林七贤"，照例自信"天生我材必有用"。离开安陆后的 25 年，李白的命运大体是安陆 10 年的重复与叠加，幸好是谪仙，还有诗，一切命运都如酒一样化入身心，化作了诗篇，直至在采石矶向着江中的月亮奔去。

李白啊李白！

你忽然觉得，舞台上这个李白固然是省略或再造的李白，固然不曾吟咏安陆的银杏，可他也是一个真实的李白，他是后世一代接一代人的心理真实——是一个自由狂放的精神意象——一道永恒的风景！

这难道不是他一生未能实践咨询的滞后效应吗？

这时，舞台上出现了你在钱冲见过的银杏满空的绚丽背景，一群少男少女在银杏树下跳舞。现实在眼前绽放。

你的脑子里怎么就跳出了银冲的那棵"银杏王"。它比李白早到 1720 多年，它原本跟李白无关，它有它的命运。这日白天，"银杏王"的附近有一排做小买卖的山民，一位看上去年过花甲的妇女在砂锅里炒白果；你走过去，买一袋炒熟的白果，一边剥开了吃，一边很不厚道地做"田野调查"。你问：你们家晒钱吗？她先是一诧，即刻笑道：行市一阵一阵的，现在白果才5块钱一袋咧。你又问：那您还卖白果？她笑：白果便宜了可它还是白果，有人吃呀。你转头看别处的摊点，几乎所有摊位上都有白果，卖白果的人或男或女，或老或少，或站或坐，或贩或观，都在银杏树下，他们不是舞台上的舞蹈，但他们是与真实银杏同框的景致……

那是质朴生命点亮的生意与灿烂！

至此，你确认了安陆的两道风景：李白与银杏。他们之间是月亮远照大地，是彩虹跨越坡坎，是花香飘过砂锅，没必要臆想他们的日常交际或牵扯，他们就像安陆与黄鹤楼或者月亮与星星的存在——虽然是不相干的并存，但李白写没写银杏诗都是千年诗仙，银杏有没有李白的探望都是万年景色！因此，不用遗憾李白没有为银杏写诗，不用猜测李白是否去过银冲，甚至不必"相传"李白携夫人在白兆山上栽种了那棵银杏。安陆在中国的时空里写着：

有的人死了，李白还活着；

有的树死了，银杏还活着！

去后河看鸽子树

而今，我已算得上年纪大把，但如果条件允许，最想做的仍是去月球上看看。因为那里有此生牵挂的未知与梦想。不过，既然晓得暂时不能得偿所愿，而且"暂时"或许依旧漫长，那么，只有抽空去后河探望鸽子树了。

诚然，在我，这个行动竟是一种拘束的勇毅。

因为，探望鸽子树的理由不过是触摸内心深处的记忆，那记忆不过是遥远童年及青春关于鸽子花的想象与沉迷，而这样的理由分明稚幼且虚幻，在所有阅尽沧桑的同辈人那里不值一哂，所以，事情让我平添了"为老不庄"的羞涩。可是，那记忆中的鸽子花纵然长久蛰伏于奔走的岁月，却总是在我停顿脚步时粲然一笑，给我欣悦和指引，我以为它是极好的，是不可以舍弃的；又所以，凡是极好的事物我相信必定值得追求，凡我选择了的追求必定执拗。

　　事实上，我一直都在流俗中夺路而行，近乎习惯与经验，所幸无不快乐。

　　之前的记忆里，鸽子树是生长在鄂西山地的，但并不晓得具体地点。今年三月，我在微信群里问询，朋友们公认五峰土家族自治县后河一带的鸽子树最为壮观，于是定下了探望的目的地。接下来，是一段时间的等待，等待四月，等待鸽子树的花期，等待一树鸽子花的盛景。四月十九日上午，我拉上一位青年朋友，交替驾车，由武汉出发，向西前往后河。

　　路途很远。半路上，青年朋友问我：为什么对鸽子树这么感兴趣？我无法坦白近乎虚无的心迹，只好向他介绍旅游观光的趣味：鸽子树的学名叫珙桐，属于落叶乔木，是200万年前第四纪冰川期孑遗的树种，被称为植物界的活化石，每年四月中旬开出洁白的花朵，花序似鸟首，苞片如翅膀，整个儿像展翅飞翔的白鸽子。青年朋友忽然记起相关信息，说：武汉的植物景观园也有这种树呀？我回答：但那不是自然生长的。心里想着，我要看的是我的记忆咧。

　　记得第一次见到鸽子树是在乡村小学的黑板上，画鸽子树的老师姓叶。叶老师是从武汉下放的女知青，戴眼镜，讲普通话，漂亮得让我们小孩子觉得比日月明亮。叶老师说，鸽子树是早于人类开花的，她曾经受同学之邀，去鄂西知青点的山上看过开花的鸽子树，鸽子花缀满树冠，每朵花都是一只白鸽子，每只白鸽子都像一个洁白的梦，它们一起飞翔，好看极了——那么好看，必定是有意义的。她希望我们每个人都是一朵鸽子花。她的话让童年萌芽。

　　有同学问：鸽子花长在树上，怎么飞得动呢？叶老师的目光在镜片上闪烁着，透露了一个秘密：鸽子花是用——心——在飞。我们默然无声，使劲琢磨叶老师的话，使劲想象飞翔的鸽子花。

当年，老师们是常常做家访的。叶老师去湾子里家访后天色已暗，我们几个同湾子的同学就一起护送叶老师返回学校。月亮升起来了，夜风挟着旷野的芬芳；叶老师与大家一起唱歌，歌声随风飘向远方。而这时，我会独自寂然，以为幽明之中有一棵鸽子树，鸽子花正在开放，可就是看不见在哪儿。有一次，我兴奋地叫唤叶老师，指着天上半圆的月亮说：您看，月亮也是一只飞翔的白鸽子。叶老师大喜，称赞我的白鸽子已飞上月球……

不久，叶老师招工回城，带走了黑板上的那棵鸽子树。懵懂的童年，剩下一片悠远的月亮。

那时，我们家生活在乡下。祖父在附近的小街上做兽医，父亲离开医院工作去了很远的铁路工地，母亲一人在生产队务农，我们兄弟几个每天放学回家，候着祖母用柴火煮粥。

那是一段月光茂盛的清贫岁月：喝完粥，月亮升起来。月光下，家门口的禾场很亮，我们躺在竹床上，祖母摇着芭蕉扇为我们扇风，打蚊子；祖父独坐在禾场一角，一动不动，像是睡着了，但芭蕉扇仍在摇晃，嘴里哼吟着汤头歌诀；禾场边的路上传来脚步声，是母亲收工了，我们立时全体从竹床上坐起，祖母赶紧放下芭蕉扇，杵着小脚嘚嘚嘚地往灶屋跑，祖父的哼吟停顿片刻后继续哼吟……一会儿，灶屋里传来母亲喝粥的咕隆声，我望着天上盈盈的月亮，真的看见了宁静而洁白的梦想。

月亮有时也欢笑：父亲从铁路上来信，说到回家的日子，等到那日，我们兄弟几人去公路上迎候，月亮当头，母亲也加入到我们的行列，当公路远处出现人影时，我们飞奔而去，母亲站在原地，待我们拥着父亲转来，月光映照母亲，她微笑着……

没有鸽子树的岁月，我的心情安放在月亮上。

直到十多年后，我才第一次见到真实的鸽子树。

1982 年春天，学校组织三好学生去葛洲坝参观，我在其中。看过葛洲坝的返回途中，加了一项爬山活动。那是一座无名小山，满坡丛林，没有路径，大家约定各人寻路登山，在山顶会合。进了山，快到半山腰，一个女生突然在我的侧旁惊呼：啊，鸽子树！我抬头看去，前方大约二十米外的高坡上果然是一树鸽子花，便奋力冲去，跃上鸽子树下的平地。我正要举头观望，那女生招呼：哎，帮帮我。我回头，见她滞留在平地的陡坡下，向我伸出一只手来。可是，我不知如何是好，慌忙中，折了一截树枝，让她抓住一端，将她拉上平地，她甩着树枝朝我撇嘴一笑。然后我们一起看鸽子树。我问：你也晓得鸽子？她说：是呀，我妈妈给我讲过的。我说：谢谢你。她问：谢什么？我说：你把鸽子树告诉我了。她笑：那你为鸽子花写一首诗送给我呗。我也笑，摇了摇头。她便激将：写首诗这么难吗？你还是学中文的。我依然笑，依然摇头。我想告诉她，不是不写，是没法写出心中想要的意思，但我没有说。她又撇了撇嘴：小气鬼。我便给她讲从前小学黑板上的那棵鸽子树……可是，我们忘了山顶的会合，后来同学们以为我们失踪，满山呼喊地寻找，我们在鸽子树下大声回应……回到学校，一位老师找我谈话，大意是为了理想和前途，在校期间不要恋爱。我赶紧安慰老师：您放心，我扛得住。

老师诧然：什么意思？我解释：虽然她很漂亮，但我有鸽子花，扛得住诱惑。老师便笑了。

后来，同学们各自投奔社会，从此相望参与商；而岁月如梭，所有洁白的梦想就编织或散落在四面八方的时光里。

1997 年，我在一家港资企业供职，第一次随团去美国西部参观考察。那天，大家看过微软工业园，看过波音飞机组装线，都为现代科技的成就感慨不已。当夜，我独自走出宾馆，去静寂的空场抽烟。抬头之际，看见天上半圆的月亮——正是从前的那只白鸽子！我一直举头看着，恍然间，看见画在小学黑板上的那棵鸽子树，看见了没有鸽子树的乡村月色，看见葛洲坝附近的山坡上的一树灿烂……依然是我想起洁白的梦想和梦想的洁白！我想起了没有鸽子花的奔波，发现心中的梦想一直搁在前方……那天上的月亮其实就是我。

有人向我走来，是白天带我们参观的 Z 先生。他不是导游，那时美国旅游还没有对中国公民开放；他在美国从事科研工作，是受人之托来帮助我们的。他知道我是湖北人，特意告诉我，他在鄂西当过知青。我们便聊起鄂西。他说，鄂西有鸽子树，他们知青点上就有好几棵，因为每年见到飞翔的鸽子花，他们从未消沉，后来知青点上没有回城的知青全都考上了大学……今后，他是要回国的，而且会去鄂西看望鸽子花。我忽然问：你是否认识一个姓叶的女知青？他摇摇头：不认识。不认识？我不由感到失落。

但我即刻明白：哦，原来心中开着鸽子花的人散布在世界各处咧。

算起来，这已是 20 年前的事了。20 年来，我所以乐于奔忙，何尝不是因为见过鸽子花的飞翔？

下午四点半，我们行车 400 多公里，到达五峰县城渔洋关。之后，五峰县文联主席邓俊松带领我们去后河。汽车在蜿蜒起伏的山道上行驶一个半小时，来到后河鸽子树风景区。

进入区内约三华里，俊松指引我看窗外，我的眼前猛然一亮，大呼：鸽子树——停车！我终于见到了鸽子树。我望着她，仿如望着前世的知己：她清秀而青春地站在路边的山坡上，三米来高的树干，树冠蓬松舒展；她还是幼年，但青翠的枝叶中满是洁白的鸽子花，一派跃跃起飞的姿势……我长久抚摸鸽子树的树干，把半世的怀想与亲切一点一点地告诉她；又去到高坡处，嗅一片绿叶，她告诉我，她是带着第四纪冰川期的清醇气息；于是，我轻微地碰触一只白鸽子，触及了久远的梦想！

什么时候，俊松唤我，对我说，这里只有一棵，进到景区深处，鸽子树是一片海洋。可是，我在这棵鸽子树下耽搁得太久，景区工作人员提示我们：景区很大，现在去到鸽子树群那里，天已黑，只能等明天了。既然如此，我且流连在这棵鸽子树下。直到天色暗了，我们才驱车返回渔洋关。

山路弯弯，我不时看见天上的月亮，它竟是浮现在那棵幼年的鸽子树的上方！

当夜，窗外月色很好，我失眠了，因为明天……

跋·界面

世上最诱人的事物在哪儿呢?

只有一个绝不会错的方向:自然。

每个人都有自然的经验。要说自然文学,中国向来也是有脉息的。但美国的自然文学是纯粹的自然文学,那里的自然之美存在于社会的外面,在爱默生之流,在梭罗的《瓦尔登湖》,在威廉斯的《心灵的慰藉》,因为混沌陌生而令人着迷;而且,自然照见社会的乖谬与短缺,让人类发出一声真实而由衷的惊叹:啊!

然而,美的极致是自洽的孤立。大约只有真正的自然文学才适合享有这份殊荣。在我,所见都是"自然"之外的人,都是人在自然的边缘,每每阅读和向往元典的自然文学,总会逸出一些心思,任其生长,任其绽放在广义的自然之中。曾经的生命体验无法被既定的言说统治或装修,照例是要发现和确认生命、社会与自然的来路。至少，相信诚实之心是面对人类乃至自然的唯一法则，不必试图在诚实之外另寻美学。

真正的问题在于是否冲破问题。

譬如，自然文学的"野生性"问题。我的家乡江汉平原被年复一年的农业覆盖，有没有自然呢？譬如"地域性"问题，人类能够全部迁徙到"野生地域"吗？所谓自然"被动过两次"就不是自然了，大概多半来自个体经验的极端规约吧？更具煽动性的是"人类中心主义"的微词，设若以此强调自然之伟大并抵制人类的冒犯，无疑是成立的；可反对"人类中心主义"的也是人类，人类注定无法单方面替代自然主体发声，以自然为本，否则便是僭越。

回到文学的话题，所有让自然焕发魅力的文学都是人的创作，脱离不了文学何为。由此，引出社会与自然的关系。对于人类之前（人还不是人）的世界，以现在的观念看，天地间显然只有自然没有社会。事实上，把社会和自然区分开来讲，不过是人类的临时方法——没有人，便没有社会，也无所谓自然。人既不能拎着自己脱离社会，也不能拎着自己悬于高空拥抱自然。

自然文学到底只是一种文明的觉察，发现了自然的神奇与永恒是超越人类的，其荒野的呼唤是对异化人类的规劝与指引，趋向至诚至善至理至美而已。

时空是自然的属性。依据生物学和物理学的逻辑，社会的人或人的社会也都在自然之中——哪怕是自然的一个"红字"。是故，泰山不让细土，自然不拒人类。

无论人类文明走了多远，自然与社会总有万千交会的界面，除非没有自然，或者没有人类，或者二者都没有。世间的生意于此，美学在此。这是人类具体繁复的命运，也是发展现代自然文学或生态文学的最终依据。

我以《人间树》为证。

记于 2021-6-23

改于 2022-4-1